嫌妻當家

4

風文創 240

芭蕉夜喜雨 著

目錄

第四十二章

知縣大人定定地看向岳仲堯。

眼前這個人是他為了平衡各方勢力，親自選上來的，才提拔了幾個月，吩咐他做的事無一不是盡心盡職，年輕、又有能力，讓他極為滿意。

最重要的是他沒有什麼背景，沒被誰拉攏住，若想往上升，也只能緊緊依附他這個父母官。

而他若想在七品知縣這個位置上往上挪一挪，底下沒幾個得用的人，光靠他自己是決計不行的。

正當他暗自歡喜收了一個得用之人，沒想到才多久，眼前這人就跟他遞了辭呈。

鄭知縣又見岳仲堯躬身道：「是的，大人，屬下半個月前就跟您請辭了，是您讓屬下辦好此項任務再請辭的，屬下真的有非辭不可的理由；再說，對朝廷、對百姓盡忠什麼的，屬下不懂，屬下只想陪著妻女過些安穩順遂的平淡日子。」

岳仲堯說完長揖在地。

知縣大老爺頗感頭痛。

這個捕頭的位置他是有直接任免權的，若是沒有倒好了，還能拖上一拖，如今人家情啊理的擺在他的面前，他竟是找不到什麼理由可以拒絕。

知縣大老爺腦子急轉，方說道：「你想讓你妻女過上平穩安定的日子，跟你現在接任的公務也沒什麼衝突啊？我也知道她們在鄉下，你照顧不到，不過把她們接來城裡住不就行了嗎？你能安心地幫我，又能照顧到她們，兩相便利，豈不美哉？」

岳仲堯聽完苦笑。

若是有這麼簡單就好了。

不說瑾娘同不同意，就說他娘要是得知他只把瑾娘母女接來城裡，還不定得鬧成什麼樣；若是要把一家子都接來，不提他的俸祿能不能養得活一大家子，就算能瑾娘一定也不願意跟他娘住一起的。

岳仲堯頭大如斗。

在那個黑夜裡，他聽著瑾娘在夜裡一個人孤獨的在夢中嗚咽，心下大痛，這才打定這主意。

他無論如何不能沒有瑾娘，不能讓自己的親骨肉喊別人為爹。

岳仲堯再次躬身。「大人，屬下真的是有不得已的苦衷，不得不這麼做。大人底下人才輩出，也不一定非卑職不可，可卑職家裡真的需要卑職。」

知縣大老爺沒答應也沒批駁，只是對岳仲堯揮了揮手，讓他回去再多想幾天，過幾天再說。

岳仲堯張了張嘴還待再說，看知縣大人已是閉上了眼睛，只好拱手告辭了出來。

岳仲堯回到住處把自己打理乾淨，倒在床上想睡上一覺，只是沒想到腦子裡亂紛紛的，如戰場上萬馬奔騰。

那血腥的四年，是他再不敢想起的惡夢。

他只想活著，活著回來見到心心念念、新娶不到半年的嬌妻。

他滿心滿眼就只有一個念頭：活下來，活下來。

閒下來時，除了睡覺，他就用橫刀給嬌妻雕髮釵。

隨手撿的木頭樹枝，握在手裡細細地雕著各種花樣，打發思念之情，打發時間，也忘記那一片血腥。

他練得熟稔無比，技藝比之專做髮釵營生的匠師們也不差一二，只是在那種地方，哪裡能留下什麼？能撿著一條命回來就不錯了。

瑾娘，妳可知妳是我活下來的信念，妳支撐了我四年，如今卻要離我遠去嗎？莫不讓我在戰場上死了得好……

岳仲堯眼眶發熱，側了側身子，把臉埋在被子裡……

岳仲堯睡了兩個時辰，下晌爬起來，往外走。

總要做個了斷的。

總有一方對不起，自古忠義又哪裡能兩全？是他想得太過簡單了些，這一年來是他執著了。

柳氏母女租住的小院靜悄悄的，岳仲堯拍了好久的門，都沒人來應門。

岳仲堯呆呆地坐在門檻上，等了一炷香時間，才看到柳母拎著幾個油紙包，悠悠地出現在巷子的另一頭。

「仲、仲堯？」

「柳嬸子。」

岳仲堯從門檻上坐了起來，在屁股後面拍了拍，起身迎上去。

「仲堯來了？什麼時候來的？」柳母看向岳仲堯的目光有些閃躲。

岳仲堯微微有些詫異，但並沒表現出來，接過柳母手中的包裹，等著柳母開門。

柳母略略猶豫了一下，就把手中的包裹遞給了岳仲堯，從懷裡掏出鑰匙開了門。

兩人一前一後進了院子。

那油紙包裡散發出來的肉香引得岳仲堯口舌生津，腹裡更是鬧騰了起來。

這天一早他就從鄰縣快馬趕回，早飯都未來得及用，回來後午飯也沒顧得上好好吃，睡醒就來這了。

岳仲堯低頭看了看手中的幾個油紙包，那油紙包裡肉香四溢，油紙還往外冒著油星。

油紙並不難認，是百年老店傳記的標記。

傳記是青川城裡的百年老字號食肆，做的熟食鄰近市縣都享有盛名，在一些大的城池也有分號。

他家的肉食及一些下酒菜，尤其出名，那裡的紅燒蹄膀是店中一絕，青川城裡許多人家在傅記肉食還沒出鍋時就排隊候在外頭了。

東街上，每天早晚都能見到排得老長的隊，倒成了青川城裡的一景。

柳母為了給兒子省下筆墨錢，省吃儉用，恨不能一文錢掰成兩文，是決計捨不得去那裡排隊候著花二兩銀買上一隻的。

岳仲堯初次上門時也給他們買過一隻，不過就那麼一回，還讓他肉痛了好久，花的錢還是他到處借的銀子。

如今這油紙包裡除了蹄膀，大概還有傅記的一些其他肉食吧。

這幾包，沒個五兩銀可能買不來。

柳母看見岳仲堯的目光，連忙心虛地把油紙包接了過去，急急拎到廚房放好，這才把岳仲堯請進她兒子的房間。

柳家沒個待客的花廳，連間堂屋也沒有，只有讓他到柳有文的房裡坐了。

「今兒怎麼有空來？不是到鄰縣出公差了嗎？」柳母給岳仲堯倒了一杯水，問道。

岳仲堯接過來啜了一口，點頭道：「嗯，中午方回。」

岳仲堯是個不擅言詞的。

原本他來柳家，都是他在聽，柳母在一旁講個不停，今天柳母也安靜下來了。

兩人相對坐著，都不知道該說些什麼。

柳母抬頭看了岳仲堯一眼，心裡直道惋惜。

眼前這人無疑是最好的女婿人選，有情有義，哪怕將來兒女不孝，她也不會擔心身後事。

可是如今……

柳母嘆了一口氣，抬頭看了岳仲堯一眼，眼前這個男人比一年前所見，越發成熟穩重，是個可放心託付的人，可是如今……

岳仲堯在柳家待了不到一炷香時間，就出來了。

他和柳母相對無言，一個是心裡有鬼，一個是原就不擅言詞。

岳仲堯想了許久，準備了許久的言語，未及出口。

柳母的那一句。「媚娘如今在外住著」，讓他心裡動了動，未盡的話就吞了回去。

他及時地煞住車。

或許踏破鐵鞋，得來全不費功夫，說的便是他呢。

他得了柳媚娘的地址，出了柳家大門，轉身往那裡尋去，一路上也不急著走，慢慢地想些事情。

他不是不知道柳媚娘的轉變，之前天天守著衙門口，拎著食盒候著他，說是衙門的通食不好，自己小灶精細做的，非要看他吃完才走。

有多久沒看到她出現在衙門口了？他自己都不記得了。什麼時候開始，門口的衙役不再打趣他了？反而每回竊竊私語，看見他一來，便抿嘴收聲，還有好些人向他投來同情的目光。

他之前不懂，現在隱約有些明白了。

到了這一處精緻小院，他心中更是撥雲見日般明瞭。

他在青川縣也當了一年的捕快，哪條街、哪條巷他不清楚的？這裡是知縣老爺小兒子鄭遠的私宅，尋常人並不知道，卻瞞不過在衙門裡當捕快的他。

聽衙門裡經年的同袍隱晦地說，這處私宅都換了好幾個女主人了，不知柳媚娘算是第幾個。

岳仲堯雖不熟鄭遠，但經常見到，對知縣老爺家中的情況他極瞭解。

這鄭遠是鄭知縣最小的兒子，也是鄭夫人的嫡幼子，從小被捧在手心裡長大。

鄭知縣的嫡長子娶了一門得力的妻子，得岳家提攜，如今在別處當了縣丞；這小兒子只過了童生，連考不中，鄭知縣便想著給小兒子捐個官，奈何手頭並無太多錢財，給鄭遠找了一門富戶人家的女兒，成親時，帶來了鋪了好幾條街的嫁妝。

鄭知縣謀官及往外打點的錢都靠著這個小兒媳婦，故鄭知縣夫妻倆一直沒敢往小兒房裡塞人。

奈何這個鄭遠卻是風流才子型的人，日日對著家中同一個女人，即便是燕窩、魚翅等級的他也是會膩味的。

鄭遠的妻子來自商戶，嫁至官宦人家算是高攀，所以只要鄭遠不把人拉扯回家，她就不管，這鄭遠便在外置了房舍，安置看中的女子。

岳仲堯不知道兩人是何時看上的，他只知道，自己來到這裡，見著這處，他也曾巡視過數回的巷子，身子又輕又重，說不清是什麼情緒。

岳仲堯不知該不該敲門，他一個外男不好進去吧？

徘徊了好半晌，才看見一個小丫頭拉開院門，拎著個籃子，一隻腳跨了出來。

「你是誰？」小丫頭半個身子在門內，頓住問道。

「喔，我是……是……」岳仲堯一陣窘迫難堪。

小丫頭柳眉倒豎。「你到底是誰？在別人家門口來來回回，是要做何？」

岳仲堯滿臉通紅，不知該如何通稟，想了一會兒，才急道：「這家、這家是不是住著一位姓柳的娘子？」

小丫頭狐疑地上上下下打量他。「你是我家太太的親戚還是我家老爺的朋友？」

岳仲堯舒了一口氣，看向她道：「妳家太太是姓柳，妳家老爺姓鄭，是不是？我都認識的，妳幫我稟報吧，就說我姓岳，是妳家太太的娘家母親給的住址。」

小丫頭聽了他這一番話，又上下打量了他一番，看他也不像個壞人，遂把籃子放在臂彎上掛著，轉身用另一手去推門。

「等著。」

她說完閃身又進去了，院門也緊緊地閉了起來。

岳仲堯又在外等了片刻，才聽到腳步聲。

「我家太太讓你進去。」還是方才那個小丫頭。

岳仲堯道了謝，略一沈吟，抬腿邁了進去。

院子不大不小，目測該有個三進的樣子，景致倒是不錯，一路走來，影壁迴廊，假山巨石，綠樹鮮花環繞，住在此處非常賞心又悅目，跟偪促的庶民集中租住的小院自是不能比的。

柳媚娘站在花廳門口正候著他。

婷婷玉立，簪髮高聳，髮上寶石閃耀，遍地金撒花的鵝黃色長身襦裙，楊柳細腰，盈盈不可一握，明眸皓齒，她站在臺階上朝岳仲堯微笑。

岳仲堯看得愣住了，一時之間竟是認不出她來。

「媚、媚娘？」

柳媚娘噗哧笑了起來，盯著岳仲堯笑道：「岳大哥可是認不出媚娘了？這才多久沒見。」

岳仲堯微微有些尷尬，沒有挪步，問道：「可是方便？」

柳媚娘笑著點頭。「方便的，院裡有丫頭、婆子，貼身也有幾個丫鬟；再說，他也知道你的。」

岳仲堯愣愣地看向她。「他、他也知道？」

柳媚娘點頭，道：「進來坐吧，你莫不是要一直站在那裡？」

岳仲堯這才跟著她往花廳裡進去。

幾個丫鬟訓練有素，不一會兒就端上了熱茶及茶果點心，又毫無聲息地退了下去，只有柳媚娘隨身帶的兩個丫頭安靜地站在她的身後。

柳媚娘順著岳仲堯的目光，側過頭看了看，笑道：「她們都是公子安排的，有四個丫頭貼身服侍，極為盡心。」

岳仲堯點頭，一時也不知該說些什麼，只端茶來喝。

「你見過我娘了？」柳媚娘看著對面的男人，嘆了一口氣，問道。

岳仲堯放下茶杯，點頭。

兩人就著柳母說了幾句。

「過幾日，娘和弟弟也要搬出來的。公子說那裡住的人太雜，不方便我弟弟讀書，等過幾日他找到房舍，就讓他們搬過去。」

岳仲堯點頭，片刻之後，才猶豫地說道：「鄭知縣說不得只任這一屆就要轉至別處去了，到時……」

柳媚娘笑了笑，道：「那時定是高升了，不是很好嗎？公子說，只要我服侍得好，將來會一直讓我待在他身邊。」頓了頓又道：「府裡那位不敢往外鬧，只要我不進府就行。公子如今只有一個女兒，若將來……不管是男是女，有子女傍身就行，進不進府，都無所謂，公子總少不了我們吃喝的。公子雖然讀書不行，但還算有情有義……」

岳仲堯聽了接著喝茶沒說話。

他想說這不是正經女子該走的路，有愧於她爹娘教導，他也有愧於她父親所託；可是……

面前的女子似乎對眼前這一切滿意非常。

這才多久，她就已是一副官宦人家女眷的做派了。

柳媚娘看他一臉糾結，又道：「岳大哥不必擔心，如今我過得很好，這段日子是我這十幾年來過得最舒心的一段日子。我從小就跟在我娘身邊給大戶人家做活，漿洗、刺繡……廚房裡的活也沒少做，劈柴燒火，只為了得到幾個銅錢，受盡了別人的白眼。我娘為了得到一樁活，又是找關係又是給人點頭哈腰的，得了幾個錢也捨不得吃、捨不得喝，就為了攢著給我弟弟買上一刀紙……」

看了岳仲堯一眼，她又道：「我知道我爹把我們託付給你，你心裡過不去，但我爹疼我們，他知道你有家室，定不是想讓你休妻娶我。你也不要怪我娘，她這兩年身子不好，以前做的也都是為了我和弟弟，想讓我們將來有個依靠。我們這樣的人家，在青川縣沒親沒故的，不會有人拉我們一把，好的人家也看不上我；岳大哥是個最好的人選，只是……」

岳仲堯靜靜地聽著，看她停了下來，定定地看向她。

柳媚娘笑了笑。「岳大哥這一年來的掙扎，我全都看在眼裡。嫂子是個好人，長得比我好，性子也好，又是個能識文斷字的，等了岳大哥四年，又替岳大哥把女兒養大。之前我那麼想，想著要取代她……是我想差了，我不該那麼自私。

「這些年，我和我娘、我弟弟相依為命，我弟弟是我爹娘最後的希望，不僅要有銀錢供他讀書花費，將來他讀出來了，也得要有人脈幫他走動，不然光憑我們，他也比現在好不了多少。」

柳媚娘定定地看向岳仲堯，道：「所以鄭公子比岳大哥合適。」

岳仲堯張了張嘴，良久，才吶吶道：「可妳現在這樣……以後總不能一直在外頭住著；將來即便有了孩兒，妳就不怕……不怕孩子會怨妳？」

柳媚娘眼神堅定。「我不怕。每個人都有自己的路要走，他投胎到我身上，就得做好被人說、被人罵的準備；若是將來我弟弟有出息，或許我們幾個就能好過一些。我不爭不搶，只想著有一分安逸的生活，衣食無憂，這並不礙著別人的路。」

岳仲堯看著柳媚娘一副打定主意，已經把前程後事都安排妥當的樣子，也不知該說些什麼好。

他是想過要做個了斷，但從來沒想過會是這樣的一種結局。

他想著要幫恩人照顧他們一家，讓柳有文讀書，讓她們娘倆有食吃、有衣穿，將來柳媚娘嫁個好人家，有夫有子，一生順遂。

但不是像現在這樣，做個官宦人家見不得光的外室。

岳仲堯嘆了一口氣，看向柳媚娘說道：「妳娘……」

他還記得柳母很中意自己，提議讓他娶了柳媚娘的時候，就說過她女兒不當妾室，最後才協議為平妻；如今怎麼又同意柳媚娘給人當外室了？這比妾還不如……

柳媚娘轉著手中晶瑩剔透的琉璃杯子，目光盯著上頭的紋樣，道：「我娘初時並不同意，有鬧過一段時間……但我總歸要嫁出門的，我們柳家將來還是要靠我弟弟執掌門戶，將來我娘也要靠我弟弟供養。他如今每月吃的補藥就要好大一筆錢，讀書求上進，也處處都要銀子。我弟弟……他是我爹娘的命根子，是他們的希望，這算是我為他，為我爹娘僅能做的……」

岳仲堯聽完，下意識地覺得這個決定不好，這條路將來千難萬難，可是他直覺地又覺得這樣的選擇，對她，對柳家，甚至對他，都是各得其所。

他覺得自己有這樣的想法不好，恨不得狠狠揪一把自己的頭髮。

柳大哥救了他一條命，若不是他拉了他一把，前方射來的箭刺穿的就是他的喉嚨。

在戰場上能遇上個真正的老鄉，他是極歡喜的。兩人從雜役開始，就一直分在一處，一起運過糧，一起守過倉庫，一起餵過馬，一起劈過柴、煮過飯，殺過馬取過肉，也一起上前線……

他們約定不管誰活著回故鄉，都要照顧對方的家人，若是他死了，柳大哥也會把瑾娘當成另一個女兒。

最後，他活了下來……

岳仲堯看著眼前這個脫胎換骨、明媚照人的女人，問道：「妳不後悔？」

柳媚娘搖頭。「我不後悔。」

岳仲堯又道：「我知道我給不了妳要的，但是即便不是嫁給我，我幫妳找一戶殷實人家，當個正妻，也一樣能照顧到妳娘和妳弟弟，沒必要——」

柳媚娘打斷了他。

「殷實人家又如何？有食吃、有衣穿？但能讓我把我寡婦娘和弱弟接到身邊養活嗎？殷實人家就沒有糟心事了？或許公婆刻薄，小叔、小姑刁難，丈夫拈花惹草……誰都看不到將來會如何。」

柳媚娘目視前方，眼裡沒有焦距。「如今我這樣挺好，主母只要我不進府，就萬事不管。公子每幾天來一次，軟意溫存，院裡只有我一人服侍，沒人跟我爭、跟我搶，首飾衣裳送來無數，銀子只要我開口，也是不缺的；錦衣玉食、使奴喚婢，又無公婆壓著，也沒宅門裡那些煩心事，比之大戶人家主母，只好不差，娘親和弟弟可以日日上門，我又能就近照料，竟是樣樣都好，我還奢求什麼呢？」

她回過神又道：「將來若有一兒半女傍身，自然更是千好萬好；若沒有，也無妨，待存上一些錢財，抱養個一兒半女的，將來能有人拾骨，不至於讓我暴屍荒野，這便夠了。若弟弟有出息，人丁興旺，自然也少不了我的一個去處。這不是很好？」

柳媚娘說完，略偏著頭看向岳仲堯。

岳仲堯被噎了個無語。

聽她如此道來，似乎真的很好，樣樣都好。

他覺得自己是不是在衙門裡窩得久了，竟是不知時下人的想法了。

「妳真的覺得這樣好？」岳仲堯不死心地又問道。

柳媚娘很堅定地點頭。

岳仲堯嘆了一口氣，或許，他真的是封閉太久了。

他覺得已是沒什麼好說的了，她覺得好便好。

如此，他也覺得正好。

兩人又說了一番話，岳仲堯便告辭了出來。

待院門關上後，他站在院門口愣愣地看著眼前這青磚黛瓦，高牆大院，耳聽著裡面奴僕腳步聲來來回回……

他要攢多久的俸祿才買得起這麼一間三進的院子？而柳家又要攢多久才買得起？

如此，也好，也罷。

誓言他還記得，以後便多關照著她些吧。

當然，他也不知道，他是不是有那個能耐，能關照得了知縣公子家的女眷。

岳仲堯出去後，柳媚娘愣愣地坐在花廳的官帽椅上不動。

那人來了又走，以前時常能見到的人，以後再不能見了吧？

她是什麼時候有了那個想法的？

是今年的元宵吧？

元宵夜，遊客如織，潮水湧動，花市燈如畫，亮光麗影，迷了旁人，也迷了她。

那一群富貴人家老爺夫人、公子小姐，衣裳華貴，奴僕簇擁開道。

她被人推著閃避在旁，擠不進去，也融入不進去。

她看到了他，中意了他。

她日日到衙門送飯，見過他數次，那人的眼光曾投向她數次，還會朝她淡淡微笑，只是她一直嬌羞地裝作看不見。

周家的六爺也很好，她在下河村見過他數次，他儀表堂堂，言語風趣，只是他們周家畢竟只是個商戶，而且周家兄弟太多，女人太多，她即便能進到周府，也見不上那人幾次面，又出不來，見不到娘家親人。

她便看中了他，鎖定了他——鄭知縣家最小的兒子，鄭遠。

她之前就見過他，女人的直覺告訴她，他對她有興趣。

她還是拎著食盒等在衙門口，只是慢慢的，食盒裡的東西再不是送到岳仲堯手裡。食盒裡的食物，她越做越精細，越做越用心，而裡面回的禮物也越來越矜貴。

她知道她成功了。

於是，她被帶到了現在這處宅子。

那人蜜語又甜言，酥了她的身，化了她的心。

那人細心又溫柔，抱著她，撫摸著她，細密地吻著她，挑開她的外衣、中衣、褻衣，直至她清涼一片……

她顫慄著，那人溫柔地撫摸著她，啃咬著她細白的脖頸，搓揉著她未曾示過人的兩團軟肉，吞吐著她粉嫩的耳珠，挑弄著她私密處的珠子，伸手在裡面來來回回，或重或輕……

那人在她耳邊呢喃，吻著她的眉、她的眼，一次又一次搓揉著胸前的柔軟，愛不釋手。

那人讓她放鬆，放心把自己交給他……

她在他的身下淪陷，軟成一灘水，任他予取予求。

紅床帳內，被浪翻滾，架子床響了一夜。

那人喊著她的名字，她從來不知道她的名字喊來竟有噬魂奪魄的痲癢。

她腦子裡空空的，全身綿軟得厲害，只知道自己一次次被拋上雲端又一次次往下墜，來來回回，又痛又酥痲……

那人如餓狼般，又急切又極盡溫柔，在她身上到處點火，在她身上肆意衝撞，引著她拋撒了一回又一回熱淚，又不能推、不能拒，只能攀著他，迎合著他，隨著他變幻著各種動作。

她從來不知道她在床上能那麼軟，能那樣令人黏著不肯放。

直到次日中午，那人才饜足起身離去。

她在床上躺了兩天，才算是緩了過來。

第三天，那人又來了，還帶來好幾個箱子，綾羅綢緞，釵環首飾，各式成衣鞋襪，看得她眼花撩亂。

院裡又陸續來了二、三十個婆子、丫頭，連貼身服侍的大丫頭都派來了四個。

她們叫她「太太」，她又歡喜又惶恐不安。

他夜裡再來，紅帳春暖，溫柔纏綿，撫平了她的不安。

她慢慢生受了下來。

她覺得她就是個太太，她原本就該過這樣的生活。

只是娘來鬧過一回，拍著她，打著她，在她面前哭得昏天黑地。

她任母親哭罵。

哭過罵過，她便拉著她娘到院裡院外，屋前屋後看了又看，耳聽著那些人對她娘卑躬屈膝，喊她娘「老太太」……再聽著她動之以情，曉之以理，她拿弟弟的前途翻來覆去地講，她娘臉上慢慢凝重，再慢慢平靜，最後慢慢有了笑意。

娘走時，她給娘塞了幾個大元寶和一套名貴的筆墨紙硯，還讓她弟弟用完再來取。

她娘只是愣了愣，就把它們緊緊揣進了懷裡。

過幾日娘再來，說弟弟臉上已有紅光了，帶給他的筆墨紙硯，他愛不釋手。

她嘴角揚著，笑了起來。

至此，她安心地待在這裡，待在那個男人安置的私宅裡，日裡夜裡盼著他來……

「太太，方才老爺的小廝來，說爺晚上要過來，讓太太準備著呢。」

柳媚娘回過神來，在臉上胡亂抹了一把，又恢復了往日溫婉的模樣。

「好，妳讓人到廚房吩咐一聲，叫他們多做幾個爺愛吃的菜，看爺素日愛喝的酒還有沒有？若沒有，快些打發人去買。吩咐廚房燒些熱水來，我要先泡一泡，用前幾日曬好的茉莉花瓣細細地撒上一層，爺喜歡。」

「是，太太，奴婢這就讓人去準備。」

柳媚娘腰肢款款地朝後進她居住的房間走去，走動間，又往回看了看，方才快速地回過頭，不一會兒，就閃身進了房內。

彷彿方才愣愣地坐在官帽椅上默默淌著淚的人，只是別人的錯覺而已。

這日天晴，喬明瑾用過早飯，照例到工坊巡視，見夏氏和何氏往外搬著各種被褥衣裳攤曬。

後院裡，十幾根竹竿掛得滿滿當當的，有些被褥填的棉花睡了一冬，沈得很，根本不能往竹竿上掛，母女倆便把工坊的各種椅子都搬了出來，把被子衣物攤在上面，連工坊留作樣品的一張洗頭雅榻都搬了出來。

那洗頭椅是木頭做的，沈得很，母女兩人抬得吃力，喬明瑾還上前幫一把。

「這玩意好是好，可就是太沈了，若是做得小一些，或用別的什麼東西做得輕些就好了。」

夏氏直起身來喘氣，抱怨道。

何氏也連喘了幾下，才道：「這東西就要用好的木料來做，用尋常木頭或是竹子做，哪裡能放個一年、兩年？」

喬明瑾在一旁聽著，笑著往那洗頭椅上看去。椅子重，不全然是因為木頭，前頭還綴著一個陶盆，是用來洗頭的，左側還設了一個案几，可放茶水等物；另外除了洗頭之外，為了讓大戶人家可遣丫頭幫著按摩鬆散筋骨，故椅面做得很寬，重量才增加了不少。

夏氏抱著被褥去屋裡，何氏大剌剌地往椅子上一攤，瞇著眼。「欸，舒服。這一早上可累死我了，洗了一大堆衣裳被面，這會兒又要曬這曬那，連日的雨，那屋裡的被子被褥都發霉了。」

喬明瑾笑了笑。

又聽那何氏說道：「要是這椅子輕便些，我倒是想日日搬到簷下，然後躺在上面曬曬太陽。」

喬明瑾腦子一激靈。何氏抱怨那椅子太沈，她想著，不如做一些輕便的躺椅出來？天氣漸熱，不管是什麼人都不願窩在房裡，總想著要到陰涼的地方納涼，家裡腿腳不便的老人，若是有張椅子又能坐又能躺，自然是會歡喜的。

之前作坊也做過一些躺椅，喬明瑾有出過一些圖紙讓周記的木匠鋪來做，受到了城裡人的追捧，賣得很好，只是那些好木料做成的椅子，價格並不便宜，尋常人家是不願費那個錢去買一把的。

若是價格便宜，又輕便又實用，那是不是買的人會更多些呢？

不必往大戶人家裡兜售，只賣尋常人家，材料就用一般尋常可見的藤條就好。

下河村的山上，那林子裡的木樁幾乎被挖空了，連地上厚厚的肥泥，也被人鏟了個乾淨，似乎已經沒什麼東西可讓人惦記。

可那沒人要的藤條，如今卻被喬明瑾記住了。

第四十三章

下河村的林子裡樹豐林密，不僅樹的品種多，連藤的品種也多，平時沒人會注意這些東西，可喬明瑾就是記起這些沒人要的東西來了。

前世用藤條做的藤椅、藤桌、藤籃等工藝品頗受大眾歡迎，實用不敢說，但勝在輕巧，搬動方便。

喬明瑾想定了要做這個之後，就找作坊的人仔細商量一番。

大家聽了都說好，雖然誰都沒做過，可這東西跟用木料做的椅子有異曲同工之處，村子裡也有到林子裡砍竹子、做竹椅的，那工藝跟藤椅大概差不了多少。

打定主意後，喬明瑾在村裡迅速請了人，除了幾個雜工家的女眷，又在村裡找了幾個手腳麻利的婦人參與製作。

另外她雖見識過不少類型的藤藝品，但在製作上還是跟個瞎子一樣什麼都不懂，於是又在村子裡另找了幾個做過竹椅的老人，請他們當製作師傅。

藤椅有兩種，一種是藤木結合的，一種是純藤製作的。

喬明瑾主要就是為了突顯出藤製品的輕巧及價格的低廉，所以便決定做成純藤結構的。

她連著幾天帶著人進林子裡選材料，全身上下被刮了好幾道，才拉了幾牛車的材料回來，堆了滿滿一院子。

待雲錦到城裡買齊全工具之後，喬明瑾便帶著人剝皮去枝打磨了。

這年頭可別指望會有什麼打磨機，全是手工，刀具是必須的，磨砂紙也算是細磨工具。

她在村裡請來做過竹椅的幾位老大爺，給她提了好些中肯的意見，讓喬明瑾混沌的腦子得以清楚不少。

材料選好後，經過粗打磨、細打磨，就要進行製作了。

藤條椅的製作時間並不像根雕那麼長，兩者的市場定位也不同，或許做一年的藤木製品都抵不上一個根雕的賣價，只能賺些小錢罷了，她沒指望靠它能賣個高價致富。

經過加工、組裝、編織、纏花，再打磨、拋光、刷漆上油以後，一張純藤條製作的藤椅才算做成了。

第一張藤椅不是什麼花稍的樣式，盤花也簡單得很，但是成品做出來後，還是讓眾人欣喜了一番，結實又輕便，成人一隻手就能舉起來了，從前院搬到後院，每天從房裡搬到屋外幾十個來回，一點問題都沒有。

眾人圍著它很是歡喜。

周管家來看過一遍之後，又看了喬明瑾所繪的圖紙，也讚不絕口，次日就領了周晏卿過來看了。

周晏卿圍著第一件成品轉了好幾圈，又傻子一樣地舉著它走了幾個來回，再細細看了喬明瑾的圖紙，便圍著喬明瑾上上下下地打量。

「妳這腦子是怎麼長的？」

喬明瑾白了他一眼，沒搭理他，等他打量夠了，就跟他商量起售賣的事。

「我之前只不過是看著農忙之後，村裡閒下來的勞力太多，我們母女生活在這裡，又買下村裡的宅基地興起了作坊，這一年來也引了不少人眼紅，好在有你周府的名頭鎮著，族長還算大力支持，沒什麼人鬧事，便想著要出一分力……我當然沒那麼高尚，一方面也是我想找些事做——不、不，你可別說那些帳冊給得少，我好不容易腦子休息了一時半刻，你可別又拿一堆來，先讓我緩緩；另一方面也是想幫著族長解決村裡多餘的勞力罷了。」

「我聽說族長幫了妳不少忙？」周晏卿盯著喬明瑾問道。

喬明瑾點頭。「嗯，我買宅基地，買房買田、蓋房請工，族長出了不少力；再者若不是他，這一年來，我們母女倆不會過得這麼輕鬆，我心裡一直記著他的情。」

周晏卿盯著她，眼神不錯一分，心裡酸酸澀澀的。

「這藤椅只怕也做不長時間，畢竟是低成本的東西，除了一些新奇的精品可以放在你那個木匠鋪兜售之外，其餘的，我想像貨郎一樣請人四處吆喝著賣；這樣一來，成本低了，仿的人無利可圖，興許我們能多賣一些時間。」

周晏卿點點頭。

這點利他還不放在眼裡。

這東西跟根離不同，豬肉都上不了席，更何況這些野生野長的賤物？想往大門大戶裡賣個高價幾乎不可能。

但眼前這個女人只要有事做，忙碌起來總是一副光彩奪目的樣子，整個臉上洋溢著自信的光芒，閃亮得讓人不敢逼視。

他喜歡看到這樣的她。

他的心撲通撲通跳得厲害，按捺不住地想靠近她，想跟她多說一些話……

周晏卿在下河村盤桓了一整日，直到天邊昏黃，才駕著車走了。

周晏卿走後，喬明瑾又抓緊了時間製作。

人手多又分了流程，第二張、第三張成品出得很快。大夥熟練了之後，成品便一張一張地出來，很快，一間專門存放的房間就裝滿了。

接下來，不可避免地就到了兜售的時候，這也是檢驗一番辛苦是否有回報的時候。

眾人一顆心高高地懸著。

這東西賣得好了，他們才能拿到更高的工錢。

喬明瑾兵分三路。

一路往周家的木匠鋪子裡賣，一路借助姚家之力，讓他們父子婆媳幾個專往鄰近村子市鎮及青川城區裡吆喝兜售。

另一路則讓雲錦帶著村裡幾個嘴皮索利的青壯年，往下河村附近售賣。

這一路賣的都是價廉實用且不花稍的藤條桌椅。

家裡若沒有會做木匠活的，或是沒有勞力上山伐木的，買一張藤桌當飯桌或梳妝桌、書桌，價錢又不貴，比請人做一張木頭桌子還便宜，想必不會賣不掉。

而家裡有老人的，買張藤椅子或搖椅，讓老人坐在庭院裡擇菜做農活，或是曬太陽、歇午，夏夜裡躺在上面睡覺也是極好的。

雲錦這一路用了喬明瑾家裡的牛車、馬車，加上借了秀姊的牛車，拉了整整三車的藤桌椅往鄰近村子去了。

當天晚飯時分，這幾人就拉著空車回來。

幾個人一臉喜意，笑得嘴都合不攏，雲錦還朝喬明瑾和何氏等人抱怨本來還想著要繞到雲家村那邊，給喬家和雲家各留上一、兩把搖椅，哪知道連路上顛壞的那一張都被人搶了去。

裝錢的麻袋被雲錦扔在桌上，咚的沈沈響了一聲。

這一天賣得的錢，等於作坊兩、三個月的伙食錢。

隔幾日，周管事也過來把鋪子裡售賣的情況跟她稟報了一遍。

這一年來，周家的木匠鋪子越發有名了。

自從鋪子裡擺了一尊木雕的孔雀開屏做為鎮店之寶後，青川城本地或是南來北往的，得了消息都會往周家木匠鋪觀瞻一番。

隨著裡面新奇的東西越來越多，周家的木匠鋪子名氣也越來越大，城裡要打什麼家具，做什麼木工活計，大多會想到周記的的木匠鋪。

如今那藤藝品一出來，自然也引來了一陣圍觀，哪怕賣的價錢比雲錦這一路賣得貴，但相比起沈重木料做成的家具還是便宜不少。

有錢人家不把這點錢放在眼裡，普通人家覺得價格划算，於是藤桌椅才剛放進店，便幾乎賣了個精光。

而姚記的這一路也賣得不錯，第三天，姚平親自來了下河村回報。

他本來想自己掏腰包留一套桌椅在店裡，兩把搖椅搬回家給老娘、嫂子們用的，沒想到賣得太好，都沒有剩了，最後只搶了一把搖椅放在店裡。

喬明瑾沒有收他的錢，說那算是送他的。

接下來，藤木源源不斷地送到作坊來，有眼光獨到的人，還像挖木樁一樣，往外四處尋藤條，喬明瑾也算了合適的價錢跟他們買了下來。

岳家院裡，吳氏還酸不溜丟地琢磨喬明瑾怎麼又打上藤條的注意時，岳仲堯就回來了。

這不過年、不過節的，也不是例行休沐日，吳氏對兒子的突然歸來奇怪得很，可一看兒子肩上扛著比往日多了好幾個的大包袱，又喜上眉梢。

看兒子這樣，這是先回家呢！

「兒啊，快，快進屋。怎麼這時候回來了？真是的，怎的還拿這麼多東西回來。」

吳氏笑得見牙不見眼，邊說著邊上前就要去接岳仲堯肩上的包袱。

「娘，這包袱重得很，還是兒來拿吧。已經到家了，沒幾步路了。」

岳仲堯對他娘上手就搶的行徑著實頭疼，也不攔著了，她要拿就拿吧。

吳氏樂呵呵地自己搶了兩個包袱，又指揮著兩個兒媳把餘下的包袱全拿進了她的房裡。

「三弟這當了捕頭，就是不一樣了，瞧這大包小包的，哪裡是往日可比的？」

孫氏笑咪咪地連番奉承了好幾句。

岳仲堯默不作聲，沒跟進房裡，徑直走到廚房裡，往平日放米漿水的陶罐走去，想舀上兩勺來解解渴。

這回搭的順風車可不是到下河村的，豔陽高照中，他走了一個時辰才到家，渴壞了。

但陶罐裡空空如也，乾淨得不能再乾淨。

岳仲堯又在廚房裡四下看了看，確定米漿沒放在別的陶罐裡。

他愣了愣，連嘆氣都無力了，只好走到廚房盛水的小水缸裡，拿了葫蘆瓢舀了一大瓢就往嘴裡倒，直喝了三大瓢才算是緩了過來。

岳小滿看著她娘和兩個嫂子只顧著在屋裡解三哥的包袱，家裡一早上舀出來的米漿也沒了，三哥只能喝冷水，忽然覺得有些心酸，對著岳仲堯道：「三哥，你餓不餓？我給你下碗麵吃吧。」

岳仲堯對著這個妹子搖了搖頭，道：「三哥不餓，路上吃了幾個乾糧。爹和二哥、四弟呢？」

「爹和四哥到地裡去了，二哥去二嫂娘家了。」

岳仲堯聽完點了點頭，正想進屋翻舊衣裳好拿到水井邊沖個澡，就聽他娘在屋裡揚聲道：「老三，你是不是到喬氏那邊去過了？」包袱裡沒她期望的東西。

岳仲堯正待開口，又聽他娘說道：「你這是怎麼回事？怎麼把傢伙都搬回來了？」

屋裡，吳氏和兩個兒媳婦看著攤在床上的幾個包袱，裡頭都是岳仲堯的日常用品，衣裳鞋襪、澡豆皂角，連冬天的兩床棉被都搬了回來。

除此之外，並不見別的物事，布料尺頭，點心糕餅，那是翻遍也沒有的。

岳仲堯在吳氏門口應道：「娘，這次要帶的行李太多了，幾個同袍駕著馬車一路把我送到城外十里，來不及給家裡備東西；娘需要什麼，我下回進城再給娘帶。」

吳氏把手中的棉被翻來又翻去，聽完他這一番話，氣得把那棉被重重往床上一扔。「你聾了還是啞了？我是問你，怎麼把傢伙都帶回來了？連飯盒鋪蓋都揹了回來，你這是要外派還是怎的？」

岳仲堯撓了撓頭，良久才看著吳氏道：「娘，我辭了公差，地裡的活頗多，我回來幫妳和爹。」

吳氏一時沒反應過來，愣了愣，回過神便抓了床上的東西往岳仲堯身上扔去。

岳仲堯把他娘扔過來的一盒澡豆接在手裡，冷不防地他娘又接連投東西過來，他在門口左躲右躲，好不狼狽。

只是片刻間，房間裡就一片狼藉。

吳氏連扔帶罵，指著岳仲堯罵了個狗血噴頭，看岳仲堯的目光好像能噴出火來，只恨不得從來沒生過這個孽子。

「你說，是你把差事辦砸了，還是上官厭了你了，好端端的差事你竟然不要了！」吳氏氣得直喘粗氣。

「娘，都不是……不是差事辦砸了，也不是上官趕我走，是我自己要辭的。」

吳氏聽完，又往床上抓了一把，小東西已被她扔了個乾淨，沒撈著，看眼前一個兩層的飯盒，她撲過去抓在手裡，奮力就朝岳仲堯扔了過去。

「我扔死你！你長能耐了，多少人削尖了腦袋都得不到的差事，你就這麼拱手讓出去了！你是有千金還是萬金啊？看不上一個月三兩的月俸了？你老娘還指著它過活呢！」

吳氏乾嚎了大半天，又連聲吩咐兩個兒媳婦趕緊把老岳頭和兒子找回來。

孫氏和于氏對視了一眼，齊齊從門口溜了出去喚老爺子去了。

岳仲堯到房間裡翻了一身舊衣裳抱著，才拎了家裡的木桶就往村裡的水井處走去。

他出去沒多久，老岳頭父子倆便一前一後回了，氣還不待喘緩，那吳氏見著他回來，用力乾嚎，把事情一字不落地說了出來。

老岳頭癱軟在地上，不是因為別的，就是累的，這一路他跑回來都沒歇過。

吳氏看老岳頭只顧著喘氣，沒搭理自己，又嚎起來，說是不能活了云云。

老岳頭氣喘緩後，接過岳小滿捧的葫蘆瓢，連喝了幾瓢冷水，聽她不住嘴地乾嚎，忙斥道：「妳閉嘴！嫌聲音不夠大，全村人不知道還是怎的？」

他邊說邊示意岳小滿去關院門。

待院門關上後，老岳頭又抓過岳小滿問了一番，這才確定事情經過，對還在嚎著的吳氏喝道：「老三做什麼決定，那是他的事，妳有什麼好吵的？他覺得這樣好，就這樣做，與妳沒什麼相干！回家種地有什麼不好？日子還不是照過？」

「放屁！」吳氏迅速從地上爬了起來。「怎麼不相干了？他不是你兒子啊，他不是這家人啊？一個月三兩的銀子跟八百錢能一樣？日子能照過？當雜役的妹子跟當捕頭的妹子能一樣？許的人家能一樣？」

吳氏連珠炮地向老岳頭逼問，老岳頭身子向後傾著，差點沒被吳氏撲倒在地上。

老岳頭氣得用力推了她一把。

岳仲堯抱了一身衣裳，拎著個木桶要往水井處去，想了想，又繞到村外，往喬明瑾處走去。

喬家大門沒鎖，只用一根木條子拴著門把。

岳仲堯本想拉開門閂進去，但又放棄了。

看這樣子，娘倆應該在作坊。

他家裡老娘還鬧著，還是等家裡事畢了再來吧。

於是他轉身又往水井邊去了。

岳家那邊，一家人雖輪番勸著吳氏，怎奈她是個要強的，剛剛在外頭炫耀了沒幾天，說她三兒子升了捕頭，一家子好日子就要來了，看別人說話奉承她，心裡不知道有多高興。這才沒幾天，晴空響雷就把她的美夢擊了個粉碎，她越想越不甘心，越想越是氣恨得不行。

她一骨碌從地上爬了起來，往外就跑。

「娘是要去哪？」岳小滿在後面拉了她一把，沒料吳氏跑得太快，拉了個空。

老岳頭看了她往外疾走的背影，喝道：「誰都不許跟去，由她去！看她要發瘋到幾時？」

他拍了拍屁股，把衣襟上的泥都撣乾淨，背著手往堂屋裡去，找到水煙桿呼嚕嚕地吸了起來。

老岳頭這一聲喝，讓岳四、于氏等人全都沒跟著吳氏，岳小滿是想著讓她娘靜一靜也好，一樣沒跟著。

而吳氏，氣沖沖地出了家門，越想越氣，越想越不甘心。她盼著兒子升官加薪，把一家子都帶到城裡生活，改換門楣，再買上幾個丫頭、婆子伺候，也過一過使奴喚婢的生活，不料這樣的想望就這麼生生沒了，她只恨得火氣往上冒，非得好好發洩上一番，方能一消怒氣。

吳氏這一路疾走，在路上見著一根嬰兒手臂粗、成人手臂長短的竹竿，一把撿了緊緊握在手裡，又疾走了起來，牙根咬得死緊，面目猙獰。好在這一路也沒遇見人，不然那人非得被她這副樣子嚇到。

待走到喬明瑾屋子前，看見大門上只用木條拴著，她三兩下就把木條拔了，狠狠扔在地上，用力推開院門，跑了進去。

鄉下人家路不拾遺，夜不閉戶，喬明瑾除了自己住的房間，有一個箱籠是鎖著的，她不在時也會鎖上房門之外，其他房間幾乎都只是用木門子拴著，平常相熟人家進來拿個東西或放東西也方便。

吳氏一進來，陸續把廂房門上的門閂都給拔了，拿著竹竿進去就是一通亂砸，桌上、椅上、床上，片刻間就是一片凌亂。

砸了幾個廂房，吳氏還不解恨，又走到院裡，把喬明瑾那新搬進來沒兩天的一套藤桌椅也砸得沒了個形。

這還不算，她又衝到廚房裡，把桌椅碗筷、盤盆鍋勺砸了，一陣噼啪作響。

喬明瑾收拾得俐落明淨的廚房裡，沒見一個東西是完整的。

吳氏猶自氣不順，發現正屋好像還沒去，兩手握緊竹竿又一路衝至正屋。

正屋的門把拴得有些高，門閂也粗得很，她一隻手拉不動，遂扔了竹竿，兩手一起上。很快，門閂也被她拔了下來，吳氏正俯身撿起竹竿準備往裡面衝，就聽到後頭一聲大喝。「妳在做什麼！」

嚇得她一個激靈，轉身看去，只見雲錦正怒瞪著她，後面嘩啦啦跟來一群人。

吳氏進去喬明瑾家裡的時候，在作坊附近玩耍的孩子看到了，有膽子大的便偷偷在外頭看，聽到屋子裡噼哩啪啦聲聲作響，有機靈的孩子就一溜煙地跑到作坊去報信。

只是到底晚了些。

雲錦得了信後衝在最前面，此時看見吳氏握著一根快要散架的竹竿進裡屋，急忙大喝了一聲。

待看到那日他親自搬過來的藤條桌椅已是被砸得不成樣子，院裡也亂七八糟的，眼裡更是噴火，他上前邁了一大步，拽著吳氏的胳膊把她往後拖去，直到把吳氏拖得離了正屋門口十幾步遠才停下來。

那吳氏被拖得差點跌趴在地上，好不容易站直，看到雲錦身後的喬明瑾正一身光鮮地走進院裡，她一股邪火忽地往上冒，兩手緊握著竹竿就朝喬明瑾衝過去。

怎奈跟著雲錦進來的人眾多，哪裡能讓她得逞？

好幾個人把喬明瑾遠遠地拉開了，而雲錦更是一把拖住了吳氏。

吳氏大怒，又要如法炮製用竹竿去打雲錦，卻被雲錦很快奪了去，遠遠地擲開，拽著她的手狠狠甩了一把。

吳氏本是憑著一股衝勁，被雲錦這般一卸一甩，站立不穩，連著倒退幾步，一屁股跌到地上。

跟來的秀姊、何氏、夏氏等人看到院裡的一片混亂，廂房門也大開著，往裡一看，更是目不忍睹，早就一肚子火了。

喬明瑾卻只是淡淡地看了吳氏兩眼，覺得厭惡之極，轉身走去廂房。

幾個廂房，除了她放帳本、闢做書房的房間鎖著，其他房間均大門洞開，裡面東西散落一地，帳子全被打落了，鬆鬆垮垮地掛在床上，被子枕頭也被扯到地上；桌上的花瓶、文具、茶壺茶杯、桌子椅子，無一不是散落在地上，連能下腳的地方都沒有。

除了床，已經找不到一件完整的東西。

幾個缸子、罈子都被砸破了，大缸破了洞，穀子正沙沙地往外冒，小罈子也被打破了倒在地上，各種雜糧散了一地。

跟在後面的琬兒見到了，哇的一聲哭了。

明琦拉著她也在淌淚，牙根緊咬著，心裡恨得要死。

秀姊、何氏、夏氏及作坊裡做活的幾個女工，跟在她們後面，看了此情景，都是不住嘴地罵。

莊戶人家莫不是省吃儉用，從來捨不得糟蹋糧食，就是小孩子吃飯的時候掉了飯粒都要撿起來吃，哪裡能看到這麼多糧食都散在地上，還被踩得稀巴爛的？

夏氏拍著大腿。「天殺的，這還是人啊？幾世的仇人都不會幹這種事啊！」

何氏眼裡冒著火，扭頭衝到吳氏跟前，連拖帶拽的，若不是有人拉著，她只恨不得能連搧她幾個巴掌。

「去叫岳家人來！派人去城裡把那岳老三也叫回來，看看他娘都幹的什麼破事！」

何氏連吼幾聲，扯散了吳氏的頭髮，恨得連推了她幾下。

吳氏也不是吃素的，立時就跟何氏推搡了起來。

喬明瑾愣愣地看著散了一地的東西，閉著嘴不說話，也不動彈。

秀姊和幾個女工在後面連聲咒罵，夏氏看著喬明瑾呆滯的樣子，心裡一陣陣發酸，也不知道該如何安慰她，只能陪在她身後，心裡把那吳氏恨得要死。

此時有人在外大聲喊道：「快來看啊，廚房也被砸得不見形了！」

夏氏罵了一句。「天殺的！」就往廚房跑去。

喬明瑾默默地轉過身來，跟在秀姊等人後面往廚房走。

明琦看見她臉上淡淡的，看不出任何情緒，心裡有些害怕。

「姊……」

「娘。」

兩個孩子一左一右地拉著她。

喬明瑾看了兩人一眼，便拉著她們往廚房走去。

走了幾步，看到院裡放置的一些桶啊盆啊和曬衣服的竹竿，竹竿上的衣物全部被砸落在地上，洗得乾乾淨淨的衣裳又髒了，還有明顯的腳印踩在上面。

明琦衝了過去，琬兒也想跑過去，但跑了兩步，她回頭看了看喬明瑾，又跑過來緊緊拉著喬明瑾的手，緊緊地偎在母親身邊。

喬明瑾腳步停了停，直直往廚房走。

廚房裡，夏氏、秀姊等人連哭帶罵，在廚房連圈轉，沒找到一件完整的東西。

「這該死的，天殺的賊婆子！連炒菜的鐵鍋都打破了，這可要怎麼做飯！這是不給人活路了！」

其他跟來的幾個女工也心疼得很。

村裡沒人找得到比喬明瑾備得更齊全的廚房了，炒菜的鍋、煮飯的鍋、煮水的鍋、煮湯的鍋、熬粥熬甜水的鍋，各種鍋具，沒一樣是混著用的，各色碗碟、湯盆麵碗、各種大小的勺、長筷短筷，連骨碟都有。

村裡哪裡有這樣講究的人家？

喬明瑾家的廚房，窗明几淨，灶臺上、飯桌上、櫥櫃裡及那掛在牆上的抹布、墊布、圍裙，無一不是乾乾淨淨的，沒見半點油污。

村裡的男人無不以喬明瑾做為典範，讓家裡的婆娘以此做為標竿。

很多人都曾跑來學習喬明瑾的廚房裡是如何擺放東西的，牆上的釘、吊繩、掛鈎，廚櫃、矮几、東西擺得整整齊齊，不見一絲髒亂。

如今這裡卻像大風吹過一般。

找不見能落腳的地方，尋不見一件完整的物品。

琬兒看著自己專用的小碗、小碟被砸碎在地上，哇得大聲哭了出來。

岳仲堯領著岳家一眾到了喬家的時候，喬家院裡圍觀的人越來越多，一大群人看吳氏就像在看戲一樣。

吳氏頂著眾人的指指點點，頂著雲錦等人那吃人的目光，嚎著嚎著也有些害怕。

她終於盼到自家來人了。

見到岳仲堯等人出現後，吳氏就好像看到了主心骨兒，喜上心頭，更是越發撒潑地拍著地又嚎又喊。「這是要殺人了啊！天殺的，媳婦領了人要打殺婆婆啊！」

岳仲堯冷冷地瞥了他娘一眼，對這個娘越發失望，心一點一點冷卻下去，看了兩眼便不想再看，只在人群裡找自己妻女。

看見女兒正窩在妻子懷裡，背著人哭得一抽一抽的，心疼不已，三兩步就朝母女倆邁了過去。

喬明瑾見他過來，淡淡地看了他一眼，便往後退了退。

岳仲堯接到她陌生疏離的目光，一顆心如墜冰窖，冷得他直打顫。

雲錦看著他，冷冷地道：「你還是看一看你娘都幹了什麼好事吧！我這妹妹都避到村外來了，到底又是哪裡惹到了她？她一頓亂闖，把我妹妹家裡砸成這樣，欺負我妹子娘家沒人是不是？」

雲錦還沒說完，那邊吳氏先發制人，嚎道：「三兒啊，你看他們這一夥人，把娘拉扯成這個樣子，快快把這些人都抓到縣裡衙門去！」

這一番話不說雲錦暴跳如雷，岳家一眾聽了更是恨不得把頭埋到土裡。

老岳頭眼裡冒著火，咬著牙上前，把吳氏從地上拽了起來，伸手就給了她一個大耳光。

「岳貴升，你敢打我！」

吳氏嗷的一聲朝老岳頭撲了上去，老岳頭躲閃不及，臉上很快就被吳氏撓了幾道，見了血點。

岳二、岳四、岳小滿等人見之更是無地自容，紛紛上前欲拉開兩人。

岳仲堯見自家人當著這麼多人拉扯，又羞又氣，很快竄到兩人之間，把吳氏的手從老岳頭衣領上拉開，喝道：「娘！妳到底要做什麼！」

岳仲堯對他這個娘失望、冷心了。

方才岳家人一聽來人報信，嚇得連跑帶爬就奔了過來，路遇岳二正慢悠悠地要回家，見了一家人這樣，也齊齊往喬明瑾這邊跑。

如今看到他娘竟是趁著瑾娘不在，把瑾娘家裡砸成這樣……

岳仲堯本來下定決心要回家守在妻女身邊，哄了嬌妻，好讓她重回懷抱，重溫新婚時的甜蜜，也好再給琬兒添上幾個弟弟妹妹。

可現在他娘這般一來，只會把瑾娘越推越遠。

吳氏被眾人指指點點著，猶自不知所犯何事一樣，朝岳仲堯喊道：「你是死人哪？在縣衙裡掛著公職，就這麼由著別人作踐你親娘啊？」

老岳頭一聽，氣得又要撲上去搧她耳光，被幾個兒子、女兒攔腰抱住了。

雲錦對於岳仲堯一副死人樣極度不滿。

「你娘砸爛了我妹子的院子，你就打算這麼乾看著？」

雲錦看著岳仲堯的目光帶著火，彷彿只要對方不讓他滿意，就要撲上去咬上一口的架勢。

「你放心，我會給瑾娘一個交代的，不會委屈了她和孩子。」岳仲堯心裡麻木，又痛得無法呼吸。

娘啊，妳為什麼不盼著兒子好過呢？

何氏猶自氣不順，恨恨地看向岳仲堯。「你不會就以為砸爛了，拿銀子補了就算完事了吧？」

岳仲堯還未來得及開口，吳氏又呸道：「不算完，妳還要怎樣？我就砸了妳還能做何？賠個屁！若不是她這狐狸精哄著老三，老三會為了她辭了公差回村子？我們家老三好不容易升了捕頭，縣老爺又提了月錢，她這是眼紅了，害怕了，怕我家老三在城裡越過越好，娶了新婦在城裡生兒育女，把她遠遠拋開了，就哄著我三兒回來！賠個屁，我還沒讓她賠我們家的損失呢！」

吳氏噼哩啪啦如倒豆子一般全說了出來，岳仲堯阻止不及。

待她說完，岳仲堯喝道：「娘！我說過了這事跟瑾娘沒有關係，是我自己做的決定！」

「放屁！若沒有她哄著你，你會放著那麼好的差事不要？」

喬明瑾氣得笑了，這才知道為何會平白無故招來吳氏這一頓砸。

她彎著嘴角朝吳氏說道：「妳放心，自我搬出你們岳家，就沒想著要回去，一會兒等族長來了，我會讓他給我做個見證，讓我可以痛快地和岳仲堯和離了。以後妳兒子如何，跟我再不相干。」

第四十四章

老岳頭的大哥岳富升，是下河村岳氏新任的族長。

他年近五十，很精明的一個人，品性還不錯，處事也還算公道，這些年在村子裡算是有些威望。

岳富升自接了來人的報信之後，心裡就窩著火。

自他接任下河村族長後，村裡清明一片，夜不閉戶，路不拾遺，倒是不知竟出了這樣一個攪事精。

岳富升終於到了喬明瑾家裡。

有人看到了，連忙叫了一聲。「族長到了。」

眾人紛紛讓路。

岳富升瞪了老岳頭一眼，撥開人群，把喬家裡裡外外都看了一遍，待看到那間放糧食的廂房裡五穀雜糧散落一地，廚房裡連燒水炒菜的鍋都被捅破了，心裡的火便開始往上冒。

吳氏在看到岳富升進來的時候，有些害怕，往老岳頭身後縮了縮，漸漸閉上了嘴。

老岳頭家裡的兄弟她都不怕，有時候她還能和對方嗆上兩聲，但他這個大哥，吳氏是有些畏懼的。

岳富升走到喬明瑾面前，安慰了她幾句，道：「瑾娘妳放心，大伯定會為妳做主。」

喬明瑾對著他福了福，點了點頭，並不說話。

岳富升往吳氏那邊狠狠掃了一眼，又恨鐵不成鋼地看了岳仲堯一眼，才對老岳頭說道：「瑾娘這屋裡所有的損失都要由你家來賠，賠東西也好，折算成銀子也罷，只能多給、賠好的，萬不能隨便了事。」

老岳頭一個勁地點頭，只說一定賠，賠最好的。

吳氏在後面恨得不行，忍不住小聲道：「賠個屁，她還是我家兒媳婦呢。」

她想起方才一陣衝動砸爛了那麼多東西，要是賠，家底還不得掏光啊？連忙大聲道：「要不是她哄著老三，讓老三辭了公差回家，我會氣得來砸了她家？這錯的源頭是在她，憑什麼讓我來賠！」

岳富升一愣，對著岳仲堯道：「你辭了差？」

岳仲堯對著岳富升點了點頭，道：「是的，大伯，不過辭了公差這事跟瑾娘沒有關係，她也不知道這事；大伯放心，瑾娘這裡我會幫她收拾好，損了什麼、缺了什麼，我都會給她置辦齊全了的。」

岳富升看著這個姪兒點了點頭，道：「這是應該的，本來就該這樣。你娘不曉事，你不能跟她一樣。」

吳氏眼看著這事就要一錘定音，往前邁了一步，剛想開口，就被老岳頭和岳小滿齊齊拉住了。

「妳消停些吧！」老岳頭又恨又氣。

他怎麼不知道他這婆娘竟不講理到這種程度？

吳氏不服氣。「我砸自家人的東西，賠什麼銀子?!」

岳富升實在是沒話跟她說，對她這副模樣著實看不上眼。

那邊喬明瑾見了，想著若不給她來個狠的，只怕她心裡還是會不服氣，便開口道：「表哥，既然她不想賠銀子，你就帶著作坊幾個師傅幫忙押著她去送官吧！你再到周府一趟，讓周六爺跟衙門打聲招呼，他跟鄭知縣家的小公子熟得很。」

雲錦痛快地應了一聲，喊了背後站著的幾個作坊師傅，作勢就要上前去抓人。

吳氏這才慌了，拚命往老岳頭身後躲，一個勁兒地搖頭。「我不去！不去！」

岳富升在一旁點頭。「既然這是瑾娘的意思，那便這麼辦吧。」

旁邊圍觀的人也異口同聲地道：「對，送去衙門吧，讓知縣大老爺來判；反正瑾娘妳家有馬車，便利得很，這就送去吧。」

吳氏看雲錦幾個人已是到了她的近前，越發黏緊老岳頭，拚命搖頭。

岳仲堯看了喬明瑾一眼，沒有做什麼反應。

孫氏和于氏面上也沒什麼反應，倒是眼睛裡冒著光，一副熱鬧看戲的樣子。旁邊，岳二、岳四和岳小滿頻頻朝喬明瑾這邊投來求饒的目光。

「我不去縣衙，不去不去！我賠、我賠銀子，賠銀子還不行嗎？」吳氏軟了下來。

秀姊在一旁嗤笑道：「光賠銀子怎麼行？這萬一人人都跟妳一樣，看不順眼就上來打砸一通，砸痛快了就賠銀子，那豈不亂套了？」

吳氏恨得不行，揚聲道：「那妳還要怎樣？」

何氏看了她一眼，厭惡得很，恨聲道：「秀姊說的對，光賠銀子自然不行，妳得跟瑾娘當面道歉，還得寫下文書答應不會再登門，若以後再發生這樣的事，就十倍賠償。」

吳氏瞪大眼睛，讓她給那個賤人道歉？還不讓她登門？這是她兒子、孫女的家，她想來就來，還寫下文書？門都沒有！

她張著嘴，就想跳起來。

岳仲堯在一旁看了，越發失望。

岳富升又問：「妳是想賠銀子道歉，還是想送縣衙？」

老岳頭不等她開口，忙道：「瑾娘，妳看在琬兒的面上，就別把她送縣衙了吧。所有的損失都由我們來賠，一定幫妳置辦齊了。鍋壞了，今晚妳帶著琬兒回家去吃飯吧，明兒一早就讓仲堯去城裡給妳置辦東西，一定要最好的。」

喬明瑾面上沒有表情，道：「不用了，我和琬兒還有地方吃飯，我也不想做惡人，只要把砸爛的東西和損壞的糧食都補齊就成；我也不要她道什麼歉，只讓她答應再不登我家門就行，我和她井水不犯河水，以後別再來打擾我。」

她又轉向岳富升。「族長，當初我們簽的文書是一年之期，這日子已過了，剛好您也在，這就幫著我和岳仲堯把和離的事辦了吧，剛好明兒去城裡，一道去衙門把文書辦了。」

岳仲堯嚇了一跳，回過神來，忙道：「不，瑾娘，我不和離！我是不會再娶別的女人的！」

圍觀的人沒想到竟還有這一齣，都在一旁津津有味地看熱鬧。

喬明瑾轉身看了他一眼，道：「你覺得我和你娘這樣，還能一起過嗎？你娘自有她三媳婦的人選，而我和琬兒也自有我們的日子要過。」

「不、不，我不會和離的，不會和離的！我也不會再娶別的人！」

岳仲堯縱有千言萬語，這一時之間也梗得說不出口，只一次又一次地說著「不和離」這句話，來表達他的意思。

岳富升看了他一眼，嘆了一口氣。

這姪兒從小聽話懂事，他娘一句話，說是家裡窮，他就丟下書再不提去私塾的事，自己跟著老獵戶學了手藝，又到鎮上武館鏢局學了本事……後來上了戰場，四年杳無音信，他們都以為他不在了，沒想到他卻活著回來了。

他進了縣衙當捕快，才一年又升了捕頭，正是前程有望，他也覺得這姪兒有出息，很替他高興，想著以後若有機緣得京裡的族叔拉一把，前程定看好，於族裡也能多添一分榮光。

哪想他竟有這樣一個娘。

子。

岳富升又嘆了一口氣。吳氏這麼一做，只怕是把瑾娘心裡最後的親情都斬斷了。

他望向喬明瑾道：「瑾娘，仲堯說他不和離，妳怎麼說？」

瑾娘能怎麼說？她自然是想早早跟這吳氏、這一家子早早了斷，好過她輕鬆快意的日子。

而岳仲堯自是不同意。

他好不容易解決了柳媚娘那頭，放棄前程大好的差事，下了決心回到村裡來守著她們娘倆，哪裡願意和離了。

他從來就沒有要和離的想法。

只要一想到他岳仲堯嬌滴滴的女兒抱著別的男人，親親熱熱地喊別人作爹，他那心就像在那修羅戰場上，萬箭穿心都及不上一二。

兩方便僵在了那裡。

岳富升識得了吳氏的做派之後，又冷眼旁觀了他二弟娶的那三個媳婦，還真是就只有喬氏瑾娘是個好的，懂事明理、有遠見有見識，能挑得起這岳家二房，將來他二弟這一支，只怕還得靠瑾娘這個媳婦。

岳富升心裡自然是偏著自家二弟這邊，心底不打算幫喬明瑾和岳仲堯辦什麼和離，在他看來，這並不是什麼不可調和的矛盾。

於是岳富升分別做著兩人的工作，來回勸解著。

今天喬明瑾是明著吃大虧了，岳富升便拉著岳仲堯到母女兩人面前作揖賠不是。

岳仲堯看著喬明瑾油鹽不進，一副打定主意非要和離的樣子，心裡灰暗一片。

而老岳頭那邊也沒想過要讓兒子、兒媳分開各過各的日子，也跟著勸。

這和離了，找到的新人哪裡有當初少年夫妻結髮的情意？

半路夫妻，無不是因著這個合適或是那個合適，或是有錢、或是有能力、或是能幫著帶孩子、或是好拿捏……諸如此種種，總之只是覺得兩方合適罷了。

再說這結親結的是兩姓之好，若和離了，他心底會覺得對不起喬家。

岳家也只有老岳頭拚力在抗爭著，在喬明瑾面前不斷地說著軟話，旁人個個沈默不語，吳氏眼裡更是閃著光。

岳仲堯看了他娘這個樣子，哪有不明白的？他忍著心底的失望對吳氏道：「柳媚娘已是給大戶人家做妾了，咱家只是三餐都不繼的莊戶人家，哪裡是人家的好歸宿？娘就別盼著了，往後我自會應了諾，在平日裡多看顧她一二，我和她不是一路人。」

他說完，又轉身對喬明瑾說道：「我當初會答應娶她進門，一是看她娘倆在得知柳大哥的死訊後哭鬧得厲害，不好拒絕；二是當初柳大哥臨死前，我應承過要幫他照顧他家裡，當初若不是他，我早不在這世上了。這往後，我就守著妳們娘倆過，若妳不願意回岳家，咱們帶著琬兒就住在這裡，反正二哥、四弟也成親了，又各自有了孩子，這家也該分了。」

喬明瑾看了他一眼，並不說話。

吳氏一聽，嗷地叫了起來。「放屁！誰答應分家了？小滿還沒出嫁呢！再說我和你爹都還沒死呢，分什麼家！」

岳仲堯便道：「那我就先搬出來住，等小滿出嫁了，再來說分家的事。爹娘的養老錢我會按月送過去，平日有什麼活計我都會幫襯著，年節的吃食點心、衣裳鞋襪也會給爹娘備妥當。」

圍觀的人聽了，很是意外地看向他。

沒想到這岳仲堯還有這等魄力，當著這麼多人的面，又頂著那個潑賴不講理的老娘，面對眾人的討伐，他還能想到這種解決辦法。

圍觀的人雖然都跟喬明瑾關係好，但莊戶人家苦日子過慣了，他們也沒有什麼和離休棄的概念，總覺得一家人磕磕絆絆在所難免，說開了、解決了就好了，沒必要走到和離這一步，如今見了岳仲堯的態度，自然也是暗讚一個好。

反觀老岳頭和吳氏卻是愣在那裡。

岳富升和岳華升聽了，只是愣了愣，就臉帶笑意，對岳仲堯提出這般的解決方法，很是滿意。

岳富升便對吳氏道：「二弟妹，妳也聽到仲堯的話了，既然如此——」

「我不同意！別家是別家，我們家是我們家，我和他爹還沒死呢！誰都別想分家！想分家，除非我死了，除非從我身上踩過去！」

吳氏說完又是一屁股坐在地上，岳小滿和岳二兩人都拉不起她。

老岳頭看了岳仲堯一眼，眼裡複雜難言。

他知道瑾娘是個好的，比那兩個光說不做的兒媳婦好太多了，他也從沒想過要讓三兒和她分開，可是如今……只能分家嗎？

除了不想讓三兒一家分開外，他更是不想把這個家分了。一家人不就該和和樂樂地在一起，熱熱鬧鬧地一起過嗎？這樣才像個家，不是嗎？

一旦分崩離析了，這還能算是個家嗎？

喬明瑾冷冷地看了吳氏一眼，又近似嘲諷地朝岳仲堯說道：「我說過了我要和離，至於你要如何，那是你的事。等收拾好了，我要見到和離文書。我要收拾屋子了，請把你娘和你家人都帶回去。」

岳仲堯難得在喬明瑾面前硬氣了一回，道：「不，我留下。」

喬明瑾淡淡地看了他一眼，轉身去了廂房。

岳仲堯看著妻子冷漠的背影，心痛得幾欲不能呼吸，兩腿軟著，蹲到了地上。

老岳頭見此，搖頭長嘆了一聲，也不好繼續留在此，連忙拖著吳氏很快出了喬明瑾家院子。

岳富升和岳華升各自對著喬明瑾勸說了幾句，便也帶著家人離開了，臨走還說若有什麼事就打發人去叫他們。

圍觀的人散了之後，整個院子只剩下雲錦夫妻、夏氏、秀姊及蘇氏幾人。

雲錦狠瞪了岳仲堯幾眼，只恨不得能跟他好生打一架。

明琦和琬兒本想跟著喬明瑾，卻被何氏一把拉住了，她朝喬明瑾那邊努了努嘴，姨甥倆便安靜了下來。

喬明瑾眼裡那一汪水，看得何氏差點掉下淚來，且讓她一個人待著吧。

明琦在臉上抹了一把，拉過不時還哭得一抽一抽的琬兒，姨甥兩個掉頭就去了廚房。

岳仲堯一個人蹲在院子裡敲敲打打，不時往廂房望上一眼。

瑾娘，妳一定很難過吧？

妳把這個家從無到有，從長滿荒草的院子整成如今這般闊氣潔淨的家；從墊著磚頭睡在木板拼成的床板上，從家徒四壁到現在這般模樣，妳添了多少東西，做了多少努力。

可是，如今全被我娘毀了……

喬明瑾一個人靜靜地待在廂房裡，屋裡紛亂一片，被子枕頭被拽到地上，已經髒了，帳子也歪七扭八地攤在床上。

窗前桌子上，那個放了夏花的瓶子倒在桌上，滴滴答答往外淌著水。

那是她帶著女兒和明琦一起去林子裡採的花，三人各自捧著大大的一束，高興無比，此時卻已被踩得不成樣子，花瓣沒了，只剩下枝條，瓶子也碎了……

喬明瑾蹲了下來，緩緩坐到廂房的門檻上。

屋子裡亂亂的，她不想動，只是呆愣愣地看著。

不一會兒，淚水滾了一臉……

天剛濛濛亮，雲錦從喬明瑾家裡出來，欲往馬房套車。

打開院門，他就看見岳仲堯抱著個小小的包袱，曲著膝埋頭坐在門檻上。

雲錦沒說話，只是瞪他一眼，轉身去了馬房。

岳仲堯起身，往門裡望了一眼，又低頭默默地跟在雲錦身後。

兩人很快便套好了馬車。

岳仲堯搶過馬鞭坐在車轅上，雲錦看了他一眼，鑽進了車廂。

雲錦這一趟是要到城裡為喬明瑾置辦家裡的物事，昨晚一家人清理了好久，才算是收拾好了。

杯具茶具、鍋碗瓢盆、花瓶花盆、罈罈罐罐……但凡是瓷器類，全不能用了，好在被子帳子只要洗洗補補後還能用，五穀雜糧損得也不多，只是裝東西的大缸和罈罐被砸破了，要重買新的。

桌子椅子壞的，讓作坊的師傅們修補修補，若是不能修的，再讓幾個師傅們重打幾張就是了。

但這些錢是全都要讓岳家出不可，喬明瑾沒那麼大度，要便宜了吳氏。

早起後，喬明瑾推著何氏出了門，讓她去作坊。

明琦和琬兒很懂事，早早就起了，乖乖地陪著喬明瑾吃了夏氏送來的早飯，就幫著喬明瑾收拾衣裳被褥，琬兒也跟前跟後地幫些小忙。

巳時中，喬明瑾和明琦還在自家井臺上洗著髒污的被套，院門口響起了馬車的咕嚕聲。

這麼快就回來了？

琬兒得了喬明瑾的吩咐，隨手在院裡搬了張小板凳，跑去開院門。

如今即便有三人在家，院門也是要拴著，今早她還叮囑雲錦別忘買幾把大鎖回來。

周晏卿抱著琬兒大步走了進來。

「娘，周叔叔來了！」小東西話語裡透著喜悅。

喬明瑾扭頭去看，果真是那廝抱著窩在他肩頭的琬兒一步步朝她走來。

喬明瑾挽著袖子，長裙捲做一團紮在腰間，褲管也高高地挽到了膝蓋處，白生生的手臂、小腿就這麼清晰地展露在周晏卿的面前。

周晏卿有些不自然地別過頭去，俯身把琬兒放了下來。

喬明瑾也有些尷尬，接過明琦遞過來的棉毛巾，背過身去把兩條腿上的水珠都擦乾，這才放下褲管和裙子，並套上布鞋。

「今天怎麼來了？昨天周管事不是才來過？」喬明瑾轉身問他。

周晏卿往她腿上掃了一眼，雖然袖子還挽著，但好像並沒有什麼不妥的，他臉上的熱度稍稍退了些，方回道：「嗯，有些事。」

喬明瑾看了他一眼，便不再說話。

石頭和車伕正好抱著大包小包進來，大聲回道：「我們爺天沒亮就出來了，城門一開，第一個就出了城。」

周晏卿喝道：「多嘴！」

石頭縮了縮脖子，朝喬明瑾小聲問道：「喬娘子，這些東西要放在哪裡？」

「是什麼？」

「是爺昨天讓我們去買的，都是家裡能用得上的一些東西。」

喬明瑾往周晏卿那邊看去，周晏卿有些不自在，清了清嗓子，道：「那些都是買給府裡用的，買多了，白放在庫房也占地方。」

喬明瑾心裡感激，面上笑了笑，對明琦說道：「帶石頭去歸置東西。」

明琦應了一聲，就帶著一臉興奮的琬兒走了。

周晏卿上了井臺，看見喬明瑾一個人擰著棉套很吃力，就伸手接了進來。

「還是我來弄吧，沒得弄濕了你的衣裳。」

「沒事，車上有備用的衣物。怎麼擰的？這樣？」

喬明瑾看他笨手笨腳的樣子，袖管上已是沾了水，便道：「把袖子先捲起來吧。」

周晏卿往自己兩隻袖子上看了看，只好先放下被套，把袖子捲了起來。一邊捲好，待捲另一邊的時候，方才捲好的袖子又滑了下來。

喬明瑾笑了起來。

這位爺怕是飯來張口，衣來伸手的貨，沒事穿這麼好的綢緞衣裳，卻不比棉布衣裳好捲。

她遂上前兩步，幫著他把袖子挽了起來。

周晏卿看著她在自己面前低著頭，一臉嫻靜淡然，一頭濃密的烏髮，散發著淡淡、好聞的皂莢味道。

周晏卿深深地嗅了兩口。

待她抬起頭來，輕輕說道：「好了。」周晏卿這才斂神，微抬起自己的袖子，看了兩眼，嘴角彎了彎，朝她看去。

經過昨日那事後，她面上不見清苦，不見一絲怨氣，仍舊淡淡的，像雨後抖落了滿身水珠的蘭草，亭亭玉立，不起眼，卻教人難忘。

她臉頰兩邊落了幾絲亂髮，周晏卿情不自禁地伸出手。

喬明瑾愣了愣，在他快接近時往後縮了縮，俯身往木盆裡伸去，抓起棉套的一頭遞給他。

「你抓著不動，我來擰。」

周晏卿有淡淡的失落，但很快回過神來，兩手緊緊拽著她遞過來的被套。

「這樣？」

「嗯。你抓住不動，我來擰就行。」

周晏卿頭一回幹這種活，還真有些不大適應，落下的水珠很快就濺在他鑲金繡銀的鞋面上。

周晏卿順著喬明瑾的目光看去，一臉不以為然，不就一雙鞋子？就道：「無妨。」

他看喬明瑾吃力地擰著厚厚的被套，那水順著她白生生的手臂滑到手肘深處，便道：「妳抓好，我來擰。」

很快他便學著喬明瑾的樣子擰了起來。

果然是力氣大，有優勢，被套的水隨著他這麼一擰，嘩啦啦直往下淌，聲音好聽得很。

喬明瑾笑了起來。「很不錯，大概會早乾上一、兩個時辰。」

周晏卿瞧著也是心情大好。

兩人很快就把幾床被套擰好了。

周晏卿看著空落落的手，暗恨。他動作那麼快幹麼？省些力氣慢慢擰不是很好？他恨不得搧自己一耳光。

下次，下次就會了，他又忍不住安慰自己。

喬明瑾拎著裝滿了被套的木桶往後院晾曬處走去。

周晏卿看她拎得吃力，一把搶了過來，很是輕鬆地走在前面。喬明瑾見了，笑了笑，緊緊地跟在他後面。

她拭淨了竹竿上的浮灰，又抖開被套，把被套鋪開晾曬。

「怎麼不長高些？」周晏卿看她踮著腳，邊調侃著邊幫她把被套鋪在竹竿上。

「要長你這麼高，只怕是嫁不出去。」喬明瑾笑著回道。

周晏卿看了她一眼，不說話，扭頭去理了理被套的褶縐，嘴角彎了彎。

兩人很默契地把幾床被套晾好了。

喬明瑾看著幾根竹竿上掛著顏色各異的被套，很是舒心地揚起了嘴角，俯身拎起空空的木桶就要轉身。

周晏卿搶了兩步，抓住她另一隻手，盯著她。「讓我來照顧妳吧！」

喬明瑾的另一隻手鬆了鬆。

周晏卿快手快腳地一把撈起木桶，把那木桶輕輕放在地上，另一手又伸過去抓喬明瑾的手，不放開。

「答應我，讓我來照顧妳吧！」

周晏卿眼神堅定地盯著她。

喬明瑾心裡起了萬丈波瀾。

「你在開玩笑？」

「我沒有，我很認真。」

他說完，兩人長久地對視，生怕錯過對方臉上一絲一毫的情緒。

「這不現實。」

喬明瑾拎起地上的木桶往井臺邊走去。

周晏卿看著空落落的手，很快跟了上去。

院子裡，明琦帶著琬兒、領著石頭和車伕，已是把東西全部搬進了廂房。

喬明瑾看著廂房裡的大包小包、大籃子小籃子，幾乎擺滿了整間廂房，地上也堆了好幾個籃子。

喬明瑾略翻了翻，鍋碗瓢盆、碗碟茶具、花瓶匣子……很是齊全，連針線簍子都有，果真都是家裡用得著的物事。

「謝謝。」喬明瑾回頭朝跟進來的周晏卿道謝。

周晏卿笑了笑，從一堆油紙中翻出兩包，送到琬兒和明琦手裡，柔聲道：「帶到作坊那邊吃去。昨天不是有小朋友給你們報信了嗎？要記得謝謝人家。」

琬兒開心地直點頭，把油紙包揣在懷裡，轉身就去拉明琦的手。

明琦看了喬明瑾一眼，喬明瑾朝她點了點頭，姨甥倆便歡歡喜喜地出門去了。

石頭來回看了兩人幾眼，被周晏卿的眼神嚇得打了個激靈。

「你和柱子去把車卸了，順道把馬也餵了。」

石頭低頭應了一聲，急忙跑了出去。

喬明瑾轉身把廂房門關上，轉身進了隔壁的書房，從桌子上找了幾本她做的暗帳，拿給周晏卿。

「這幾本我已經做好了，你看一看。」

周晏卿沒去瞧，接過帳本隨手放在一邊，拉過喬明瑾讓她在矮榻上坐了。

待她坐下，他的雙手便伸出去握住喬明瑾的手，大大的手掌緊緊地包著它們。喬明瑾把手往裡縮了縮，但沒能掙脫。

周晏卿拽得更緊，在矮榻前蹲了下來。

「我方才是認真的，沒開玩笑。我知道這一年來妳一個人很苦，一個人掙扎著，努力地活著……我看著心裡疼……」

喬明瑾愣愣地看著他。

又聽得他說道：「讓我來照顧妳吧，我們一起。我從來沒這麼認真過，答應我，嗯？」

他聲音極其溫柔，軟軟的，極具誘惑，在喬明瑾的心裡撓了撓。

眼前的人分明十足認真。

喬明瑾的視線漸漸模糊了，她緩緩點頭。「好。」

周晏卿情不自禁地伸手去拭她臉上滾落的淚珠。

那一顆顆晶瑩剔透的淚珠順著喬明瑾的眼角，滾了她滿臉滿腮，也燙疼了周晏卿的心。

他用指腹極盡溫柔地擦拭，又用手背去抹，拉衣袖去沾。

周晏卿沒有隨身帶帕子的習慣，總覺得那太娘裡娘氣。他房裡的女人、家裡的表妹、外頭的女人送的最多的便是各種帕子，綢的錦的緞的雪紡的，繡著花鳥魚蟲的、仕女人物風景的，應有盡有。

只是他都沒有收下來，推拒不過的，也被他轉手送給了別人。

今天他倒是覺得沒那方小小的帕子竟是處處不便，此時他只能用指腹替眼前的女子擦淚，只是竟然越擦越多。

周晏卿很是心疼，起身挨著喬明瑾在矮榻上坐了，道：「以後有我在，沒人敢欺了妳。以後，有我護著妳。」

喬明瑾心裡微微一顫，淚眼模糊地往他臉上看去。

眼前的周晏卿似乎並不大擅長說一些露骨的情話，說出這兩句話已是讓他臉上起了紅雲。

護著我嗎？以後都護著嗎？

這樣的話，讓人聽了多少有些心動。

算了，就這樣吧，一個人太難。

這不是她熟悉的地方，不開心了，能買張機票飛到另一個地方躲起來，從頭再來。

就這樣吧，她有些累了。

兩人靜靜地坐著，誰都沒有說話。
周晏卿恨不得這一刻能變成永恆，困了自己許久的問題，彷彿在此時全有了答案。
這個女人在他心裡、腦子裡裝了那麼久，累得他苦惱不已，原來她真的不只是一個合作夥伴呢，他任由她在自己心裡的分量越來越重……

從青川城裡往下河村的小道上，岳仲堯高高地揚著馬鞭，在空中揮出鞭花，清脆地響，馬兒得得地往前一路小跑著。
小道不算小，再來一輛牛車也能輕鬆過去，路上筆直，沒什麼岔道。
岳仲堯偏頭看了看，厚厚的簾子後面坐著妻子的表兄。兩人一早到了城裡，要買什麼，買多少，都是這位表舅兄做的主，他則只管跟在後面付銀子和搬運東西，兩人沒有過多交流。
連中午吃飯的時候，他們都沒有多說上一句話。
表舅兄心裡還是怨著他的吧？
岳父家裡還不知道，若是知道了，憑他們對瑾娘的疼愛，會怎樣呢？會把瑾娘接回雲家村的吧？
岳仲堯心底灰暗一片，伸手在腰間上掛的荷包裡捏了捏，那裡面只有不到十兩銀子了。
這一年來，他有存了一些銀子，在外頭得了一些孝敬他全都存了起來，這一年來也攢了不少，往鄰縣跑了幾趟差更是攢了好些錢，他防著他娘再來縣衙裡拿他的俸祿，後來交代衙門的同袍只許他親自去領。

所以這一年，他已攢了近一百兩銀子。

他本是替瑾娘和琬兒攢的，養家餬口的事就該由男人來擔著。

而自瑾娘帶著女兒搬出來後，他更是不忍苦了妻女，每次回村，都想把錢交給瑾娘，可是瑾娘每次都推拒了。

他心裡頭不是不失落，妻子花丈夫的銀錢是天經地義的事，一家人還要分成兩家嗎？瑾娘分得這麼清，是不把他當一家人了嗎？

瑾娘沒要錢，他也沒把這些銀子交給爹娘，只是悄悄攢著，想等將來留給妻女。

本來他就下定決心要辭了差事回鄉，再買上幾畝良田，跟妻子男耕女織，養兒育女，和妻子好生過日子。

哪料他才剛一回來，良田還未尋著，就因他娘來了這一下，荷包裡攢了一年的銀子便只剩十兩了。

若不是今早他爹開了他娘的櫃子，搶了二十兩給他，只怕他連今天的銀子都不夠付。

他娘還是沒有半分覺悟，不覺得自己做錯了。

昨晚他娘就不願給銀子，在院裡罵了他一宿。早上他出門，他娘還是死活不肯給錢，只推說家裡沒錢了，連房門都不讓他進，吵得厲害，還說他要是拿了銀子走，一家人便一起撿根棍子出門當乞丐去。

還是他爹看不過眼，強行開了他娘放銀錢的箱子，取了銀子給他。他娘撒潑哭鬧得厲害，他爹最後也只搶了二十兩銀子出來。

他奈何不得，唯有望天長嘆一聲，捧著他爹給的二十兩銀子急急出了門。

他並沒有覺得瑾娘用好的、買貴的東西有什麼不對，他家娘子本來就該享用最好的物事，是他沒用，這才委屈了娘子。

只是，這剩下的十兩銀子能幹麼呢？

一畝上等田是買不了了，秋收後可能還有機會，可如今地裡禾苗泛青抽穗，誰會賣豐收在望的良田呢？

十兩銀子只怕連一畝中等田都買不起，日常的吃喝又該怎麼辦？

他不想委屈了他的娘子和乖巧懂事的女兒。

岳仲堯眉頭緊鎖，一股愁緒湧上心頭。

瑾娘還說她等著他的和離書，這莫不是在剜他的心嗎？放她娘倆離去，就如剔他的骨、割他的肉一般，連夢裡他都覺得血淋淋的，讓人不能安生。

不能，絕不能！哪怕瑾娘要怨要恨，他也不能放她走。

喬家院子裡，喬明瑾和周晏卿都沒出門。

中午的飯食是石頭和明琦從作坊拎回來的。
若周晏卿要去作坊吃飯，師傅們必會拘謹得很。往常他過來，都是在喬明瑾家吃小灶。而今天，喬明瑾家裡雖然沒有開伙，但他也不想出門，只想靜靜地與她一起吃。
石頭在桌子上擺了飯菜，又低頭拉著明琦出去了。
「坐吧。」
喬明瑾往桌上瞧了一眼，很是豐盛，看來是因為周晏卿來了，作坊裡給加了菜。
周晏卿拉著她在椅子上坐了，自己也拉過一張椅子坐在她旁邊，往喬明瑾碗裡挾了兩筷子菜，問道：「我好像還沒問過妳，妳最喜歡吃什麼菜呢？好像每次我拿來的肉啊菜的，妳即便吃得不多，也沒見過妳拒絕不吃。」
喬明瑾往碗裡看了看，笑著回道：「我喜歡吃綠葉菜，凡是素菜都喜歡吃。雞肉、豬肉吃得多些，內臟不喜歡。」
周晏卿一邊聽一邊默默記在心裡。
「其他肉都不喜歡嗎？牛、羊肉？兔肉？什麼內臟都不喜歡？魚呢？」
喬明瑾偏頭想了想，道：「牛、羊肉吃得少，平常貴，又難買。兔肉偶爾會吃一回。內臟都不喜歡。魚也喜歡，但多刺，吃著煩。」
周晏卿聽了，低低笑了起來。

喬明瑾瞪了他一眼，隨即想到什麼，笑著看向他。「你吃過海魚嗎？海魚刺少，我很喜歡，蝦蟹海鮮我都很喜歡。」

周晏卿愣了愣。

這青川城離海還真是有著不短的距離。

他吃的蝦蟹全都是在河裡撈的，海魚總共也沒吃過幾回，海鮮吃的都是乾貨，眼前這人是去哪裡吃的？

「妳不是在雲家村出生的嗎？」

喬明瑾埋頭在碗裡。「我是夢裡吃到的不行嗎？」

周晏卿愣了愣，笑了起來，又往她碗裡挾了幾筷子，這才捧起自己的碗也跟著吃了起來。

往常他經常和她同桌一起吃飯，但都沒有今天這樣開懷。

困擾了他大半年的女人此時就坐在身邊，鼻間不時飄來她身上淡淡的體香，讓他心猿意馬，又唯恐驚了她，只能拚命斂神壓制著，旁若無事地與她談笑。

真好，就只有他和她呢，只有他們倆，往後也會經常這樣的吧？

他又忍不住挾了一塊肉放到她碗裡。

喬明瑾捧著碗頓了頓，也伸了筷子幫他挾了一塊。「你也吃。」

「好，好。」

周晏卿嘴角帶笑，只覺歡喜無比，吃進嘴裡的飯菜猶如那瓊漿玉液一般。

兩人氣氛愉悅地吃完了飯，用了比往日多了近一倍的時間。

飯後，喬明瑾收了碗筷拿到井邊去洗，周晏卿腳步輕快地跟在她後面，到了水井邊，還自告奮勇地扔了木桶下去汲水。

周六爺頭一回幹這種體力活，只覺手裡那木桶百般不聽話，連晃了幾下，桶裡的水還未打滿，還是在喬明瑾的指點下，木桶才沈進水裡。

好在周六爺也不是個軟貨，一桶水還是很輕鬆地拉了上來。

看喬明瑾把他打來的水倒在木盆裡，就著他打來的水洗碗碟，他不免沾沾自喜，又迫不及待地把木桶扔進井裡，連拉了好幾桶上來，井臺邊放了好幾個空木盆、木桶，這會兒全讓他裝滿了。

周六爺還意猶未盡，看井臺邊還砌著兩個石池，又待往裡面裝水，被喬明瑾快手快腳地把他拉住了。

「你是力氣大，沒處使還是怎的？」

周晏卿訕訕笑了兩聲，這才停下手，看喬明瑾在他面前仔細地洗著兩人吃用過的碗碟，只覺得溫心無比，背著手在一旁默默地看著。沒過多久，他又忍不住跑到井口伸頭往井裡看了看，道：「這井沒有井蓋嗎？琬兒會不會掉進去？」

喬明瑾抬頭剜了他一眼。

那廝便摸了摸鼻子，訕訕道：「水井嘛，小孩都頑皮的……」

「琬兒不會，她很聽話，說了不讓她靠近井口就絕不會靠過去。這井天天早晚要用，周圍又沒有種樹，也不會有葉子掉到裡面，有時候，附近有田地的人路過也會取了水去用，蓋上井蓋反而麻煩。」

周晏卿點頭。「我看過有人在井口裝轆轤的。」

「家用裝轆轤的少，桶子還得做得重些才好汲水，那樣一裝一放也很費時間，沒有省力多少，倒不如這樣方便。況且裝轆轤的井都挖得深，我這井才挖了十來尺就出水了，現在這儲了水，水面到井口只有六、七尺的距離，繩子沒拉幾下水桶就上來了，又快又輕省，裝那東西幹麼？」

天氣熱，煮水的壺沒了，他們不想喝熱茶，兩人便喝了幾口從作坊裡拿來的綠豆湯，齊齊歪在廊下未壞得徹底的躺椅上說話。

岳仲堯回來的時候，看到的就是這幅畫面。

他的妻子躺在藤條椅上昏昏欲睡，而周六爺則坐在旁邊的椅子上，溫柔地看著他的妻子，眼睛眨都不眨。

這樣的畫面落在岳仲堯的眼裡，深深地刺痛了他的心……

第四十五章

喬明瑾自午飯後就有些犯睏。她昨夜一直沒睡實，這會兒躺在搖椅上，旁邊又有周晏卿的輕聲細語，像有人在哼著催眠曲，讓她很安心，不一會兒她的眼皮就重了。

周晏卿從沒看過喬明瑾這副模樣。

往常這女子都是淡淡的，連笑起來都帶著一股疏離，在他面前應對得體，盡顯主家的謙遜知禮；而如今在他面前，她卻露出了這般慵懶的小女兒之態，讓他又歡喜又窩心。

周晏卿一直盯著昏昏欲睡的喬明瑾，眼神不離。

這一幅情景美好得像畫一樣，刺痛了岳仲堯的心，痛得他幾近不能呼吸，躬著身釘在那裡，眼神呆滯，神飛九天。

雲錦斜睇了他一眼，抱著東西抬腿就走了進去。

多大的人了，還被老娘拿捏著？他對他多了幾分怨氣。

「回來了？」周晏卿起身，熱絡地朝雲錦打招呼，如今他的招呼裡更是比往常多了幾分親熱。

周晏卿跟雲錦打完招呼，又朝院中某處揚聲道：「都死人哪？還不去搬東西！」

話音剛落，遠遠躲在某一處打盹的石頭和車伕迅速跑了出去。

喬明瑾聽到話音也直起身來，眼神恢復了幾許清明。

「沒事，妳睡吧，有我們呢，要不妳先進廂房去睡一會兒吧。」

周晏卿幫她拉了一把差點滑落到地上的薄被。

「沒事，晚上再早些睡。」

「不需要妳去搬，妳只管在屋裡歸置就行。」雲錦也體貼地對她說道。

喬明瑾想了想，點頭應了，又指揮著幾個人把東西搬到一間閒置的廂房裡。

幾個人都發現了岳仲堯，只是並沒有人跟他打招呼，喬明瑾也只是淡淡地看了他一眼。

岳仲堯只覺那一眼，陌生疏離至極，對他來說如萬箭穿心。

好在他定力還不錯，痛歸痛，面上卻不願表露出來，這是他妻女的家，憑什麼他要像個外人一樣？

他神情自若地跟著搬東西，來回幾趟，又按著喬明瑾的話，把東西一一各歸各處。

岳仲堯一手抱著個大砂鍋，一手拎著個大鐵鍋，抬腿往廚房走。

周晏卿看了他一眼，也拎了兩件廚房的物事跟在後面。

廚房裡，東西都被砸壞了，好在灶爐沒有被破壞，不用再重砌，買了新的物事擱置在上面就能開伙做飯。

待岳仲堯把東西放好，轉身，就看到周晏卿正抱著碗碟站在他身後。

兩人對視，誰都不肯先移開目光，似乎是男人的對決。

周晏卿眼神精明，長身玉立，錦衣華服襯得整個人風度翩翩，讓人不容忽視。

而岳仲堯面色沒有周晏卿的白皙，身上也只是粗棉布做成的藏青短打，灰撲撲的布鞋，典型的莊稼人打扮，但他高大魁梧，又在戰場上歷練過，眼神犀利，在周晏卿面前並不顯弱勢。

兩人沒有開口，都在打量對方。

周晏卿拎著碗碟，良久之後，似乎覺得他們這樣有些滑稽，遂把碗碟放在地上，開口道：「你和她和離吧，我會好好照顧她。」

岳仲堯胸口悶疼，似被人重重捶打，眼神不錯一分，冷著聲道：「不可能！」

周晏卿眼睛瞇了瞇，道：「都這個時候了，你覺得你們家的人還能接受得了她？莫非你要脫族，不要父母了？」

岳仲堯兩手緊緊攥著，道：「還沒到那一步，我會處理好的。」

周晏卿嗤笑了聲。「一年了，你都沒處理好，還要讓她再年華虛度？」

岳仲堯緊緊地盯著他，道：「她跟著你不見得就能好過多少，你家並不適合她。」

「適不適合也不是你說了算的。」

「你說和離就和離？那也不是你說了算的！」

兩個人再次斂聲，逼視對方，恨不得把對方臉上有幾根汗毛都數上一數。

「你要為了她好，就該放了她。」周晏卿再度出聲。

「我說了不可能！我絕不會讓我女兒喊別人為爹！」

周晏卿笑了，讓人更覺得他丰神俊美。「我不強求，她可以喊我一聲叔，將來我會讓她風光大嫁，十里紅妝，而你那娘卻不會給她這些。」

岳仲堯心裡湧上一股濃濃苦澀。「我的女兒將來會如何，不須旁人操心！」

他說完，錯過周晏卿大步出去了。

周晏卿回頭看他，他的背影寂寥，一大步一大步，步子邁得大而重，跟他是兩種風格。

周晏卿笑了笑，撣了撣衣裳邊角，也出了廚房，風度翩翩，優雅無比，像規定好的一樣，每一步都不多一分、不少一分。

有了雲錦這一趟大採購，再加上周晏卿送來的各色物事，喬明瑾家裡被打砸後，不僅沒缺了什麼，倒多了好些出來，擺設用具都高了一級不說，有些物事還多了幾份備用的出來，即便再被砸上一次，都不須再採買了。

這一收拾，家裡恢復得比往日更好了兩分，瞧著更是溫馨，處處合乎心意。喬明瑾很是高興，對著雲錦連連誇他會買東西，當然也不忘謝了周晏卿一通。

他帶來的東西雖說是給府裡買的，多了才送過來，但明眼人一瞧就知道他是專門買來給她用的。

喬明瑾朝周晏卿笑了笑，周晏卿心生歡喜，也回了她一個大大的笑臉。

兩人的互動讓在一旁無甚存在感的岳仲堯心疼得厲害。

這種疼又不能說給別人聽，只能咬牙自己忍著。

這一天，周晏卿在喬家盤桓到下晌，直到天邊昏黃了才離去。

石頭連連跳腳，催了又催，差點給他跪下了，周晏卿才踹了他一腳，上車走了。

今天是個好日子，他確定了他的心意，也得到了回應，讓他喜上心頭，哪裡肯那麼早就回城？他只恨不得能留下來不走了。

喬明瑾看岳仲堯沒有離開，雲錦請了他數次，他也不走，只坐在女兒的床沿看她甜睡的模樣。

喬明瑾只好隨他去。

就算和離了，也改變不了他是女兒父親的事實，讓父女兩人不能親近，這事她也做不出來。

喬明瑾拉著雲錦問了這一天採購的事，及花費銀兩的事，雲錦細說了一遍。

喬明瑾得知這些東西都是由岳仲堯付的銀子，她給雲錦的銀子並沒有花出去，很是驚訝。

很顯然，吳氏是不會出這麼多錢的，這些錢大概是岳仲堯私自攢的。

果然是無官不富嗎？連手下的蝦兵蟹將都不是窮的。

她搖了搖頭，沒有很在意。

廂房裡，岳仲堯靜靜地坐在床沿盯著女兒貪看。

他錯過了女兒四年，想著要彌補，卻又不知該如何做。

他省吃儉用，得來的銀子從來不捨得花，想給她們母女兩人吃好的、用好的，可是她們似乎並不需要，瑾娘……她不願領情。

岳仲堯心裡湧上濃濃的挫敗感。

那人……那人竟那麼直白地讓他放手，而瑾娘好似並不反感，跟他言笑晏晏；自從他回來後，瑾娘還從來沒對自己那麼歡喜地笑過。

那人有錢有勢，家裡是青川城裡數一數二的大戶，族人眾多，在京裡又有背景，跟知縣家也是熟得很。

而他岳仲堯，只不過是一個普通莊戶罷了，除了有幾把力氣，只會在地裡工作，沒辦法讓妻女天天吃上葷腥……

他的瑾娘，他的女兒配得上最好的。

叫他放手嗎？不，絕不！瑾娘並不適合大宅門裡的生活，在那四方井裡，她一定不會覺得開懷。

她不開懷，他也不會高興；而他的女兒是要在天地間肆意大笑的，女兒進了那裡要看人臉色，下人逢高踩低，言語中傷……

他的女兒到最後可能只會拘謹地、畏畏縮縮地活在自己的房間裡。

岳仲堯伸出手在女兒的臉上輕輕地摸著，心慢慢軟了下來。女兒粉嫩嫩的臉頰讓他愛不釋手，這是他的女兒，是他的骨血。

琬兒似有所覺，皺了兩下眉頭，慢慢睜開眼睛，看清了眼前的人，她眨了眨眼睛，有些遲疑。「爹？」

「爹在這。琬兒睡醒了嗎？妳今天的午睡可睡得真久。」

岳仲堯小心地抱起女兒，拿起放在一旁的衣裳幫她穿上。

琬兒沒像往常一樣歡喜地撲到他的懷裡，只是任他擺弄著穿上衣裳。

「琬兒的鞋子好漂亮，是娘做的嗎？」岳仲堯一邊彎腰給女兒穿上鞋子，一邊跟女兒說話。

小東西定定地看著他點頭。「嗯，娘做的。」

岳仲堯給女兒穿好鞋子，又伸手要抱她。「爹爹抱妳去見妳娘。」

琬兒往旁邊閃了閃，手往身後縮了縮。

岳仲堯心裡一揪，喉嚨梗澀，兩手愣愣地伸在那裡。

一早的周府，大門兩側的邊門剛剛打開，府裡採買的、外出辦事的各路管事就陸續出了府。

兩個守門的一個個翻看他們出門的條子，才放了人出門，遠遠看見周晏卿朝這邊過來，他們連忙手忙腳亂地要去開大門。

「不用了，就用側門。」周晏卿淡淡說了句。

「好的，六爺。」

兩個守門的也不敢怠慢，又一前一後把側門開得更大了些。

大門外，早有周晏卿日常搭乘的車駕候在那裡。

兩個守門的只看見六爺扶了石頭的手蹬上馬車，石頭抬了一腳正想蹬上車，卻被厚厚車簾子擋著的六爺伸出腳踹了一下，差點被踹得趴下。

石頭只好委委屈屈地跑到前頭，坐在車轅的位置。

兩個守門人想笑卻不敢笑，憋得辛苦，又對視了一眼，兩人眼裡都有著濃濃的疑問。六爺今天怎麼這麼早出門？現在是城門還沒開吧？

兩人抬頭望天，霧濛濛的，天邊只露了魚肚白，好早，六爺太辛苦了。

兩個守門人決定好好守住大門，不然會對不起六爺給的月錢。

下河村，岳仲堯也起了。

昨日他在瑾娘處待到很晚才回來，但瑾娘並沒有像往常一樣留飯給他。

自從他娘到瑾娘家裡砸了一通後，他發現妻子對自己更冷淡了，連琬兒跟他也不那麼親熱了。

雖然女兒還是會讓他抱著，讓他接近，但不像往常那樣愛纏著他，沒有往常那般親密。他哄了女兒好久，女兒還是不在他懷裡格格直笑，女兒看著他的目光中有著審視，讓他五臟六腑都好像翻轉了一遍。

岳仲堯轉頭深吸了一口氣，三兩下穿好衣裳出了房門。

「起了？」

岳仲堯嚇了一跳，看清是他爹後，才回過神來，回道：「嗯，起了。爹，怎麼起這麼早？」

「老了，覺少。」

岳仲堯靜靜地站在那裡，看他爹手指翻飛編著竹篦。

「爹，這會兒天還暗著，這竹篦待天明之後再編也不晚，省得把眼睛熬壞了。」

老岳頭熟練地用十幾根刮好的竹皮來回扭著轉著編著，連頭也不回，道：「沒事，習慣了，都做幾十年了，就是天再暗些，爹也能把它編好。」

看岳仲堯不說話，只靜靜地呆在一旁看，他想了想，便道：「你是要去瑾娘那邊？」

聽到岳仲堯低低應了一聲，他嘆了一口氣又道：「這事是你娘不對，是我們家對不住瑾娘。那二十兩銀子爹知道定是不夠的……往後，爹多編幾個竹筐，拿到集裡賣，可以得一些錢，到時你再拿去給琬兒她娘。」

岳仲堯蹲了下來，靠在老岳頭旁邊，道：「爹，不用的，那些就當是兒孝順你和娘，以後兒會努力掙錢讓她們娘倆過上好日子。」

老岳頭又嘆了口氣，道：「爹昨天想過了，琬兒是我們家的孩子，斷沒有讓她到別人家去的道理，咱家再苦再窮，也幹不來這種賣孫女的事；等你妹妹成了親，爹就幫你們分家，你跟琬兒娘以後就好好過日子。」

岳仲堯沈默良久，道：「娘可能不同意。」

老岳頭仍舊沒抬頭，一心只在那竹篦上，他哼了一聲，道：「你以為就你想分家嗎？你那兩個兄弟媳婦早就想分家單過了，到時候沒人站在你娘那一邊，她也翻不起什麼浪。有爹在，你放心。」

岳仲堯應了一聲，轉身去舀水洗臉。

待收拾妥當後，正待出門，老岳頭喊住了他。

老岳頭直起身，從院裡的角落處拿出幾個新編好的竹筐、竹籃、簸箕等物，用繩子拴在一起，遞到岳仲堯的手上。

「給瑾娘拿去。你娘砸壞了她很多東西，大概很多東西都沒得用，你先拿這些去，等爹再做幾個，你再回來拿去。」

岳仲堯低頭看了一眼，喉嚨梗塞，應了一聲，拎著一串竹籃、竹筐出了門。

喬明瑾家的大門吱呀地響了一聲，雲錦和何氏一前一後出了門。

「記得要把門關好。」

「嗯。」何氏應了一聲，正待轉身關門，卻看到牆角蹲著一個人，她嚇了一跳，待看清是岳仲堯後，便沒了好臉色，道：「你蹲在那裡幹麼？快把人嚇死了。」

岳仲堯直起身，訕訕道：「我給瑾娘送些東西來，這是我爹新做的。」

他說著揚了揚手中的竹筐等物。

雲錦看了他一眼，並不說話。

何氏嗤笑道：「你們家的人也真奇怪，你娘到我表妹這裡狠狠砸了一通出氣，你爹倒是做好人，編了幾個籮筐送過來。怎麼，以為這樣就沒事了？就能當什麼都沒發生過？」

岳仲堯嘴巴張合數次，也沒能說出什麼話來，只是拘謹地站在牆角。

何氏又看了他一眼，哼了一聲，轉身往作坊去了。

雲錦看著他，道：「你也別去跟她們娘倆打什麼招呼了；不說瑾娘，就連琬兒現在都不待見你，你進去把東西放下，就走吧。」

岳仲堯心裡又像悶悶地被人捶了一下，他低下頭，拎起籮筐推開門。

不一會兒，他果然走了出來。

雲錦還等在門口，看他出來，轉身去關上門。

「你回吧。」

岳仲堯想了想，道：「家裡也沒什麼事，我跟著表哥到作坊幫忙吧。」

雲錦定定地看了他一眼，轉身走了。

岳仲堯回頭看了一眼妻女住的地方，方才在院裡他只往正屋望了兩眼，沒敢走過去。

岳仲堯低頭跟在雲錦後面。

兩人一前一後的，沒有說話，沒幾步就到了作坊。

夏氏正招呼著作坊的師傅和女兒吃早飯，並沒有看到雲錦身後的岳仲堯，只忙著招呼雲錦。「快來吃早飯，今天做了瘦肉粥，還包了肉包子。」又轉身問何氏。「一會兒吃完，妳給瑾娘和琬兒把早飯送過去。」

何氏和作坊的師傅們一樣，一手端著粥一手拿著個肉包子，在院裡吃得正香，回道：「不用，昨天瑾娘把鍋灶都弄好了，說是今天要在家自己做。」

夏氏嘟囔道：「還要費事做什麼？我也就是順手的事，她還有好多事要做。」轉身看見岳仲堯，她愣了愣，很快便揚聲道：「仲堯也來了？吃過早飯沒有？和雲錦一道來吃一些。」

作坊的師傅們聽見聲音全都抬頭看他，何氏見了他哼了一聲，又埋頭在粥碗裡。

岳仲堯有些尷尬，愣愣地站在那裡。

何師父嘆了一口氣，那事說到底也怪不得他，便吩咐夏氏道：「曉春她娘，給仲堯打一碗粥，這麼早，他怕是沒吃早飯就過來了。」

夏氏看了自家男人一眼，高高應了一聲，就進了廚房。

岳仲堯接過夏氏端過來的肉粥，又接過一個大大的肉包，道了謝。

他和作坊的師傅們一樣，在院裡找地方坐了下來。

鼻子裡充斥著肉粥淡淡的香氣，讓他還沒被餵飽的肚子蠕動了起來，眼睛迅速泛起水霧，差點就控制不住落下眼淚。

他左右瞟了幾眼，發現沒人注意自己，也埋頭大口大口地吃了起來。

早飯後，不用人招呼，等村裡的工人們陸續來了之後，他就跟在他們的身邊幫忙，什麼活都搶著做。

岳仲堯在村裡的人緣極好，雖然有個不著調的老娘，但不妨礙村裡其他人對他的好感。

這些工人也很喜歡跟他一起幹活，不一會兒的工夫，岳仲堯倒是在作坊裡混得如魚得水起來。

喬明瑾家裡，因著昨天收拾歸置了一天，三個人一直睡到日上三竿才起來。

喬明瑾下了麵條，又幫兩個孩子打了兩個蛋，三人簡單吃過早飯，開始洗衣裳打掃庭院。

琬兒也不用人招呼，拎著小木桶和水瓢到院子外邊的菜地和雞圈，給菜地和下蛋的母雞餵水。

不一會兒就聽到院門外馬車的聲響。

喬家院子門口，周晏卿的大馬車穩穩地停在那裡。

喬明瑾抬頭望了望天，他來得似乎比昨日還要早些。

再瞧周晏卿那邊，他抱著琬兒又香又哄的一陣親熱後，又一臉帶笑地看著站在院門裡的喬明瑾。

這才一日，他竟是越看她越歡喜，瞧著比往日還多了幾分顏色，果然是那什麼眼裡出西施嗎？周晏卿心裡美美的，抱著琬兒進了院門，石頭和車伕搬著幾個包裹簍子跟在後面。

「喬娘子，妳看這些東西要放在哪裡？」

喬明瑾看了周晏卿一眼。「都是什麼？」

「我也不是很清楚，全是下人去備的。」

他說著點了一個包袱接過去，放在廂房的矮榻上，另外幾個包袱則讓石頭和車伕分別放在桌子上。

喬明瑾隨手打開來，看到裡面的東西愣了愣。

「哪裡來的海鮮？」

昨天她只不過順口說了一嘴，這廝今天就帶了幾包裹過來。

周晏卿抱著琬兒走過來，往打開的包袱裡看了一眼，道：「都是一些乾貨，咱這裡極少能買得到新鮮的。妳昨日不是說喜歡吃海鮮嗎？我昨晚回去就讓他們去庫裡翻出來，府裡吃不上鮮貨，但這些乾貨倒是常有。」

喬明瑾翻了翻，有海帶、紫菜、魷魚、海參、各種螺貝的肉、蝦仁、蝦皮、還有一些小魚乾。

喬明瑾笑了笑。「品種還挺豐富。」

周晏卿也隨手翻了幾下。「這還不算什麼，春上和天涼的時候品種會更多一些；這會兒天氣熱，府裡存不住，都用掉了，再加上天氣熱，由沿海運過來的貨也少。」

「很貴嗎？」

「其實不是很貴，這東西在沿海多得很，又不好儲存，價賤著呢。有時候撈得多了，還比我們這的雞肉、豬肉更便宜；只不過路遠，運到我們這邊倒成稀罕貨了。有些是府裡從乾貨鋪裡採買的，有些則是府裡商隊從沿海當地捎回來的，所以也不值什麼錢。昨天回去得晚了，我只是讓他們翻出來，倒不曾好好挑揀，下次有好的我再帶過來。」

喬明瑾朝他笑了笑。昨晚他近下晌才從下河村出發，回到府裡怕是都掌燈了，他還記得她喜歡吃什麼，又讓下人連夜去府庫裡翻找，今天又一早出門……

周晏卿看到她的目光，也回看了過去。

這女人終於不再像以往那樣，對他送來的東西推三阻四的，已經不再把他當一般客人看待了。

他在琬兒的臉蛋上捏了一把，把她放下來後，在桌上幾個包袱裡翻了翻，轉頭朝外喊道：「昨晚吩咐廚房做的魚丸沒帶來嗎？」

石頭一聽連忙閃身進來，大聲回道：「帶了、帶了。」邊說邊從一個竹簍子裡把東西翻出來。

他在喬明瑾面前打開來，道：「這是昨天爺命廚房連夜製成的魚丸子，沒有刺的。」

周晏卿抬腿虛虛地踹了他一腳。「多嘴。」往油紙包裡看了一眼，道：「怎麼才這些？」

石頭苦著臉。「我的爺，咱昨天回到府裡都那個時候了，還是咱運氣好，這幾條魚是昨天備著，府裡請縣太爺的女眷剩下來的，不然哪裡會有？」

「沒有不會現買嗎？」

「我的爺，大半夜的要上哪裡買去？」

「死奴才，你當爺什麼都不懂呢！集上收攤了，不會往各酒肆去買？爺就不信那酒肆每天備的魚都會用完。」

石頭把頭埋在胸前，委屈不已。

喬明瑾看了兩人一眼，笑道：「人家石頭為了你一夜操勞，你不賞他卻先罰上了。準備那麼多做甚？這天氣熱，就這些我都怕留不住。」

周晏卿看了石頭一眼，道：「還不出去？跟在爺身邊這麼久，一點長進都沒有，非得爺把路指明了你才會走。」

石頭一聽如蒙大赦，一個閃身立刻出去了。

桌上除了一些海鮮乾貨和幾小包魚丸外，還有一簍時令水果，另有幾疋顏色鮮亮的布疋。

喬明瑾對那簍子水果極感興趣，抓了十來個遞給琬兒和明琦。「拿去玩吧。」

姨甥倆朝兩人點頭，便歡歡喜喜地捧著水果出去了。

「你別每次來都帶這麼多東西過來，我家裡又不缺，再說你府裡該有人說嘴了。」

周晏卿不以為然，歪在椅子上，道：「這些值個什麼？總共也沒幾兩銀，平常府裡哪房沒個娘家、沒個親戚？只有我們這房，一年到頭都沒從庫房領過東西。」

他說著又拍了拍那幾疋布。「這幾疋錦緞是才送到府裡的，全是最時興的料子，妳儘管裁了做衣裳穿。我瞧妳鎮日都是一身素，年紀輕輕的，卻一臉老氣橫秋。」

喬明瑾對上他那一番打量，笑道：「這就嫌了？」

周晏卿摸了摸鼻子，道：「那倒不是，不過若能再添上一、兩分顏色，爺心裡也是極高興的。」

喬明瑾斜了他一眼，男人果然都是好顏色的。她避過他走到桌邊收拾。

周晏卿一直盯著她，自然沒錯過她臉上的表情，笑著說道：「妳可別誤會了，爺送妳這些，自然是不想委屈了妳，沒道理爺一身光鮮，爺的人倒苦哈哈的，對吧？爺院裡的丫頭都穿綢緞呢。再說，爺也算是正常男人，自然也是好顏色的，娶妻娶賢爺當然懂，可若是第一眼瞧著是個拐瓜劣棗的，怕是沒人會想拘了在身邊了解什麼賢良淑德。」

喬明瑾瞧著他那副理所當然的模樣哭笑不得，這般明言喜好顏色的倒也不多見，他還算坦誠。

她笑道：「什麼叫『也算正常男人』？難道你一直都不是正常男人？再說，花無百日好，容顏易逝，你莫不是打算賞一春就束之高閣？」

周晏卿直起身正色道：「正常男人當然都有追求美的權利，我可從沒聽說還有哪個男人是專門選了醜的去。花無百日好，爺自然知道，爺這副尊容風流倜儻，英俊瀟灑，當然也會隨歲月老去，我是不敢嫌棄別人的。」

喬明瑾聽得他這番話，笑得眼淚都快流出來了，有這麼自戀的嗎？還風流倜儻、英俊瀟灑，她竟不知這貨原來也是會隨口說笑的。

周晏卿眼神不移，盯著眼前兀自笑得開懷的女子，只覺得心裡軟成一片，像那微風吹過的蘆葦，輕輕柔柔的。

周晏卿往前一步，扶住喬明瑾笑得不穩的身子，定定地盯著她的臉，伸手往她臉上刮了刮，滑滑的。他看喬明瑾並沒有閃躲，整個人往前傾了傾，溫熱的嘴唇便印在喬明瑾略有些冰冷的唇上。

喬明瑾呆了呆，眼睛睜著，愣愣地看著他，一時不知該做何反應。

好在周晏卿只是淺嚐即止，很快就離了她的嘴唇，他望著喬明瑾一副受到驚嚇的模樣，又想起方才那柔軟的觸感，只覺心生歡喜。

「妳莫不是不會？下次可要好生閉上眼睛才是。」

喬明瑾臉上燒了燒，有些不自然，瞪了他一眼，垂頭閃身到桌邊繼續收拾。

周晏卿看著她有些慌亂的身影，嘴角揚起好看的弧度，道：「中午就吃魚丸吧？否則怕會留不住的。」

喬明瑾低低應道：「好。沒事，把它炸了，用鹽滾一滾，放井裡晾著，也能留兩天。」

「嗯，這倒好，中午妳就試著做一做，若是喜歡，我下次再多帶些來。」

喬明瑾應了一聲，又看向那些海鮮乾貨，道：「你可喜歡吃海鮮？」

周晏卿盯著她道：「妳喜歡的我都喜歡。」

喬明瑾好不容易退了兩分熱度的臉上又燒了起來，她抓過桌上的東西急急去了隔壁放雜物的廂房，好久才轉身回來。

「我還當妳準備在那邊睡下了。」周晏卿盯著埋頭收拾布料的她打趣。

喬明瑾已恢復過來，橫了他一眼，引來周晏卿揚聲笑了起來。

「這個也給妳。」

「是什麼。」

周晏卿沒有回答，只把榻上的小包袱遞給她。

包袱裡有兩個匣子，一個寬而扁，一個是細長條，都是做工、雕工極好的木料，光看匣子就知道是好東西。

寬扁匣子裡是一套金玉頭面，攢金絲鑲珠嵌寶，光華萬丈；細長匣子裡用一圈軟布裹著，掀開是一排龍眼大的各色珍珠，雖然才十來個，但有好幾種顏色，難得的是顆顆圓潤，大小還相近。

「這太貴重了，我不能拿。」

每一粒珍珠拿出去，都價值不菲。

周晏卿走過來把玩匣子裡的首飾，拿起在她頭上比了比，不時點頭。

「昨晚回府裡太晚了，我只在私庫裡略翻了翻。這金玉頭面是前年在京裡購得的，一直放在庫裡沒送出去。我也不知妳喜不喜歡，遂又挑了這一盒珠子，妳留著玩或是將來打首飾都是極好的，也是那年在京裡得的。我一個男人留這些東西在身邊也無益，妳就發發善心，幫我清理一番私庫。我那私庫倒真有一些好東西，只是我都一直沒空收拾，待我有空再細翻翻，給妳尋些好的。」

「別，我在鄉下也用不上這些東西，我如今有作坊、有田產，又餓不著，不用經常給我送東西來，倒讓我受之有愧。」

周晏卿聽了她的話，瞪了她一眼。

「說的什麼胡話，什麼叫受之有愧？不說如今妳已應了我，答應讓我來照顧妳，就是沒有這一回事，只憑那作坊，以及妳先前讓我往京裡送的那滑輪，我送妳這些東西又能抵什麼？」

他頓了頓又道：「妳是沒見過我那幾個嫂子往各自娘家都搬了些什麼東西回去，那是我不愛計較，才把她們慣得當公中的東西都是自己私庫的。這些年，就只有我這一房沒個房裡人，得的東西、收的禮盡送往公中，又沒人往外拿，可是虧大了。」

喬明瑾看他做出的那一副虧本虧大了的模樣，笑了起來。

「那這兩樣我就先收起來了，當做是為你的私庫騰挪地方，以後你可不要再送了，我在鄉下真的用不著這些東西，都是擱箱底，還得防著別人惦記。」

周晏卿定定地看著她，道：「妳莫不是打算一輩子待在這鄉下了？」

喬明瑾滯了滯，回過神來，轉身把兩個匣子抱好。「我去放好再來。」轉身走了。

周晏卿看她急急出門的身影，揚著嘴角笑了起來。

跟了他，她還能繼續住在這姓岳的地方不成？

想起她方才的表情，他又笑了起來，這兩天他難得看到她越來越多的另一面，這女人似乎在慢慢地接受他。

另一頭，周府周老太太的正院裡。

幾個媳婦正圍坐在周老太太下首說笑，妯娌之間一派和樂融融。

「老大媳婦，我知道妳孝順，只是老大不在家，妳又管著中饋，就不必天天到我這裡來請安了；府裡的事我也知道，大事沒有，小事多如牛毛，辛苦妳了。」

周大太太吳氏笑著說道：「哪裡就辛苦了，都有管事在呢，凡事也都有定例，媳婦就是閒人一個。娘這裡有好茶，那點心都做得比我們房裡的好吃，還不許我們來討一份茶水點心吃啊？」

周老太太倚在矮榻上，點著周大太太哈哈笑了起來。

「妳們六弟才剛給我送了兩罐好茶，妳們這就惦記上了，不知情的還以為我這老太婆苛刻了妳們呢。」

餘下的幾個媳婦也在一旁打趣，三太太笑著說道：「青川城裡，誰不知道六爺最孝順他親娘了，但凡在外頭得了什麼好物事，馬上就送到娘這正院來。他三哥前兒個說是要拿幾罐好茶出去送人，巴巴地守在門口等著六爺，也沒撈著半罐，只說是全送往娘這邊來了。」

老太太聽了心裡高興，道：「老六孝順我這老婆子，妳們倒是看不過眼了？真是白養妳們了。往日裡他往你們各房裡送的好東西還少？我這裡，妳們也撈了不少好東西去，這會兒倒盯著我那兩罐茶末子了。」

她又對三太太笑著說道：「老三沒撈著茶葉，老六不是開了他的私庫送了一尊金玉觀音給他？還讓他到庫房挑了好些物事。妳們這些貪心不足的，竟在我這裡編排起他來了。」

三太太偷偷往上座瞄了老太太一眼，發現老太太沒有生氣，鬆了一口氣。

「我哪裡敢編排六爺，我這是誇他孝順娘呢！這青川城哪裡能找得到像六爺這麼孝順的？得了什麼好物事就送了來，也不管兄弟風裡雨裡地守在大門口苦求。三爺說，六爺眼裡除了老太太，旁的人都沒有呢。」

老太太聽了哈哈大笑，道：「敢情妳和老三這是吃你們六弟的醋呢？回頭我開口，讓他得了什麼好物事也往你們三房送上一件半件。」

大太太和另外幾個媳婦紛紛打趣道：「娘，妳可不能只疼三房，把我們都給忘記了。」

老太太心情甚好。「忘不了、忘不了。」

婆媳幾個談笑了一會兒，再伺候著她用了早膳，繼續坐在花廳裡談笑。

老太太今天心情好，跟幾個媳婦打趣一番，又問起各自房裡的男人和孩子。

「府裡也好久沒聚在一起吃飯了，擇個時間，大夥在一起熱鬧熱鬧，把孩子們也都帶來。」

大太太等人都點頭應了。

大太太吳氏看了老太太一眼，道：「娘，我這都好久沒看到六爺了，聽說這段時間六爺天天起早，他那院裡又沒個知冷知熱的人，兒媳生怕他會把身子骨兒都熬壞了，娘可得好生說說他。」

老太太欣慰地點了點頭，道：「多虧妳還惦記著這個兄弟，我也有幾日沒看到他了，昨天本待讓人喚了他來吃晚飯，說是還沒回來；今早又使了人去喚他來陪我這老太婆用早飯，去的人卻回道六爺已經出門了。這孩子天天摸黑回來，每天天不亮就出門，這樣下去，身子怎麼熬得住？」

幾個庶子媳婦聽了，跟著連連點頭。「娘說的極是，這府裡有這麼多張嘴等著吃喝，也不能總靠大爺和六爺撐著。大爺常年在北邊，南邊只有六爺一個人撐著也太辛苦了些；都怨我們爺，竟是個不中用的，要不然還能給六爺搭把手。」

老太太淡淡地掃了幾眼這幾個庶子媳婦，說道：「誰說不是呢？」

幾個庶子媳婦偷偷看了老太太一眼，本來想好的一番說辭又吞了回去。

這府裡六位爺，只有老太太生的三個嫡子得到重用，掌著周府的家業，若是幾位庶子不能趁老太太在的時候掌一些田產鋪子，撈些銀子在手，只怕老太太百年後分家，他們這些庶子房裡會分不到什麼東西。

大太太掃了幾個妯娌，又抬頭看了老太太一眼，笑著說道：「六弟這般忙碌，房頭裡卻沒個知冷知熱的，我這做大嫂的都為他心疼。他大哥從北邊寄來的家書中，也是經常要念叨一番他六弟呢。」

老太太聽著又高興了起來，說道：「正該是這樣，他們兄弟和睦，我瞧著很高興。我百年後，這份家業自是要交到他們幾兄弟手裡的，他們都是至親手足，就該互相幫扶著，沒有什麼比這更好的了。」

幾個媳婦也跟著一言一語地奉承了起來，不一會兒說起六爺的婚事，都七嘴八舌的，在一旁順著老太太的話頭說幾句她愛聽的話。

老太太笑了一陣，撫著額道：「妳們這六弟呀，也不知想要找什麼樣的人，高的矮的胖的瘦的、美豔的、賢淑的、端莊的……青川城裡跟咱們相當人家的女子幾乎都翻遍了，他就是沒一個瞧得上眼。」

大太太笑著說道：「咱六爺是什麼人？長得最像娘，丰神俊美，出了門，一堆女子往他身上扔帕子，娘還怕他會找不到合乎心意的嗎？六爺眼光高一些有什麼不好？這青川城畢竟是小地方，不行咱就往府城裡找，不然送信給族叔讓族叔從京裡替六爺指一個也行。只怕咱這裡才剛放出風聲，那人選都能從咱家排到城門口去。」

老太太又指著大太太哈哈笑了起來。

笑了一陣，她歪著頭一臉狐疑，道：「他莫不是真看不上青川城裡的女子？」

大太太笑著回道：「娘不是寫信給族叔了嗎？京裡都是名門閨秀，自小教養又好，還怕找不到一個六弟喜歡的？」

老太太點頭道：「信我倒是送了，可能沒那麼快。」

大太太想了想又道：「娘也不必太過擔心，自古姻緣天定，沒準兒六爺的婚事早已有定數，也沒準兒六爺早早就看上什麼人了，只是沒讓我們知道而已。」

大太太話音剛落，幾個太太都各自對視了一眼，齊齊點頭應和。

老太太正了正身子，道：「老大媳婦，莫不是妳看出什麼來了？」

大太太起先埋頭不語，被老太太逼急了這才道：「媳婦也不知是不是，只是覺得六爺這兩天起早貪黑的，每次回來，院裡的人都說六爺看起來很高興，昨天還連夜讓廚房製了好些魚丸出來，又吩咐要把魚刺都剔乾淨；聽說不是六爺自己要吃的，而是一大清早的拿出門了。昨天還連夜開了庫房，把前幾天才收進去的幾疋最好的緞子全拿走，那都是女人做衣裳的鮮亮顏色。」

大太太說完便抿著嘴，端坐在那裡不說話了。

老太太斜了她一眼，淡淡說道：「老大媳婦，我也知道妳那妹子這兩天要歸家，妳正準備著送回禮，只是那幾疋緞子是別人看在妳六弟的面上送來的，他要拿去做什麼，自然由他說了算，妳可不能多心。」

大太太慌忙站了起來，急忙說道：「娘，這可冤枉媳婦了，媳婦吃著府裡的、用著府裡的，夏衫也才做沒幾天，都還沒上身，哪裡就惦記那幾疋布了？若是想要的話，在信裡跟大爺說一聲，還能少了媳婦的？媳婦就是為六爺高興，若真是六爺有了可心的人，娘不也能少了一樁心事？」

老太太看了她一眼，又揮手讓她坐下，這才說道：「若真是這樣就好了，我就怕他在外面胡來。」

幾個媳婦齊齊鬆了一口氣。

看老太太面上沒有不豫，他們又圍著老太太逗起樂子來。

老太太被哄著去了幾分心事，也跟著格格笑了起來。

第四十六章

正院裡，婆媳幾個一團和樂，都是精明人，奉承打趣又不需要費銀錢，自然是什麼好說什麼，哄得老太太高興了，她才拿一些私房賞給幾個媳婦玩。

等幾個媳婦各自告退後，老太太對站在身後的林嬤嬤說道：「等下晌老六回來，妳悄悄地叫石頭過來問一問。」

林嬤嬤忙點頭應道：「是，老太太放心。」

看老太太仍舊眉頭緊鎖，她想了想，在一旁勸道：「大太太興許也只是那麼一說。這兩天六爺回來得晚，沒準兒是因為外頭鋪子的事情多了；再說那布疋、魚丸的能值什麼事？大概是他那幾個朋友又聚在哪裡吃吃喝喝，這才喊他一起。庫裡拿幾疋布送人也沒什麼，再說六爺在外擔著一府的家業，哪裡沒個應酬？以前六爺就算是應酬，雖極少從公中往外掏東西，但幾疋布咱家也不是出不起。」

老太太嘆了一口氣，道：「六兒為了這一家子勞心勞力，起早貪黑的，從不輕易在公帳上支錢，也極少在公中庫裡拿東西；這次他不過拿了幾疋布，她們就盯上了，都是眼皮子淺的，也不看看她們過年過節的往外掏拿了多少。那公帳上時不時地支一、兩筆，說往寺裡添香油，添多少還不是她們說了算？打量我不查，膽子就越發大了，現在她們又盯上六兒拿的那幾疋布。」

林嬤嬤看她一副氣呼呼的模樣，連忙安慰道：「老太太別動氣，好在她們還不算過分。這回沒準兒還真是六爺有了意中人呢！老太太年年唸著六房無子嗣，說不定這回要如願了呢。」

老太太聽完又高興了起來，道：「那是最好。晚上妳把石頭叫來好生問一問，省得他在外頭胡來。我聽說鄭知縣家的小子最近在外頭置了一房外室，也就是鄭知縣慣著他，他房裡頭又順著他，在咱家這可是萬萬不行的。他族叔時不時叮囑咱家要謹言慎行，咱家可不能壞了京裡那一支的名聲。」

林嬤嬤在旁邊直點頭，說是晚上定會找來石頭問一問。

周晏卿美美地蹭了一頓中飯，心情甚好地搬了躺椅挨著喬明瑾說話。

「我只道妳因為魚多刺不喜歡吃，遂讓人特地捏了魚丸，往常魚丸我也吃過不少，竟沒想到魚丸還能做出今天這樣的味道。妳是怎麼想到的？妳一個雲家村土生土長的鄉下丫頭，應該沒嚐過那麼多佳餚才是啊？」

喬明瑾舒服地躺在椅子上，膝上蓋著一床薄被。今天有微風，倒不會讓人覺得悶熱，她抬頭望天，晴空萬里。

聽他這一番話，喬明瑾在心裡暗忖：我可不是在雲家村土生土長的，做幾道魚丸菜式有什麼難？

看他一副得不到答案就不罷休的態勢，她斜了他一眼，方道：「我天賦異稟不行啊？」

周晏卿哈哈大笑。「當然行，我好歡喜呢。今天那幾道海鮮也做得不錯，真真讓我刮目相看了，說妳是雲家村土生土長的，我都不信。下回我再送一些稀罕的來，讓妳試著燒來吃。」

喬明瑾平躺在躺椅上，瞇著眼望天。天那邊是上緊了發條才能吃飽的世界，跟這裡在四方天裡打轉是不同的。在外頭打拚，背井離鄉的，誰不會做幾道菜呢？難道還等著天天上館子嗎？

天那邊好遠，遠得她再也走不到了。

「我跟你說過吧，我祖母是個有故事的人，至於有什麼故事，我也不知道；我雖然是雲家村土生土長的，但我祖母和我父親不是。」

周晏卿看著喬明瑾臉色變幻，方才她的臉上還帶著點淡淡的憂傷，他心裡沒來由地像被人揪了一把，正待開口揭過這個話題，就聽喬明瑾說了這番話。

他一直覺得眼前這個女人像罩著一團迷霧，所做所為絕不是土生土長的莊戶人家所能表現出來的。這離海千萬里遠的地方，那些海貨，不說吃了，就是有些人終其一輩子怕是見都沒見過，更不要說能做出美味的菜餚出來了。

可誰人沒個秘密呢？

待他回過神來，說道：「妳還真沒跟我說過，妳祖母和父親是從別地遷過來的？」極有興趣的模樣。

喬明瑾點頭。

祖母身上如蒙了一層紗，雲裡霧罩的，看不分明，她平時的做派也絕不是莊戶人家能有的，想把一個莊戶出身的長孫女養成宗婦，旁人聽了只怕都要笑上一陣吧。

周晏卿本待再問，看喬明瑾並沒有再說下去的意思，就止了這個話頭。

聽她說過她祖母從小就喜歡她，費心教養，若她祖母真是個有故事的，那她會有這樣的見識，會看帳算帳，會燒好吃的海鮮菜式，又算得上什麼呢？

周晏卿自動地腦補了一番。

兩人靜靜地躺著，氣氛溫馨甜蜜。

不一會兒，周晏卿又側過頭看她，道：「如今妳在幫我攬著帳房的事，可能家裡會顧不過來，要不要我送兩個丫頭來給妳？」

周六爺自從喬明瑾點頭開始，便把喬明瑾列為他的人了，他所接觸的人裡面，還沒有哪個女人是親自洗衣做飯，打掃庭院的。

她為他洗手做羹湯，他自是歡喜，但看著自己要照顧保護的人日日這般為家事辛苦，他還是會覺得不忍。

喬明瑾扭頭看了看他，道：「鄉下人家，沒事請個丫頭來占地方幹麼？有那多餘的地方，還不如多闢兩分菜地出來種菜呢，可以吃上好久。」

周晏卿聽了哈哈大笑。

「妳這一番話倒真是個鄉下丫頭才會說的。」

「我本來就是鄉下丫頭一個，你不也說我是個土生土長的？那根埋在泥裡深得很呢，你還得多挖上幾鏟才能挖得出來。」

周晏卿再次捧腹大笑了起來。

這兩天他見識了眼前這女人的很多面貌，以往她可從不會這麼開玩笑，說一些無傷大雅的話。

喬明瑾看他笑得歡快，沒再扭頭看他，只是嘴角跟著往上揚了揚。

又聽他說道：「妳這院子建得夠大，房間也有多的，買兩個丫頭還怕她們沒地方住？不然在作坊那邊再蓋一排房舍好了。白日裡，妳要覺得她們礙著了妳，妳就讓她們遠遠離了妳的視線，貼牆角站著，絕對不占妳一丁點地方。」

「何必貼牆站著？後院我那馬房蓋得也挺大的。」

周晏卿笑得開懷，連連點頭。「極是極是。」

待他笑過，喬明瑾正色道：「如今我在村裡已經夠惹眼了，不想再多添幾分八卦。家裡平時也沒什麼活計做，若我看帳忙了，明琦都會把家事料理好，我表嫂和她娘也會過來幫襯一把。我們就娘仨個，哪裡需要請什麼丫頭？」

「總歸要請的，先學著適應也好。」

喬明瑾看了他一眼，道：「以後再說以後的事吧。」

周晏卿看她確實沒這意思，就停了嘴，過了一會兒又道：「這天漸漸熱了，妳竟然還拿床被子出來。」一臉上鄙夷。

喬明瑾往身上看了看，道：「就是防蚊子的。」

周晏卿點頭。「那下次我從府裡拿些驅蚊的檀香過來，再讓人到藥房配些驅蚊的香包藥材之類，夜裡妳也能安睡了。」

喬明瑾沒拒絕，點頭應了。

周晏卿看著她，想了想，問道：「妳有沒有想過要搬到城裡？不說別的，只說這天漸熱了，在城裡買冰，置冰盆方便得很。我倒是有心想給妳送些，只是從城裡送到妳這，大概就剩一汪熱水了。」

喬明瑾笑了笑，道：「這天氣不算難熬，最熱的時候待在家裡不出門就成了。」

她埋頭想了想，扭過頭去看他，道：「搬城裡的事還要再等等，我不想被人說嘴，還是等琬兒她爹寫了和離書，我才會有後面的打算。」

周晏卿定定地看著她，道：「妳可跟他談了？」

「還沒，就那日說了一次，這兩天忙著收拾歸置，我沒空找他說。」

周晏卿點了點頭。

「我不會讓妳受委屈的，我娘那頭我還沒知會她，我會去跟她說一說，必定讓妳風風光光、明媒正娶的進府。我家裡跟這鄉下人家畢竟不一樣，幾個嫂子全都是精明的，我必不會讓妳落了她們的下乘。」

喬明瑾聽完嘆了一口氣。

抬頭望天，眼前晴空萬里，一朵浮雲也無，萬里虛空，就如那未知的未來。

大宅門內，人人帶著假面具，人前笑臉相迎，背後明槍暗箭，妯娌各自肚腸，下人們逢高踩低，院牆高高庭院深深……

喬明瑾轉頭，定定地看向周晏卿。

眼前這個男人是富貴窩裡養出來的，富貴雍容，錦衣華服在身，高床軟枕在臥，呼奴喚婢，翩翩大家公子，要什麼樣的女人得不到呢？

周晏卿看著她這樣的眼神有些心慌，傾身過去握緊她的手，說道：「我不許妳退縮，妳應承了我的，我不會忘，妳也不許忘。」

他的眼神堅定，似要燒出一團熾烈的火焰，卻清晰地印著喬明瑾的倒影。

周晏卿過來下河村，不可能不往作坊去。

他一直都是個聰明人，否則也不可能掌了周家大半家業。這大老遠來一趟若是連自己的產業都不巡視一番，只往喬家去，還不定有多少人會朝喬明瑾噴水呢。

以前他可能不在意，現在卻不能。

周晏卿大張旗鼓地前往作坊，當然不可避免地遇見一早就到作坊悶頭苦幹的岳仲堯。

而岳仲堯自然也不可能對著這麼一個大活人裝作沒看見。

周晏卿來的動靜之大，不是他想避就能避得了的。

他看到周晏卿被眾人迎著、圍著、奉承巴結，心裡一陣陣發苦。

那人越是表現出眾，他內心就越是感到徬徨不安。

他昨夜輾轉反側，耳畔不停回想著那人冷靜堅持的聲音，冷聲讓他放手。

他恨得牙根緊咬，他憑什麼？他又是自己的什麼人？竟然勸自己放手。

瑾娘是他岳仲堯的娘子，是他明媒正娶來的，豈是那種隨意呼來喚去，不要就隨手打發的女人？

他怎會捨得委屈了她？怎會捨得餓著自己的親生骨肉？

岳仲堯冷冷地看著人群中的周晏卿，看到他朝自己走過來的時候，下意識地往一旁躲了，轉身正欲離開。

周晏卿看著背過身去的岳仲堯，嘴角揚了起來，揚聲問道：「何師傅，作坊可是又添人了？」

何師傅看了岳仲堯一眼，不知道兩人之間的機鋒，回道：「這倒沒，那是琬兒他爹，來作坊幫忙的。」

周晏卿作勢點了點頭，道：「就是來作坊幫忙，咱們也不能苛待了，工錢還是要算的，不能讓人說咱們作坊占村裡人便宜。」

何師傅愣了愣，來回打量了兩人一眼，便點頭應了下來。

岳仲堯聽得周晏卿這一番話，轉過身瞇著眼看向他。

他算是從死人堆裡爬出來的，面對一身錦衣華服，大門大戶養出來、氣度逼人的周晏卿，也絲毫沒弱了氣勢，眼神很是凌厲，眼裡有著嗜血的光芒。

好在周晏卿也是在商海裡浸淫久的，什麼人沒見過？兩人面對面逼視，一時難分勝負，卻讓作坊的一干人等瞧著大惑不解。

他們明明是不相干的人，這竟像是結了怨的樣子？

何師傅等人也極少看到周晏卿這一面，只愣愣地看著不敢上前。

周晏卿也不想讓旁人誤會了什麼，回過神來，自己先笑了起來。「岳兄弟到我這作坊來幫活，周府實在是感激不盡。岳兄弟若有什麼難處，儘管開口，我周六能幫得上的一定竭盡全力，我周府在青川縣還是有些人脈的，就當是看在琬兒的面上，那丫頭我當真是喜歡得很。」

岳仲堯的眼瞇了瞇，嘴緊緊抿著，面上瞧著冷峻嚇人。

周晏卿沒當一回事，扭頭朝廚房的方向喊道：「這天熱了，夏嬸子，妳可有煮綠豆湯？給我和岳兄弟端一碗來。這天熱，茶都不耐煩喝了。」

他又笑咪咪地朝岳仲堯說道：「岳兄弟可有空陪我坐一坐？」

岳仲堯也不想讓旁人瞧出些什麼，他是個粗漢子沒錯，但卻不容別人對瑾娘說三道四。

兩人很有默契地轉身去了作坊後面的房舍。

藤椅桌子都是現成的，兩人各自擇了一張坐下，謝過夏氏端來的綠豆湯，悶頭喝了起來，誰也沒有先說話。

不知是不是天熱的原因，岳仲堯瞧著周晏卿一副泰然自若的神態，就一股火氣直往外冒，只覺越發燥熱難耐，嘴裡的綠豆湯都沒吃出什麼味來，他把碗重重地擱在茶几上，冷冷地看向周晏卿，道：「你別忘了，如今瑾娘還是我的娘子！」

「很快就不是了。」周晏卿頭也不抬。

跟岳仲堯捧著碗大口大口往嘴裡灌的模樣不同，周晏卿捏著木頭勺子，慢悠悠地勺著綠豆湯，再緩緩送至嘴邊，端的是無比優雅，渾身的氣勢非等閒人家三、五年能養得出來的。

周晏卿似乎很是願意看到岳仲堯胸悶氣堵的模樣，粗瓷碗裡的綠豆湯吃得更優雅，好像這是無上的美味一般。

岳仲堯盯著他看了好半晌，見他神情自若，他不禁一陣氣苦，騰地站起身來。

周晏卿沒想到他會這麼沈不住氣，他話還沒說呢，這就要走了？

「你什麼時候給瑾娘和離書？」周晏卿直著身子問道。

岳仲堯又是一陣胸悶。

「等你說動了你家裡，請媒來說親的時候再說吧。」他說完，頭也不回大步離開。

周晏卿把碗隨手擱在茶几上，一個人他就沒什麼興致了。

自那天後，周晏卿天天一大早就來下河村報到。

他還是先去的作坊，讓一眾不知情的還以為作坊又接了多少訂單，或是又有什麼新活計能做。

下河村家裡有多餘勞力的，無不到作坊候著，希望周六爺能開開金口，再請一批工人進作坊做活。

再沒有比作坊更好的活計了，作坊就在家門口方便照顧家裡不說，工錢還給得高，有時候還有下午茶點，這天熱，聽說天天都是綠豆湯不斷。

不說茶點，就是綠豆在鄉下被視為賤物，莊戶人家也捨不得煮上一把半把的，都是攢著好拿到集裡換錢貼補家用，更不用說會在裡面放糖了。

周晏卿這段時間心情甚好，茶果點心、細米白麵不停往作坊搬不說，綠豆湯也是叮囑廚房是日日不能斷的。

而作坊雖沒有再招人進來，但他還是挑中了好幾個老實本分的，介紹他們到青川城裡的周家鋪子做活，引得村裡更多的人來圍堵他。

他也不惱，仍舊天天駕著那輛大馬車來回招搖。

而喬明瑾那邊，貴重的東西他倒是不再送了，不過吃食還是天天都有的。海鮮乾貨、牛羊鮮肉、魚丸菜蔬，時令鮮果、糕餅小食，越來越精細。

而作坊附近玩耍的孩子們也得了不少福利，每日都能得幾顆糖果，喜得每天天不亮，一眾孩子就早早候在作坊門口了，岳東根更是不落一次，就算被吳氏拖著他都不走，氣得吳氏插著腰在喬明瑾門口罵了大半天。

而岳仲堯也是每天作坊一開門就往裡鑽。

他也說不清他要做什麼，只是覺得或許在這裡他才能離妻女更近一些。

他本是揣了銀子回來買田，想跟妻子男耕女織的好生過日子，如今銀子沒了，田地也買不成了，瑾娘那裡又不歡迎他，他忽然覺得自己變得十分沒用。

女兒對他也比往日少了幾分親熱，她每次在作坊見著了他，都只是遠遠地看著他，或是小聲叫上一聲便遠遠地跑開。

他不知道要怎麼做，才能再挽回瑾娘母女的心。

他沒進過私塾，只不過籠統認了幾個大字，不至於當睜眼瞎子罷了，他心裡縱有萬語千言，卻總是在面對瑾娘的時候不知道要如何表達。

詩詞歌賦他不懂，甜言蜜語他更是講不出來，先前他還能在林子裡獵隻山雞、野兔討妻子歡心，如今林子裡卻是連根山雞毛都見不到了。

他知道那人每天都來，還每天堂而皇之的在瑾娘那裡吃午飯，吃著瑾娘親手給他做的飯菜。

他不是不氣憤，有幾次，他都抬腿衝進去了，聽到瑾娘對他說她等他的和離書，他又逃了。

他不敢面對她。

他恨自己，怕自己再強勢一些，倒把瑾娘推遠了。

要怎麼做呢？文火慢磨嗎？

只要他不在和離書上簽字、按手印，瑾娘就還是他的娘子吧？

岳仲堯似乎自以為找到能應對的方法，每天早早地來作坊免費幫工，不顧吳氏的破口大罵，每日風雨不誤。

如此過了幾天，雲錦回了雲家村一趟，待了一夜之後，次日回來時竟然把喬父、喬母帶了來。

喬明瑾驚訝過後，一陣歡喜。

「爹、娘，你們怎麼來了？家裡可好？祖母身體可好？」

喬父瞪了她一眼沒說話，倒是喬母緊緊拉著她的手，眼眶泛紅。

「都好都好。妳祖母身體好著呢，不用掛心，我和妳爹就是想來看看妳。出了這樣的事，怎的也不往家裡遞消息？咱家又不是沒人，哪裡能讓人隨便欺負了去？」

喬明瑾喉嚨梗澀，挽著喬母的手，引著他們進了院子，又讓明琦給喬父、喬母端來清熱解渴的綠豆湯。

他們兩人也不忙著喝，先在院中轉了起來，待看到家裡一切如常，又比之前來的時候添了好些物事，這才算是放下心來。

喬父、喬母這一趟來不是為了別的，只因雲錦回去說了，兩人就急急趕來。

一家人聽說吳氏上門把喬明瑾家裡砸了一通，都氣得不輕，恨不得連夜就趕了來。

她這是不把喬家人放在眼裡哪！鄉下人家婆婆潑辣難纏的雖有的是，只是還沒見過像她這種不分青紅皂白就砸的。

藍氏尤其氣得不輕。

她只恨自己當時心軟，讓喬父隨意把喬明瑾嫁了出去，飯都沒吃，一天都沒理會喬父。

喬父也是胸悶氣堵。當時他只是覺得岳仲堯對他施過援手，瞧著又是個老實本分能過日子的，哪裡想到還有如今這樣的事。

自古婆媳難處，成親之前，喬家有對岳家、對吳氏側面瞭解了一些；只是喬父沒把吳氏的種種作為放在心裡，只是覺得女兒嫁的是姓岳的小子，過日子也是跟姓岳的小子過，所以就沒想太多。

哪裡想到這結親結得是兩姓之好，吳氏這一來，哪裡還算是通家之好？說是前世的仇家都不為過。

一家人著實氣得不輕，一大清早，喬父、喬母就跟著雲錦過來了。

此時見著家裡還好，喬明瑾面上不見什麼愁苦，仍跟往常一樣，他們才放下大半心來。

而另一廂，岳仲堯得了消息後急忙趕了過來。

「爹、娘，你們來了。」

喬父面無表情，瞪著他重重地哼了一聲。

岳仲堯心中有愧，也不在意，只垂頭站在那裡，仍是一副好女婿的模樣。

喬母原本對岳仲堯還是很喜歡的，年輕人有力氣，每次去喬家，他總是搶著幹活，地裡也沒少去；可如今見了他，她倒添了幾分氣。

一個男人連自個兒的老娘都擺平不了，還能指望他什麼？竟讓她女兒受了這等委屈，她光想想就氣不順。

「仲堯啊，我們把女兒嫁給你，可不是讓她來受氣的。你當年求娶的時候說了什麼，可是忘了？我和她爹也沒指望她嫁給你能吃香吃辣，若是這樣，當初也不會選了你。我們只是希望她跟著你能過些平安順遂的日子，可你看看，現在，你家辦的這叫什麼事？」

喬母這一年來，因著喬明瑾在雲家村附近置了產，又託給娘家照管，家裡日子跟著好過許多，日子閒了，她跟在藍氏身邊也長了一些見識，說起話來是順溜得很。

岳仲堯聽完喬母的話連連作揖，忙不迭地保證以後定會護好瑾娘母女的。

喬父不發一言，面上仍是一臉嚴肅。

岳仲堯瞧著心裡忐忑，對著岳父、岳母只恨不得指天對地發誓才罷休。

喬母素來是個和氣人，心腸又軟，見岳仲堯有這樣的態度，她不好多說些什麼，心裡雖氣，但他老娘的作為也不好全賴在他身上，說了他幾句，就端坐那裡了，她向來就不是個多能言善道之人。

岳仲堯不敢坐下，只埋頭站在那裡，恨不得喬父也像喬母一樣劈頭蓋臉地罵他一頓，也好過像現在這樣一言不發的，讓他心裡直發慌，生怕喬父會說出一些什麼驚人之語。

琬兒被喬母抱在懷裡，靜靜地趴在喬母的胸前，不時打量廳堂裡的人，偶爾抬頭看看自己的外祖母或偷偷望一眼自己的爹，手指來回繞著身上荷包的流蘇。

「爹……」岳仲堯心生不安，訥訥地開口。

喬父抬頭望向他，盯著他好幾息，才道：「若是過不下去了，你倆就和離吧，雖然我們一家並不希望瑾娘和離，但是我們也絕不忍心讓她再受委屈。」

喬家支持和離的唯有藍氏一人而已。

喬父和喬母並不是很贊成，自來和離後的女子，日子過得如意順遂的並不多見。

而哪家又沒個刁鑽的婆母、難纏的妯娌呢？就是沒有這些，家裡也總有這事那事，過日子磕磕絆絆總是難免，就連喬家，喬母也是在藍氏下面戰戰兢兢過了好多年，只是這回，岳家做得太過分了些，這分明是不把喬家放在眼裡了。

這樣肆意凌辱，日後若還生活在一起，還不知吳氏要如何搓揉自家女兒？這樣看不起親家，將來還如何做親，如何來往？

藍氏這次是氣急了，讓喬父過去辦兩人和離的事。喬父、喬母雖然有保留意見，但這兩人歷來都很尊重孝順藍氏。

萬一將來和離了女兒日子過得不好，喬家再把女兒接回去也不會有人說什麼。

再說女兒手中有產業，還怕挨餓不成？

岳仲堯聽了喬父一席話，心裡大駭，一向站在他這邊的岳父此時竟然鬆口了。

岳仲堯撲通一聲跪在喬父、喬母面前，滿臉痛色。「爹、娘，請你們收回方才那話。小子知道這幾年瑾娘在我家受了不少委屈，尤其是這次的事。小子無時無刻不記著爹娘把娘子許與小子的恩情，小子從沒想過要和瑾娘分開。這次小子已辭了公差，就是想回家來守著她們母女，好生過日子。我爹也說了，只等小妹一出嫁，就幫我們分家，往後我就帶著瑾娘出來過日子，再不讓她受委屈了。爹、娘，你們不要說那樣的話，小子聽了心裡難受……」

喬母看他這副模樣，心生不忍，偷偷看了喬父一眼。

喬父深深嘆了一口氣，誰又願意看著自己的女兒、女婿分開的？

「你起來吧。」

「爹，請你收回方才的話吧，以後小子一定好好努力，讓她們娘倆過上好日子，護著她們，不再讓她們受委屈了。」

「你先起來，你應該知道我為什麼會說那話。瑾娘她祖母得知了你娘的那番作為，在家氣得連飯都不吃了。我們做父母的，都只願兒女平安快樂罷了，如今她受了委屈，過得不開心，我們做父母的也不能視而不見。我家雖然只是戶普通的莊戶人家，但還是有能力護著自己女兒的；再說，求親的時候，你說得好聽，這一年來，你也說過不少同樣的話，可是又怎樣呢？你還不是讓瑾娘受了委屈？」

岳仲堯心下黯然。

瑾娘跟著他，似乎真的沒過過一天開心的日子。那四年就不用說了，從他回來後，他只以為在外頭拚命掙銀子，就能讓妻子日子過得好一點，哪裡料到自己的親娘卻一直拖後腿，把瑾娘一步步推離了他。

「爹，我和瑾娘以後還有很長的路要走，以後我再不會讓她受委屈了；我家小妹在家也待不了多長時間，以後分家出來，我定不會讓我娘再上門為難瑾娘的。」

岳仲堯連聲保證，再看他一臉的傷心難受樣，喬父、喬母心裡有點不忍。

再說這兩人都是軟和的人，那些重話他們也說不出口，兩人從沒想過要讓女兒和離了另過，對岳仲堯也只是訓了半天，大抵沒再說出什麼為難的話來。

待岳仲堯走後，一家人坐在一起說話。

喬父、喬母早把方才喬明瑾的表現看在眼裡。

喬明瑾望著岳仲堯的眼神，沒有半點尋常夫妻的親密和默契，就連看見岳仲堯朝他們下跪她也只是驚訝了一下，眼神裡並沒有心疼和不安。

夫妻兩人默默對視了一眼，皆長長嘆了一口氣。

「瑾娘，雖然這次妳婆婆做得不對，但這事不能全賴在仲堯身上，他娘那個樣子，他能怎麼辦呢？她又不能時時刻刻看著他娘，也不能再重新挑一個親娘。這夫妻間的事歷來就是磕磕絆絆、吵吵鬧鬧過來的，不磕絆不吵鬧的夫妻那不是真的夫妻，那種同床異夢的夫妻咱也不要。」

喬母苦口婆心地又勸道：「就說我和妳爹，現在瞧著好，但頭幾年也是各睡各的被窩，妳爹最開始可瞧不上大字不識幾個的娘，娘那會兒沒少偷偷抹淚……」

喬父臉紅喝道：「說這些做甚！」

喬母橫了他一眼。「不說閨女能知道世間夫妻不容易做啊？」

喬明瑾忽地想起那一首詩——

至近至遠東西，至深至淺清溪。至高至明日月，至親至疏夫妻。

喬母看她一臉毫不當事的樣子，狠拍了她一記。「妳別不當一回事！這世上的夫妻，從來都是越吵越鬧越好的，沒見過不紅一次眼的夫妻能恩愛到老；那不是夫妻，只是搭伴過日子而已。妳越是在意對方，越是要求得多，就越是要急，就免不了爭吵。哪家沒有一些糟心事呢？娘瞧著這岳家除了他這娘，別的倒還好，妳是沒見過別的人家，一天打三頓的都有呢。」

喬父也點頭說道：「妳娘說的不錯，沒有哪一家是從頭到尾都順風順水的。爹瞧著仲堯倒很好，他雖對他娘軟了一些，但正因為他這分軟和，他將來必也會念著妳、護著妳。這世上哪裡有那十全十美的人呢？他不也說了，等他妹子出嫁，家裡就會分家，到時妳只管和他兩人遠遠地分出來過日子，日子總會越過越好的。」

喬母點頭應和。「妳就聽妳爹的，將來分家了，他娘也起不了什麼浪，妳只管關門過自己的日子。妳還小，不知道外面的險惡，以為和離後是那麼好過的嗎？再找一家也不見得就沒有那些糟心事了，沒準兒比現在還不如，到時可有妳哭的。」

夫妻兩人苦口婆心對著喬明瑾就是一番勸。

雖然藍氏氣不平，叮囑兩人過來給孫女辦和離，只是做父母的也不想女兒壞了名聲，和離跟休棄在他們看來都沒什麼區別，到時女兒再被人挑挑揀揀、說長道短，做父母的瞧著跟剜了心一樣。

今天看了岳仲堯的態度，他們覺得這兩人也不是不能過下去的。

喬明瑾挽著喬母的胳膊，頭靠在她的肩上。「娘，放心吧，你們回去告訴祖母，女兒定會好好的，你們都不用為女兒操心，女兒會看著辦。」

周晏卿今天來得有些晚，不過他也沒錯過喬父、喬母兩人。

喬父、喬母沒見過他，倒是聽過他數次，他們知道自家二女婿就是周六爺的族親，也虧得他肯牽這條線。

說到周耀祖這個未來二女婿，喬父、喬母還是很滿意的。比之大女兒婆家的糟心事，未來二女婿家裡就他一人，上頭沒難纏的婆婆壓著，明瑜嫁過去就能當家做主，就連以後要回娘家，哪怕是她天天回來也沒人會說三道四。

且自兩人訂親以來，那周耀祖逢年過節懂事知禮得很，手頭雖沒什麼銀錢，但禮數還是不缺的，不時給喬父送兩罈小酒，給喬母和祖母藍氏等人扯兩塊布料，給明珩送兩方筆墨，來家裡也是不閒著，見到有活兒他就動手幫忙。

就是藍氏對這個孫女婿也是滿意得很。

因著喬父和明玨是有秀才功名的人，周耀祖來家來得很勤，不時和喬父、明玨探討一番學問，偶爾在青川城裡，也會約明玨一同去參加一些書會什麼的。

喬父、喬母想著這二女婿，再想著大女兒嫁的人家，這一比，還真是覺得他們當初擇親太不謹慎，哪怕是找戶家裡再窮困些的，只要家裡簡單，家人和睦，都比什麼都強。

只是現在說這些也有些晚了，他們只能寬解著女兒些。

喬父、喬母對周耀祖滿意，如今見著了周晏卿，自然是要好生感謝他一番。

周晏卿見著喬家父母，也有些驚喜，加上他能言善道，倒是跟喬父相談甚歡。

廚房裡，秀姊、何氏、夏氏幫著把做好的飯菜一一端到堂屋，喬母拉著喬明瑾落在後面。

「這周家六爺怎麼送這麼多東西來？我聽說他這段時間天天都會送東西來？」

喬母一肚子疑慮。

「娘，也就是一些吃食罷了，在他們大戶人家眼裡這都不算什麼。聽石頭說，他們周府每天廚房採買都是幾十籮筐的，送來的這些還不值周六爺小廚房的用量。周府廚房採買得多，有些也是府裡莊子上送來的，頂多是多勻一個小廚房的量而已。」

喬母看喬明瑾一副不當事的模樣，有些擔心。「可咱家畢竟只是一般莊戶人家，他為什麼這麼照顧咱啊？無功不受祿，再說讓人說閒話可不好。」

喬明瑾安撫地拍拍喬母的手，說道：「娘，放心吧，女兒這可不是無功受祿，光是這個作坊就讓他們周家賺了不少，去年他可是送了好幾件精品根雕到京裡周家做人情；他們青川城的周家聽說年禮都收得比往年多了好幾倍，那可不都是女兒的功勞？」

喬母看著她一副小人得志的模樣，拍了她一記。「妳怎知是妳的功勞？不過是不要的木樁罷了，妳也不過是出出主意，人家還出錢出力呢。」

「娘，妳可別小看這根雕，這木樁在咱鄉下雖說沒什麼用，劈柴燒都費勁，但妳也在作坊看到了，那雕出來的東西，可是能傳幾代人呢。放一個在家裡，又稀罕又大氣。娘就放心吧，女兒有分寸，再說這做生意哪裡沒個應酬的？也就是女兒沒那福分被請到城裡的酒樓吃吃喝喝，這些肉啊菜的值什麼？生意人來回送禮可不只是送這些，人家送一回金玉綢緞什麼的就比得上送咱一年的肉菜了。」

喬母這才算是放下心來。

莊戶人家也不興隔個屏風分什麼男區、女區，也不興分桌，最多是他們男人要喝酒，才讓女人另外湊一桌。

岳仲堯看著一桌子滿滿的飯菜飄著誘人的肉香，心裡不知是何滋味。

這一桌菜都是他娘子燒的，他已經好久沒吃上了。

這桌上的牛羊肉、海鮮乾貨、魚丸，很明顯都是周晏卿拿來的。

旁人不知道，他還能不知道他的意思嗎？

如今再看他頻頻給自己的岳父倒酒勸酒，又是挾菜又是獻殷勤的，儼然像是一家人，把他這個正經女婿都撇到了一邊。

再看瑾娘那邊，她頻頻給岳母和旁人布菜，笑靨如花，瞧著更是如那盛開的鮮花一般好看，比初嫁給他時還要添上幾分顏色。

他該是歡喜的。

只是看妻子連一個眼神都不願投向自己，他的心裡又萬般不是滋味。

他心裡又苦又澀，就如那杯中酒，還沒喝兩杯，他就覺得自己有些醉了。

琬兒坐在喬明瑾身邊，嘴裡吃著自個兒娘親挾的菜，偶爾再偷偷瞧向自家爹爹那邊。

她看到爹一個人舉著杯喝悶酒，也沒個人陪他說話，心裡酸酸的想哭，小嘴不由地噘了起來。

她的屁股往外挪了挪，又偷偷地看了喬明瑾一眼，看娘親正在跟別人說話，她再偷偷地往外挪了挪，正想滑下椅子時，卻忽然被斜裡伸出的一隻手拉住了。

「小姨……」

「琬兒，都還沒吃飽，妳下地幹麼？」

喬明瑾和喬母也看向她。

小東西委屈地低著頭，不應話。

她還小，不會掩藏情緒，就這一眼，喬明瑾還有什麼看不懂的？就對她說道：「妳看長河哥哥和柳枝姊姊都安安靜靜地吃飯，妳也快些吃，一會兒讓哥哥、姊姊帶妳去玩。」

小東西這才拿起小勺子安靜地吃起飯來，還拿筷子給喬母挾了兩筷子肉，被喬母連誇了好幾句。

第四十七章

這一頓飯吃的是賓主盡歡。

周晏卿表現得尤為熱情，只不過有外人在，又顧著喬明瑾的名聲，他也不好做些別的舉動，話也未說透，只是爭著在喬父、喬母面前好生表現了一番。

在喬父、喬母的眼裡，覺得這個人特別沒有架子，比之城裡有錢的大戶人家爺們、公子們還會用鼻孔看人來說，和他來往真是再舒服不過了。

喬父、喬母對他連連誇讚，只覺得老天有眼，才讓喬明瑾找到這麼好的一個合作夥伴，對他印象極佳。

岳仲堯看在眼裡，心裡跟餵了幾大碗黃連湯一樣，連灌幾杯苦酒下去，就醉得不輕了。

喬明瑾看著不好趕人，讓雲錦和岳大雷扶著他在廂房歇了午。

這倒是讓周晏卿白白得了機會，陪著兩位老人一下午，直到天邊昏黃，他才在眾人催促之下乘車離開。

晚飯前，岳仲堯醒了過來，賴著陪岳父、岳母吃了一頓晚飯，又陪著嘮叨了一會兒，他本想拖著賴著看妻子心軟，留他下來住一晚的，哪想喬明瑾竟直接開口遣他回家。

岳仲堯萬般不願，但也不想惹得喬明瑾生氣，便灰溜溜地回了自家。

當天晚上，喬明瑾陪著喬父、喬母說了一宿的夜話，喬母自然又是苦口婆心地教導了她好些為人媳、為人妻應有的作為。

喬明瑾不忍撫了她的好意，虛心受教。

次日一早，喬明瑾看著父母皆在，突然發現她好久都沒有看到明玨和明珩兄弟了，不說她，想必兩位老人心裡也是想著兩個兒子的，她便提議要一起到城裡看望兄弟兩人，順便給喬家買一些得用的東西回去。

再就是城裡那個院子自從買來後她還沒去看過，正好趁喬父、喬母都在的時候，一併去看看。

一早起來，喬父、喬母吃過早飯本想趕回家，聽到喬明瑾為兄弟倆在城裡置了一個小院，心裡欣慰，對喬明瑾的提議當然是極贊成的。

於是一家子吃過早飯，就歡歡喜喜地坐著馬車，由雲錦駛著往青川城裡去。

岳仲堯自然是早早來了的，也陪著喬父、喬母用了早飯，得知岳父、岳母和妻女要去城裡，他自告奮勇要給他們駕車。

只是喬明瑾並沒有給他那個機會。

岳仲堯只好苦著臉送了岳父、岳母離開，心裡灰暗一片。

琬兒和明琦好久沒進城了，歡喜地在車廂裡又叫又鬧的，頻頻掀起車簾往外看，一路上指指點點，吵吵鬧鬧地好不歡喜。

一家人將行至青川城的時候，得幸遇見周晏卿那輛顯眼招搖的馬車。

好在下河村往青川城只有一條大道，不然還真是要讓他白跑一趟。

周晏卿偷偷看了喬明瑾一眼，看那女子笑咪咪的，他便好心情地擠上了喬明瑾的馬車。

他倒是想把人請至自己的大馬車上，只是跟喬父、喬母處了半天，他知道那兩人的品性，請兩老上自家馬車怕是不成的，但藉著他們的好脾性擠上他們的馬車，他們應該不會往外趕人的。

所以周晏卿很順利地爬上了喬明瑾的馬車，得知一家人主要是要去看明珩和明玨，便打發了石頭帶著車伕往綠柳山莊去接人。

周六爺的貼身小廝石頭聽了吩咐，無比怨念。

他夾在他家六爺和老太太之間來回說著好話，好不辛苦。

有他在，多少還能提示一番他家那位熱血的爺，只是這會兒他家六爺又攆了他去接人。

他時刻擔心自己的差事不保，提著一顆心，生怕惹怒了老太太，到時候被老太太賣得遠遠的去做工還是輕的，最怕板子加身，直接杖斃。

自他跟著六爺以來，吃好的、喝好的，也能撈到綢緞衣裳穿一穿，府裡會有一堆人跟在後面奉承，「石頭爺、石頭爺」地叫著，他簡直就是奴才中的頭一號。

他所有的一切全是跟著他家主子才混來的，誰是他主子，他自然是記得很牢，六爺的吩咐他不敢不聽；可是周府最大的不是六爺，而是老太太不是？

石頭一邊怨念著，一邊依令去了綠柳山莊。

明珩和明玨得知父母和姊姊來了城裡，要接他們去城裡相見，哪裡還待得住？跟主家稟告了一聲，略作收拾就跟著石頭走了，一路還催促著那車伕快些。

而喬父、喬母這邊，自從周晏卿擠上馬車之後，有他的能言善道，再加上那廝走南闖北地走過許多地方，隨便擇了一些見聞來講，都能唬得喬母聽得津津有味。

當初女兒跟人合夥成立作坊，她心裡不安得很，很怕從沒接觸過這些的女兒被人騙了，那周家又是城裡數一數二的大戶，到時或許女兒出了力還得白白替人數錢。

不過這兩天見了周晏卿，喬母的心便完全放了下來。

眼前這人雖是個精明的，但好在品性不錯，想必斷不會做出那種過河拆橋的事，她又感念他替喬明瑾奔走，還幫著買了城裡的小院，很是謝了他一番。

快到城門時，明琦和小琬兒耐不住歡喜，掀了簾子往外看，一路進了城，更是捨不得把簾子放下來。

街上熱鬧非常，小商販連聲吆喝，各種聲音充斥耳膜，那姨甥倆也不嫌聒噪，反而看得眼睛都不轉一下。

「爹、娘，咱要不要下去走走？難得來一次，咱下去逛逛，看有什麼想要的東西，可以買一些帶回家。」喬明瑾對著喬父、喬母說道。

喬母自嫁了喬父後，早幾年是家中窮困，頂多攢些雞蛋或拿自家種的菜去松山集上換些油鹽，很少來青川城。

後來陸續生了幾個孩子，她又要照顧孩子，又要伺候不會做農活的相公和婆母，哪裡有空上青川城裡？

這一年，家裡沾了大女兒的光，日子好過了，但她也從來沒到青川城裡逛過。

看喬母一臉興致，周晏卿便說道：「我自小生長在這座城裡，對它熟得不能再熟了，一會兒我陪著伯父、伯母好生逛一逛。有些地方還真值得逛一逛，到時候逛得累了，咱再找家好的酒肆，我請伯父、伯母去吃頓好的。」

喬母心生歡喜，正待應了，卻聽喬父悠悠說道：「我們哪裡還敢麻煩六爺？你家大業大的，想必事情也多得很，有明瑾和雲錦陪著我們就夠了。我坐了一路，頭暈得很，就不逛了，直接去那院子吧，一會兒他們兄弟倆來了，也好找到我們。」

周晏卿聽完看了喬明瑾一眼。

喬明瑾對他投了一個抱歉的眼神。

她這個爹能被說動進城已是不易，要他下去逛一圈只怕很難。

也不知為著什麼，她爹和祖母就是不喜歡往人多的地方去，就是家裡最難的時候，要支攤子替人寫信，她爹都是去松山集。那松山集能有幾個人？

憑她爹的秀才身分，在青川城裡謀一份大戶人家西席的閒差，或是找家私塾、書院當個教書先生，一個月穩穩地拿幾兩銀子，豈不是輕鬆的事？

就算是在青川城裡支個替人撰寫的攤子，賺得也比松山集多哪。

可她爹就是不去，寧願窩在家裡陪著妻兒老小啃鹹菜。

「那就不要停了，直接去院子吧。」喬明瑾朝外頭的雲錦吩咐了一聲。

雲錦應了一聲，揚鞭避過城裡的主道，往喬明瑾買的院子去。

那處院子在城裡書院集中的地方，道路寬兩旁又安靜，一路走來，那吆喝聲便慢慢變少，再後來更聽不到了。

再走了一段時間，也就到了。

馬車停在院門口，喬父一直等著人都下去了，才左右看了看，下了馬車，直接就往院裡進去。

喬明瑾看在眼裡並沒有說什麼，也沒有問，扶了喬母就往裡頭走。

周晏卿看了喬父一眼，也跟在後面進了院子。

這院子自從喬明瑾買來後還是頭一次來，雖然聽過周晏卿描述了一番，但她對此處沒有多少印象。

「爹、娘，快來看哪，這也有一個水井呢！」明琦喳呼道。

喬父、喬母聽了，跟在明琦和琬兒身後往水井那邊看去。

「沒有井臺，也沒有池子。」

琬兒看了一眼就不感興趣了，就一個光禿禿的井有什麼好看的？那井口還小得很，比她們家的小多了。

周晏卿摸了摸小東西的頭，笑著說道：「這能有口井就不錯了，旁邊人家還沒有呢，他們都要去外邊汲水，若不想辛苦往外打水，便要拿錢來買水。這附近都有專門的人拉著板車，裝了一桶一桶的水送來，兩、三個銅板就能買上一桶。」

「水還要花錢買嗎？」小東西一臉不解。

她家的水都是想用多少就打多少，那井裡的水也一直有那麼多，都沒少過。

周晏卿摸著她的頭，笑著回答。「是啊，一天下來最少也要花十來個銅板才夠用呢。」

他又對一臉咋舌的喬父、喬母回答道：「當初也是因為這家裡有口井，那價格才比鄰近要貴了些。」

喬父聽了周晏卿的話，點著頭說道：「應該的，有這口井，凡事便方便多了，價錢高一些也是正常。」

喬母不解，道：「打一口井也要不了幾兩銀吧？雖然比買水要貴，可是卻方便不少啊，為什麼沒人想過要在院裡打口井？」

周晏卿笑著說道：「這書院附近的房子貴得很，都是出租的多，一般都是學子們租著讀書的。租住的人誰會想花錢替別人打井？而主家也不大願意。打了井，占地方不說，萬一出個什麼事，有人投井、投毒什麼的，衙門還要找他們談話，多一事不如省一事。」

看兩人若有所思，他又說道：「在這能有套房子的，也都有能力在城裡購一套房了；而相同的價錢，在內城也能買到更大一倍的房子了，沒人願意把這裡的房買下，所以都是出租居多。學子們也就是在書院開課的時候租用幾個月罷了，放假的時候，這裡幾乎是空的，安靜得很。」

喬父、喬母聽了連連點頭，跟著在院子裡逛了起來。

這院子不大，總共就一進半，沒有花園，房間倒是有好幾間。

這地方寸土寸金，連水都要花錢買，哪家都願意多建幾間房間，好多招幾個人來住，以便能多收幾個房錢，極少有人會花力氣去整治什麼花園亭臺的。

像喬明瑾買的這院子，有些有能力的學子，會整套租下來，也有些會約上三五好友一起分擔著租的，可以相互探討功課又能做個伴。

院子雖不大，但房間都大得很，就是隔一半出來做書房都足夠。

喬父、喬母逛了一圈，很是滿意。

他們一行人在院裡逛著，除了自己的聲音外，完全聽不到外頭的聲響，環境很清幽。

喬父十分滿意，要做學問、寫文章，沒個安靜的環境是萬萬不行的。

孟母為了兒子有個好的讀書環境，都一遷二遷三遷的，這處院子買得好，非常安靜。

喬母倒是擔心起了安全的問題。

「在這附近住著不會有什麼事吧，會不會有人鬧事什麼的？」

周晏卿笑了笑，道：「伯母盡可放心，這是書院所在地，這裡的人十之八九都是學子，住進來後，里長、書院都會派人來登記，為了讓學子們有個好的環境，日夜還會有人巡邏，伯母不必擔憂的。」

喬父橫了喬母一眼。「宵小誰會到這裡來？城裡的有錢人多得是，那鋪子全都擠著挨著，誰會來這裡？來偷兩本書嗎？」

喬母訕訕地笑了笑。「我不過多問兩句罷了。」

喬父也沒理她，逛了一圈，撿了一間面南朝北的大房間坐了。

這處院子當初買下的時候就有一些簡單的家具，床、桌子、椅子、書櫃、衣箱這些都是齊全的，雖然舊了些，但還能用。

這裡之前都是租給學子，屋主一般都會幫著學子們配齊這些。

所以屋主決定賣這處房子的時候，家具全都留了下來，這些半新不舊的東西，也不是什麼好木料，拉走還費事又占地方。

後來周晏卿幫著買來後，又派人過來打掃添置了一些東西，就連廚房裡的東西也都是齊全的，只是因為不知他們什麼時候能來住，鋪蓋倒是沒買，米缸也是空的。

喬父、喬母又對著周晏卿謝了一番，對他的印象更好了幾分。

因有器具，打水很方便，喬明瑾帶著明琦把鍋具洗了一遍，添了水，準備煮水泡茶。

杯子雖有，但沒有柴火，也沒有茶葉，雲錦便自告奮勇去買。

而喬明瑾和喬母則按著周晏卿的指點，去巷子口看有沒有人挑柴火來賣。

母女倆運氣很好，果然看見巷子口有兩個半大的孩子挑了柴擺在那裡。

兩人沒有吆喝，就地擺開，蹲在那裡等著生意上門。

喬明瑾見了，不由想起那段砍柴賣柴的歲月。

一擔柴火能賣十文錢，她撿了一牛車的柴火能賣五、六十文，靠著賣柴，母女倆度過了最開始那段艱難的時光……

喬明瑾正感慨著，喬母那邊已經在問價了。

「嬸子，買柴吧？這柴不貴，十五文一擔，若兩擔都買，給二十八文就行。」

兩個半大孩子，大的有十四、五歲，小的也有十二、三歲的模樣。

喬母左右打量兩個小夥子，問道：「你們是兄弟倆？」

大的那個瞧著是個機靈的，笑咪咪地點頭說道：「嬸子眼光真好，我們正是兄弟呢。嬸子是剛搬來的？我以前沒見過嬸子呢。」

喬母笑了起來。「這裡住的人難道你們都認識不成？」

那個小的，見喬明瑾母女倆不像壞人，才有膽說話了，仰著頭道：「我們天天來這裡賣柴，只要我大哥看過的人他都能記住呢！可是我們從來都沒見過妳們。」

喬明瑾聽了也笑了起來，道：「我們確實是今天剛搬來的，家裡沒柴火，來買一些，你們這柴可比集裡貴呢。」

那哥哥急忙說道：「姊姊說得正是，的確比外面貴了幾文錢，只因這裡離集裡遠，也不讓隨便擺攤，那里長是瞧著我們兄弟老實本分，才讓我們到這巷子口來賣的。」

喬明瑾笑了起來，這就是物以稀為貴了。

讀書人大多酸腐，覺得跟銀錢打交道便染了一身銅臭，大多都不知道外頭的物價，若要跟小商小販討價還價更是覺得有辱斯文，與民爭利，自然是說多少便是多少了。

那弟弟只覺得喬明瑾長得好看，連笑起來都好看得很，愣愣地盯著她看。

那哥哥卻從剛才的話裡聽出來，這人應是經常到集裡採買的，物價是清楚得很，眼睛轉了轉，便說道：「這裡賣柴的人又不多，我們這柴也不愁賣，不過遇了嬸子和姊姊算是個緣分，兩擔柴就給二十五文吧，我再幫嬸子和姊姊挑到家裡放好。這裡頭沒有粗柴，若有我也會幫著妳們劈好的。」

喬母如今日子過得好了，也不差那幾個銅子，再說她也是苦日子熬出來的，知道窮人家過日子的艱難，瞧著這兄弟兩人面黃肌瘦的，她不忍講價還價，就點頭先應了。

喬明瑾是自己當初賣過柴，知道撿柴砍柴的辛苦，她如今也不缺這幾個銅子，更是不會有什麼意見，轉身引著那兄弟兩人往院子走。

那兄弟兩人做成生意，心裡高興，開開心心挑了沈沈的兩擔柴跟在母女倆的後面。

走至一半的時候，喬明瑾便聽到有人從後面喚她。

「娘、姊！」

母女倆順著聲音往後看，果然是明玨和明珩坐著周晏卿的車子到了。

母子姊弟相見都是高興得很。

「娘，姊，我好想妳們喔！」

明珩還小，肆意地撲在喬明瑾懷裡撒嬌，明玨倒是扶著喬母的胳膊，笑咪咪地任喬母打量。

這兄弟兩人也兩個月不曾回家了，天氣漸熱，喬父、喬母怕他們來回辛苦，便帶話讓他們安心在莊裡唸書，如今見了面自然是極開心的。

「娘，妳們怎麼不在屋裡？」明珩問道。

喬母看見兩個兒子，自然高興得很，瞇眼笑著說道：「跟你姊合開作坊的周六爺也一起來了，你姊便想著要在屋裡燒水沏茶來喝，這不，我和你姊就到外頭買柴火來了。」

兄弟兩人方才遠遠見了母女兩人只顧著下車喊人，哪裡看到後面還跟著挑柴火的兄弟？待進了屋，父子舅甥又開開心心見了面，明玨、明珩兄弟倆也跟周晏卿打了招呼，對他拱手道謝。

周晏卿挺喜歡這懂事知禮的兄弟倆，賓主相見倒是一派和樂相融。

那邊，喬明瑾引著人把柴火挑到廚房後，多付了幾文錢，又讓他兩人以後若是見院子沒上鎖，就敲門問問看家裡要不要柴火；若是鄉下有些菜蔬、菌子山貨什麼的，也都可以送了來。

兄弟倆聽了高興異常，這可是長久的生意，就連家裡種的小菜、採的菌子都有地方賣了，於是他們推讓了一番便把錢收了，高高興興地辭了出去。

明琦知道喬明瑾這麼做的原因，或許她姊姊是看著這兩人，想到了之前的自己，想著要幫上他們一把吧。

琬兒卻仰著頭問：「娘，集上沒有賣菜嗎？」

喬明瑾摸著她的頭笑道：「集裡怎會沒菜賣呢？不過人家自家種的，以後若想經常賣給我們，一定會便宜賣的；再說妳大舅、二舅若是去集裡買，不還得花時間親自去？那得走多遠啊，來回雇馬車還要花錢呢，是不是？」

小東西聽了連連點頭，別的她都不懂，只要聽說能省不少錢她就樂意得很。

很快，雲錦也回來了。

他這一年來跟著周晏卿進進出出，又經常一個人進城採買，對青川城熟悉得很，哪裡東西便宜，哪家店鋪掌櫃和氣厚道，他都知道得清楚，不一會兒就拉了滿滿當當一車東西回來，連米麵、鋪蓋、被褥都有。

「我想著，雖然還要再過兩個月，明玨和明珩才能進書院，但他們在城裡有了屋子房間，偶爾進城住上一天、兩天的，也比回家要方便，我便做主買了些鋪蓋回來。」

喬父、喬母看了連連點頭，誇他想得周到。

明珩和明玨看到他們在城裡有地方住了，還是姊姊專門買給他們的房子，高興得很。

這下子來城裡玩，或是參加什麼書會、詩會的，就能住一宿了。有些東西書啊什麼的，買來後也不用再送到綠柳山莊了，有自己的地方放總比放別人家裡要強得多。

兄弟兩人在屋裡來回轉了幾遍，滿意非常，已是開始分配起房間來。

有了柴火，又買來茶壺茶杯，喬明瑾便開始燒水沏茶。

茶沏好後，眾人就坐在一起喝茶說話。

周晏卿見兄弟兩人嘴角泛喜，也跟著笑了笑，說道：「到時候，明玨和明珩住進來，你們可以找個婆子或老漢幫著做些雜活，打掃、劈柴、採買、漿洗之類的，再順道幫你們看門；若有三五好友，也可以約來一起住，或是把房間隔了租出去，收的房錢也夠你們倆請人的費用了。」

見大夥都看向自己，他想了想便又說道：「在這裡租房子的，除非是家裡安排奴僕跟著，不然都是三、五個人一起租的，一來能分擔一些費用，二來合了錢也好請個人做些看門漿洗的雜活，分攤下來錢又不多。若再省些，不請人來駐家，只要雇人做一、兩個時辰的活計既可，這也能省下不少，又能省下時間多做幾篇文章；再者約上三五好友同住，一能一起探討學問，二來平日相伴，若以後對方有了出息，也能結個善緣。」

兄弟兩人聽完若有所思。

明珩想了一會兒，便說道：「劉淇定是要跟著我來的，他爹娘聽說我和二哥要進書院，想把他也送書院，又怕他坐不住；不送，又怕請的先生沒二哥這麼耐心，也怕再被他趕走，愁得不行。他自己還偷摸告訴我，說他爹願意再加一倍月錢，就為了讓二哥能留下呢。」

頓了頓，他又得意地說道：「我二哥是要考科舉的人，哪裡能老跟在他那小屁孩後面？還是我好說歹說，說是我進了書院會把他一起帶上，還跟他在一起，他爹娘這才罷了。」

大夥聽了都笑了起來。

明玨也笑著說道：「姊姊既買了這屋，那我和明珩進了書院還是住在這裡吧，就不住書院了。書院人多嘴雜，有我看著他們，也省得他們跟著旁人學一些壞毛病。那劉淇是個愛鬧的，非得有人看著他才行。」

喬母點點頭，道：「那孩子雖然活潑了些，但看你帶回咱家，他還算聽你的話，品性又不壞，由你帶著他，想必他爹娘也能省些心，明珩也能有個伴，反正房間還有多的。」

喬明瑾看了喬父一眼，對明玨說道：「周耀祖不是也在這裡的書院讀書？到時你看看，若是跟他談得來，就約來這裡一起住。他明年出了孝也要跟你一起考秋闈的，若是談得來，住一起還能一起探討學問。」

喬母連連點頭，對明玨說道：「你姊姊說的正是，你跟他相處久了，就能處出感情來。如今他家裡正是難的時候，我們拉他一把，將來他富貴了，他也能念著岳家的好，也會對你三妹好一些。」

明玨點頭道：「我跟他倒是還談得來，有時候，他有城裡的書會、詩會什麼的，都會約了我同去。他小時候家裡曾是富貴過的，讀的書又多，也沒有沾上酸秀才的酸腐氣，是個胸中有溝壑的人，到時我就約他來同住。」

喬父也點頭。「這樣好，知根知底的，又是自家人，相處也融洽些；若以後有同窗你要幫扶的，約人來同住，一定要看清對方人品，不然來家裡攪做一團，反受其累。」

「是。」明玨和明珩都點頭應了。

很快便到午飯時分。周晏卿本是要請喬父、喬母到城裡最好的酒肆用飯，怎奈喬父不願出門，周晏卿便打發了石頭到酒樓要了一桌飯菜送過來。

一行人高高興興地圍坐一起，吃了頓豐盛的午飯。

午飯後，周晏卿本來看喬明瑾難得來一趟，要約了她到木匠鋪子看一看，只是又看她想陪家人去逛街買東西，只能做罷，跟喬父、喬母等人告辭走了。

喬明瑾把他送到院門外。

周晏卿撥了撥她臉上幾根零亂的頭髮，柔聲道：「我看妳這一天也累了，不若歇個晌再逛去，難得來一趟，歇一天再回去也無妨。」

喬明瑾笑著搖頭。「我們買完東西便要回去了，爹娘也是個歇不住的性子，等以後有時間了再來。」

周晏卿定定地看著她，很想衝動地抱抱她，只是他到底不敢在這裡放肆，只好飛快地拉了拉喬明瑾的小手，轉身離開。

喬明瑾站在門口，直到看著他的馬車在巷子口拐彎，消失不見，這才回去。

她抬起自己的手看了看，面上染了幾分緋色，連忙斂了神色進了院子。

喬父不願出門，明玨便留下來陪他。

喬明瑾和喬母帶著歡歡喜喜的琬兒、明琦和明珩一道上街採買，仍舊是雲錦駕車。

一家人一路逛著也不嫌累，見著鋪子就往裡面鑽，出來時就大包小包捧著。

喬明瑾如今對女兒和娘家人都大方得很，又見喬母難得進城一趟，正是歡喜新鮮的時候，絲毫不手軟，只要喬母多看一眼的東西都買了下來，嚇得喬母連連說她敗家。

但喬母見兒女外孫懂事，心裡欣慰得很，也不束手束腳了，只要家裡得用的，女兒說該買的，她便上前放心大膽挑選。

雲錦則笑咪咪地跟在後面做搬運工，一趟一趟把東西往馬車上搬，連逛了兩個時辰，直到雲錦說車裡坐不下了，一家人這才停了腳。

車上堆滿了大包小包，新鮮水果、各類糕餅點心、炒貨蜜餞、布料尺頭、米麵油鹽、筆墨書籍……塞了滿滿當當的大半車。

到了書院的屋子，喬母還被喬父罵了兩句，說她是不把錢當錢了。

喬母低頭嘟囔了兩句。「又不花你的錢。」

「什麼？」

「嘿嘿，哪有什麼？沒什麼。」喬母裝傻。

喬明瑾姊弟幾個看著直笑。

娘在他們爹面前低了一輩子的頭，一輩子都對他們的爹服服貼貼的，難得會頂上一、兩句。

一家人鎖了屋子，喬明瑾把鑰匙交到明珏手裡。

把他們兩人送到綠柳山莊的時候，兄弟兩人還依依不捨，拉著喬母和喬明瑾不放，看得喬明瑾哭笑不得，惹得喬母都紅了眼眶。

喬父斥了兩句，明珩這才老實了。

本來喬父、喬母看著天色不早，是想再雇輛車分道走的，是喬明瑾覺得她好久沒回去看祖母藍氏了，因為這次的事又害得祖母替她擔心，便決定回去住一晚，喬父、喬母自然是樂意得很。

夜幕將將落下的時候，一家人也到了雲家村。

藍氏看到喬明瑾果然高興得很，不顧旁人在場，在門口拉著她問長問短，明瑜也抱著琬兒香了又香。

晚飯時，他們又讓雲錦去請了雲家外祖父母和兩個舅舅過來吃飯，一家人又開開心心地吃到月上中天。

當天晚上，藍氏便拉著喬明瑾睡在一起，藍氏貼著她的耳朵問了她好些事，也掏箱底地教了她不少東西，讓喬明瑾獲益匪淺。

直到外頭雞叫頭一遍，喬明瑾才窩在祖母的懷裡睡了。

藍氏睡不著，她摸著喬明瑾的頭髮，默默垂淚，也不知在想什麼。

喬明瑾睡到日上三竿才起，琬兒都和小雲巒吃過兩輪飯了。在娘家吃過中飯，她就帶著女兒回了。

小雲巒自然是哭著鬧著也要跟的，扒著車子不放手，雲錦想著妻子也想他想得慌，便把他也帶上了。

小東西果然非常高興，在馬車上又蹦又跳的。

喬明瑾本來想讓明琦在家住幾天，哪知藍氏直接把她趕上了馬車。

喬明瑾知道祖母的一番好意，最後沒說什麼，只吩咐她要注意身子，掀著車簾子和娘家人揮手告別。

喬明瑾當天從雲家村回來，不出意料之外，岳仲堯仍是守在喬明瑾家門口。

對於岳仲堯默默走過來要幫著拉馬車、拆卸馬車的舉動，雲錦沒有拒絕，只是也沒擺什麼好臉色給他看就是了。

琬兒看著自己的爹，想要親近，又有了些畏懼，興許因為那天家裡亂做一團，她到底是怕了兩分。

岳仲堯心裡苦澀，只是仍沒放棄跟女兒親近的每一個機會，看喬明瑾沒攔著，女兒又偷偷地看他，他便上前抱了抱女兒，又跟著雲錦往裡搬東西，搬完再把馬牽到了馬房。

幫著把東西都歸置後，岳仲堯又把馬車安置妥當。

喬明瑾也沒制止父女倆親近，她對岳仲堯雖沒多大感情，但對他並無怨懟，看他有意與女兒親近，自然就沒攔著，逕自洗澡去了，留下琬兒陪岳仲堯說話，給琬兒洗澡的事自然也交給了岳仲堯。

岳仲堯當然是求之不得，他歡歡喜喜地給女兒洗完澡，又和女兒說了好一會兒話，這才磨磨蹭蹭、一步三回頭地走了。

如今他也知道喬明瑾大抵還在氣頭上，對岳家人和他，只怕還是抱持著眼不見為淨的想法，便也不強求。

他抱著女兒送到正房門口，看喬明瑾把人接過之後，也只是叮囑了幾句，瑾娘自然比他要對女兒更上心的。

他看著喬明瑾抱著女兒進屋，留給他的只是冷冷淡淡的背影和女兒趴在妻子肩頭頻頻望來的眼神……

又過了兩日。這日一早，岳仲堯仍舊是早早就起了。

他在喬明瑾家的院牆外轉了好幾圈，一直等到雲錦和何氏開了門，他才迎了上去，透著門縫往裡面瞅了瞅，又低頭拉著雲錦到旁邊嘀咕了起來。

雲錦聽完有些詫異，因為岳仲堯跟他請假，說是要去城裡兩天。

按說岳仲堯並不是作坊的工人，在他眼裡他還有些賴著不走的意思，一直都沒人安排他活計做，全是他自己尋活來做，沒有活的話他就到處給人幫忙。
這段時間，每天一大早作坊的門才一打開，他就進來，比任何一個人都要積極；每天下工，他都是最後一個走的。
自他辭了公差回來，也沒見他在村子裡有正經事幹。開始那幾天，他娘吳氏倒是在作坊外面連著罵了好幾天，只是這岳仲堯仍然是我行我素，天天準點來作坊報到。
他們岳家總共有不到十畝地，如今地裡稻子正在抽穗，用不著一家人都下地去，往常缺他一個，地裡也沒有什麼損失。
而他回來這麼久，沒瞧他去自家的地，卻天天往作坊跑，看來他是要扎根下河村了。
但剛才他說什麼，他要上城裡？還一去就是兩天？
雲錦狐疑地來回打量了他好幾眼，只是到底也沒問他要到城裡做什麼。
雲錦朝他點了點頭，張了張嘴，發現沒什麼好叮囑的，便看著他轉身離開了。
「這是要做什麼？」
何氏在岳仲堯拉著雲錦到一旁說話的時候，她沒有先走，只是遠遠地等著自家男人。這會兒看岳仲堯一走，她立刻上前跟丈夫一道往作坊走去。
「不知道，只說是要上城裡兩天。」
「上城裡幹麼？」
「這我哪知道？」

「你說，他真的要在作坊一直做下去了？瑾娘有沒有說要給他開多少工錢？」

「沒說。」

兩人邊說著邊去作坊。

而喬明瑾早上起來後，給兩個孩子做了早飯，洗了衣裳，又打掃完庭院，便一頭鑽進了書房。

周晏卿上回來的時候，又帶了幾個鋪子的帳本給她，除了要對帳、查帳之外，仍然是要把內帳做出來。

這年頭，官府對商家收著各種稅賦，還經常巧立名目向各商家攤派各種費用。

好在這兩年朝野清明，一沒仗可打，二是年景也好，沒有哪裡旱了澇了，要修渠挖溝什麼的，商家總算是鬆了一口氣。

不過太平年也有太平年的憂愁。

比如帝后千秋，太后壽辰，皇子封王、公主成親什麼的，作為商家總要隨些禮金的。遇到個清廉的地方官還好，若是那地方官斂財斂得狠的，商家就跟被剝了皮一樣。

好在周家還有京裡的那一支給他們上下打點，而青川縣的一、二把手也對周家這個地頭蛇讓了三分，不然這賺得多，上繳得也多，興許一年賺的還不夠上供的。

看周家這些帳冊，這一年裡四處打點用的銀子也花出去不少。

單就青川城來說，年年都要往衙門裡上繳好大一筆錢，而且還不只要打點知縣大老爺，連縣丞、縣尉、主簿、文書、典吏以及下面的一眾，無一不打點到位。

這每年的花費可要去不少。

青川城還是周家的地盤，別的地方的鋪子，只怕打點的銀子要更多。

不怪乎商家總要做個內帳、外帳，這要沒個外帳對付外面盤剝的那些人，只怕一年辛苦下來也只是替別人做嫁衣罷了。

雖然周晏卿交代了所有的鋪子都要做一本內帳，看著工作量著實不少，但好在喬明瑾做內帳是把好手。

周晏卿對喬明瑾做的帳本尤其滿意，那廝把更多店鋪的帳都送了來，而且為防意外，把陳年老帳都翻了出來，讓她得空把內帳都做出來。

於是喬明瑾便每天埋頭在一堆帳本裡，算盤被她撥得噼哩啪啦作響，引得明琦和琬兒聽了直說比彈琴還好聽。

這天一早，喬明瑾仍舊在打她的算盤，兩個孩子自己玩她們的。

而琬兒到了作坊後，卻沒有見到岳仲堯。

後來聽雲錦說了她爹這兩天都不在的時候，小東西的臉就拉了下來。

自從那天她看到吳氏把家裡砸個稀爛之後，她對吳氏就更害怕了，好像隱約有些明白，她奶奶不想她爹跟她和娘親近。

她便對著她爹疏遠了起來。

只是別的小孩都有爹，他們每天在作坊門前玩鬧成一團，下工的時候，她看見工人從作坊裡魚貫而出，其他小孩都會連聲喊爹，再跑著撲過去，然後看他們的爹把他們抱起，或是牽著他們的手一同回家，她的心裡就好羨慕。

為什麼她的爹不能跟她和娘一起回家？

自岳仲堯日日到了作坊之後，琬兒只覺得自己心都快飛起來了。

她卻又怕她奶奶看見他們一家子親近，再來把她們的家亂砸一遍，就只是遠遠地看著她爹，偶爾對她爹笑一笑，看她爹喚她，她心裡就高興。

只是今天爹卻不在了，也沒有跟琬兒說一聲……

琬兒有些無精打采，別的孩子叫她一起玩，她也沒什麼興趣，在旁邊蹲著看一群小孩玩鬧了半天，便懨懨地回了家。

「琬兒？這是怎麼了，不高興了？怎麼不跟別的小朋友玩？」

喬明瑾瞥了扶著門框看她的女兒一眼，又埋頭在帳冊裡。

「熱，不想玩。」

「那就待在家裡吧，看看小姨幹麼去了，找小姨去庫房拿點心吃，然後跟小姨一起去寫大字。」

她良久才聽到小東西回道：「好。」

喬明瑾覺得女兒應得有些有氣無力，正想問問看她是不是中了暑氣，卻發現女兒已經轉身走了。

她想了想，也沒去管她，又把頭埋進帳冊裡。

且說周晏卿那邊。

他本來打算早早就出門的，這天氣越來越熱，不趁早出門，若是在最熱的時候烤在路上，可不是件輕鬆的事。

哪知道他才跨出院門，就被正房老太太派來的林嬤嬤攔住。

「嬤嬤怎麼到聽風院來了？」

周晏卿一臉的驚訝，什麼事竟勞動了林嬤嬤大駕？

這林嬤嬤可是跟老太太陪嫁過來的，是老太太的一等心腹，莫說府裡的下人，就是府裡的老爺、太太也都敬著她三分，見面誰不恭敬地喊上一聲「嬤嬤」？

周晏卿抬頭望了望天，此時天邊正露著魚肚白，好早。

「怎麼，老奴就不能來看看我們六爺了？」

林嬤嬤看著這個她一手帶大的六少爺也是感慨萬千。

老太太對於這個老來子，自小就捧在手心裡養大，真是含在嘴裡怕化了，捧在手裡又怕摔了，果然是父母都愛么兒。

「瞧嬤嬤說的，我怎敢勞動您來看我？該是我去看您才是。」

林嬤嬤自陪著老太太嫁過來之後，一生未嫁，待過了二十歲，便自梳了，一直在正院陪著老太太，幫老太太看顧府裡的少爺、小姐們，將來給林嬤嬤養老送終也有他的一份。

「六爺這段時間真是忙得很，老太太可是說了，好久都沒見到六爺的人了，回回天不亮就出門，不到點燈不回來。老太太說要等著六爺陪她吃一頓飯，還真辛苦得很。」

周晏卿被林嬤嬤說得頗有些不好意思，訕訕道：「這段時間我確實忙了些，忽略了母親，還望林嬤嬤幫著在母親面上說幾句好話，好生寬解老太太一番。我這就跟林嬤嬤去給母親請安，不知老太太可是用過早飯了？」

林嬤嬤聽完周晏卿的話，咧著嘴笑了起來，高興道：「還沒呢！這不就是讓老奴過來請六爺的？老太太昨晚就吩咐正院小廚房做了六爺愛吃的蓮子羹和春捲了。」

「是嗎？那我可要過去母親那邊好生蹭上一頓。」

周晏卿面露幾分歡喜，隨著林嬤嬤往正院而去。

「娘，您在哪呢？兒子想死您了。」還沒到正房，周晏卿就揚聲喊了起來。

老太太在屋裡聽見了，嘴角往上揚了揚。

「壞小子，你哪裡想我了？不派人去請你，你都不會過來。還好我派去的是林嬤嬤，要是小丫頭去了，只怕是喊不來我們周府六爺的。下回啊，恐怕得我親自帶著轎子去請了。」

老太太端坐在官帽椅子上，朝周晏卿嗔怪道。

第四十八章

周晏卿聽了那話，連忙笑嘻嘻地說道：「哪能要娘來請？您如果在這正院打上一個噴嚏，兒就能立馬知道是娘您想兒了，兒還不得趕緊來啊？哪裡用得著您派人去請。」

周晏卿邊說著邊湊過去，跟老太太同擠在一張椅子上，又親熱地挽著老太太的胳膊。

「去去去，也不嫌熱得慌。」

老太太對周晏卿的親近歡喜得很，但嘴裡又是嗔又是罵的，還作勢用手去推周晏卿。

「娘，兒這才坐了半邊屁股，娘把兒子摔地上還不是您得心疼？兒想娘想得緊呢，娘也不讓兒好生親近親近。」

老太太看周晏卿像小時候一樣黏著自己，心裡是萬般歡喜，哪裡是真的要趕他？

老太太做勢拍了他一記，道：「就會說一些好聽話來哄我，你哪裡有想我？這都多少天了，你神龍見首不見尾的，連面都不露，我要見你一面竟是難得很，不派人去請你都不肯來。」

「哪呢，兒這不是給娘掙銀子去了嗎？」

「你娘都已是黃土埋半截的人了，要那麼多銀子做什麼？娘死後，娘的銀子還不都是你的？」

「哎呀，娘，說什麼死不死的，娘不是說好要給我帶孫子的嗎？我可是一直沒忘呢。」

周老太太哈哈大笑。「娘哪有說過要替你看孫子？能幫你看兒子就已經不錯了，哪裡能等到給你看孫子？」

「哪裡就不能看了？娘這面相乃是大福大貴，長命百歲之相，莫說兒的孫子了，就是您孫子的孫子您都能看到。」

老太太哈哈大笑，被這小兒子哄得高興得很。

她笑過後又正色道：「莫說那麼遠的事。你答應過我要好好找一門媳婦回來給我生孫子的，怎麼都這麼久了，就是不見你肯安生下來？還要讓為娘等多久？」

周晏卿這回倒是不敷衍了，笑著說道：「娘，您就放心吧，這回很快，您就能抱上孫子了。」

老太太聽完眼睛都亮了起來。「喔，是哪家的姑娘？」

周晏卿眼睛轉了轉，不答反問：「娘，您喜歡怎樣的姑娘？」

「臭小子，你還不知道為娘喜歡怎樣的姑娘？不過，只要卿兒喜歡的，娘也會喜歡的。」

周晏卿眼睛一亮。「娘您說真的？兒喜歡的娘都喜歡？」

老太太狐疑地看了他一眼，想了想，說道：「也不能慣著你，這幾年，你的心都野了。姑娘家的，當然是穩重大方，懂事孝順的為好。咱家產業多，將來娘百年後，你和你幾個哥哥必是要分開過，最好能找一個能幫著你的，岳家靠得住的，又能識字、懂看帳本還能幫你管家的，這樣的人最好。」

周晏卿越聽眼睛越亮。穩重大方、懂事孝順、識字、懂看帳本、會管家，哪一條瑾娘不符合？

周老太太趁空瞅了周晏卿一眼，看他那副眼角帶喜的模樣，還有什麼不明白？她這個兒子定是有意中人了。

老太太心裡高興，說道：「是你中意的人自然是最好，將來也能跟你一條心，夫妻恩愛，家裡自然就和睦。不過咱家畢竟不是普通的人家，你幾個嫂子家裡不是官就是書香門第，再不濟家裡也是家大業大的，咱這樣的人家，自然是要求一個門當戶對的。」

周晏卿聞言滯了滯。

「娘，咱家又不缺什麼，要什麼門當戶對，只要對方人品好不就好了？」

周老太太笑著拍了他一下，道：「胡說，咱家是什麼人家？不光咱這房，就是旁支、外支過得不如咱的，都講究個門當戶對。咱家在青川城裡可不只百年了，在這裡可是有名望的，自然是要求一個門對戶對的姑娘。娶個小門小戶，畏手畏腳的，沒得惹世家姻親笑話。你那幾個庶兄娶親，娘都給他們找了門當戶對的好親，輪對你，哪裡能馬虎了？」

周晏卿聽完，起身到一旁的另一張椅子上坐了。

「娘，兒以後又不用靠岳家提攜，自己就能掙一份不菲的家業；再說了，小門小戶或寒門陋室就不一定沒有好的姑娘。」

老太太愣愣地看著兒子起身，坐到一旁。

兒子大了，就不黏娘了。老太太嘆了一口氣，莫名地有些失落。

她又斂了心神，說道：「娘沒說小門小戶就沒有好的姑娘，是因為她們的教養跟我們這樣的人家不同，從小生長的環境也不一樣，哪裡能融入我們這樣的家庭？將來你分家出去，她自然是要幫你主持中饋的，還要幫你在親戚世交家應酬交際，若是做得不好，到時可不只是丟你的臉，連咱周家的臉都要丟了。」

「娘，這些能算個什麼事？不懂以後可以學嘛，哪有人生來就會的。」

老太太嗔道：「你可不能不當事，這裡面的學問深著呢，就是大門大戶裡養出來的也都不一樣。那庶女和嫡女，別看是一家子出來的，兩者從小的教養就不一樣，嫡女從幾歲起就開始學管家了。娘是定要為你尋一門當戶對的嫡女做妻子的，可不能辱沒了你；再說憑咱家在青川城的地位，哪裡不能找到一個好的？就是在京裡的望門裡尋一位能幹的姑娘，咱家也能給你尋來。」

周晏卿聽完，臉色不豫。

老太太瞅了他一眼，心裡一咯噔。「卿兒，你莫非……莫非你看中了不妥當的人？」

周晏卿皺著眉頭道：「娘，她哪裡是什麼不妥當的人？娘不是說過這次讓兒自己尋一個可心的嗎？別說什麼高門大戶了，哪怕她們再好，都不是兒可心的。這回，兒定是要尋個可心的人回來。」

老太太聽完笑了，說道：「娘哪有不讓你尋可心的人了？你就是尋上十個八個可心的，娘也不會說你什麼。」

周晏卿嘴角咧了起來，傾身過去。「娘可是答應了？」

「這有什麼好不答應的？若是你尋的人不夠資格當正妻，就許她個妾位，貴妾都成，娘也不反對你寵著她；但是你的正妻一定得是門當戶對家的姑娘，娘可不能讓你連你幾個庶兄都比不過。」

周晏卿苦著一張臉。「娘，何必呢，娶回來的人不是兒喜歡的，讓她空占著個位置嗎？再說我把她娶回來又冷落她，這不是糟蹋人嗎？再說兒也不想心愛的人受委屈。」

老太太瞪了他一眼，說道：「娶回來你不冷落她不就成了？這年頭哪個男人不是三妻四妾的？你看你大嫂厲害吧，你大哥房裡還不是有四房妾室？如今你大哥在北方又納了兩房，你大嫂還不是安心待在娘身邊伺候？繼續幫你哥養育兒女。」

老太太頓了頓。「娘又不攔著你納妾，你有可心的人只管納好了，但大婦卻不能隨便了，沒娘的准許，你不能肆意胡來，這大婦正妻代表的是咱家和你的臉面。」

老太太看他一臉沮喪，眼睛裡透著一絲凌厲。「你可不能隨著心意胡來。別的事娘都能依你，但這娶親的大事，必得娘同意了。你幾個嫂子都是娘聘來的，就算她們都有這樣那樣的缺點，但她們卻不敢在娘面前搞鬼。卿兒，你看中的那姑娘是什麼樣的人家？真是有什麼不妥？」

「沒，沒什麼不妥。」又道：「娘，我真是喜歡她，她穩重大方，識字，懂看帳本，算盤打得也厲害，咱家的帳房怕是都及不上她。她還懂事知禮，對家人又孝順，將來定是會好好孝順娘的。」

周晏卿一臉的懇求。

娘說的門當戶對，絕不是瑾娘那樣的普通莊戶人家。

他還沒說瑾娘是嫁過人且帶著孩子的呢。他本來想慢慢來，先把瑾娘的心收攏了，再慢慢一點一點地透露給娘，等娘接受了瑾娘，一切就水到渠成了。

他不是不知道瑾娘的身分要讓他娘接受會很困難。

可是他等了這麼多年，才好不容易找到一個與他契合的，又是他真心想求娶的，豈能輕易就放手？

老太太看了周晏卿一眼，那眼裡的焦急，看得她莫名地有些不快。

「卿兒，娘說過娘不攔著你納可心的人回來，若你真的喜歡，自然可以大大方方地把她納進來，讓她待在你的身邊；但正妻不同，她不僅是你房裡的事，還代表著咱家的臉面。」

「娘，她比任何人都好，幾個嫂子都及不上她一星半點兒，將來我們六房交到她手裡，兒在外面也放心得很。」

周晏卿的態度是前所未有的堅決。

老太太眉頭皺了皺，眼睛轉了轉，道：「是哪家的姑娘？你要是看準了，就把她帶回來給娘看看。這事倒也不急，現在你不是該陪為娘去用早膳了？請你來陪我這老太婆用膳，竟讓我聽你嘮叨了半天。」

周晏卿回過神來，想著這事也不能太冒進，須得慢慢來，水滴能穿石，越是心急越是吃不了熱豆腐，他遂笑著走過去扶起老太太道：「娘想兒陪您用早膳還不簡單嗎？以後兒天天來陪娘用完早膳再出門。」

老太太笑了，拍著他的手道：「你可不能哄我。」

「看兒這樣也不像是會說大話的人哪。」

「那就好，娘可是都記著呢。」

「放心吧，兒說話算數。聽說娘今天請人做了兒愛吃的？」

「嗯，做了好幾樣呢……」

母子倆邊說笑著邊走向旁邊的小花廳。

岳仲堯在青川城裡待了三天才回村。

先前沒人知道他上城裡幹麼去了，只是他一回來，岳家裡又再次亂了起來。

「自來父母之命，媒妁之言，你妹子的婚事我不點頭，誰也別想插手！你這麼著急把你妹子打發出門是準備幹麼？」

吳氏指著岳仲堯跳著腳罵。

她本以為這兒子這趟去城裡是要找上司求情，想要回差事的，哪裡想到他竟是為岳小滿的婚事奔波去了。

老岳頭吸著水煙，佝僂著身子，托著水煙桿的手肘支在曲起的膝蓋上，悶聲不語。

岳二、岳四也被弄了個措手不及，他們這兄弟竟是跑城裡為妹子找媒婆去了？

孫氏和于氏閒閒在一旁看熱鬧。

這兩妯娌歷來就是趨利避害的性子，有好處絕不放過，唯恐拿得少了；一旦有麻煩事，則跑得遠遠地袖手看熱鬧。

這小姑子的婚事她們哪裡敢插手？吳氏要知道了，還不得以為她們耍什麼陰謀花招呢；再說了，這岳小滿的婚事都說好幾年了，吳氏是一手包攬，不容旁人插手，唯恐旁人壞了她的事。

而岳老三不聲不響地跑了城裡一趟，回來就扔了三個備選的人選給她，依吳氏凡事都要插一手的性子，哪裡能那麼順順當當地領受了？

就算是她親兒子，她也是不容別人挑戰她的地位和權威的。

岳仲堯這次也算是十分雷厲風行。

岳小滿都拖到這歲數，馬上就十八了，村裡跟她一般年紀的早就嫁人生娃了，那嫁過來的、與她同樣年紀的小媳婦，生的娃都能給爺爹打酒喝了，只有她娘還高不成低不就地把她吊著。

村裡誰不在背後說閒話？說吳氏是要把這個小女兒當搖錢樹，準備釣個大大的金龜婿呢。

岳仲堯也是急了，這家裡，爹放手讓他娘去料理小妹的婚事，可娘哪裡是個靠譜的？兩個兄弟媳婦都是自掃門前雪，哪裡管得了岳小滿嫁不嫁？養老閨女又不是她們出錢，願意養多久養多久，她們還巴不得能一直養呢，兩妯娌正好躲躲懶。

岳仲堯也是知道這兩個兄弟媳婦的脾性，又知道他老娘辦事不靠譜，這次狠下心進了城，不僅找了城裡的媒婆，也找了幾個未曾婚配的昔日下屬，還找了大姊岳春分一起商量，最終兩人定下了三個人選。

怎奈他的一腔好心，一番奔波，在吳氏心裡卻變成覺得他另有圖謀。

「老三，你老實說，你這麼著急著把你妹子打發出去，是不是想著早早地分了家，好跟喬氏單過？」

不等岳仲堯開口，吳氏竟是越想越有理，聲音也拔高了幾分。「我告訴你，作夢！我把你養大成人，給你娶親，你倒是日子過得好了就想撇下父母單過了！告訴你，你想分家，除非我和你爹死了！」

岳仲堯眉頭皺得死緊，定定地瞅著吳氏。

「娘，我確實想分家，但也沒想過要以小滿的婚事來逼你們。娘知道小滿今年多大了嗎？娘還想留小滿到什麼時候？娘沒聽到村裡的閒話嗎？」

吳氏擰著眉。「閒話？什麼閒話？我多留自家閨女兩年會有什麼閒話？再說了，我又不是要留小滿一輩子，這不是沒找到合適的嗎？」

剛說完，想起什麼，她又對著岳仲堯噴火。「若不是你，不是那姓喬的，你會好好的差事不做跑回家來？若不是你的差事丟了，你妹子至於到現在都還沒找到合適的人家嗎？」

吳氏越罵越來勁，那架勢就跟被餵了幾根百年老參似的。

「娘，我說過了，若只是看中我那分差事才來求小滿的，那樣的人家我們也不稀罕，將來小滿就是嫁過去，也落不著什麼好；還是正經找個門當戶對的，能過日子的才好。」

「放屁！高門大戶就沒有不能過日子的了？只要你穩穩當當地當著差，人家哪裡能對小滿有什麼不好？小滿嫁過去半年一年的生了兒子立了足，到時候夫家還哪裡敢對小滿甩臉色？」

吳氏猶自氣不順。小女兒到如今還找不到合適的人家，全是老三害的，沒事好好的差事不做，非要念著那攪家精，辭了差回家。

好好的公差不要，旱澇保收，風颳不到、雨淋不著，輕輕鬆鬆就能拿到三兩銀子；家裡那幾畝地，除去稅錢、一家老小吃喝花用，一年到頭哪裡剩得下三兩銀？

岳仲堯靜靜地聽著吳氏罵，越來越覺得自己跟這個娘沒法溝通了。

一開始，他剛從戰場上回來，還覺得他的娘對自己好得不行，他能活著見到他娘真是萬幸；後來進城裡當了捕快，每旬回家，娘對他也是噓寒問暖，讓他每每都覺得在家的日子過得飛快。

從什麼時候起，他就跟他娘說不到一處了呢？

岳仲堯扭頭看向老岳頭。

老岳頭感受到岳仲堯的目光，狠狠地抽了幾口水煙，又把水煙桿在椅子腿上敲了敲，才看向岳仲堯說道：「三兒，你說的是哪三戶人家？對方都是什麼人？你大姊也見過了？」

岳仲堯點頭。「我找了昔日的同僚，也找了城裡的媒婆，後來又跟大家走訪了幾家，最後才定的這三家，都是我和大姊細細挑出來的。人我們也都看過了，都是能過日子的。這三家都好，最後還是要爹娘來決定。」

老岳頭點了點頭。

吳氏在一旁說道：「他能找到什麼樣的人家！」

老岳頭橫了吳氏一眼，道：「妳能？妳找了幾年還沒給小滿找到一戶合心的！把小滿耽誤到現在，說不定人家還怎麼想她呢！人家還當我們家的閨女是有什麼毛病嫁不出去！」

在堂屋外踮著腳偷聽的岳小滿低垂著頭，一臉的灰暗。

她今年都十八歲了，跟她玩得要好的幾個姊妹都已經出嫁，過年回門左邊是相公右邊是娃，她們都問她好日子近了沒有，她卻只能裝作一臉的羞澀。

她又聽得堂屋內她爹的聲音。

「老三，你別聽你娘罵罵咧咧，你跟爹說說那三家都是什麼人家。」

堂屋內吳氏還正待說話，被老岳頭喝了一句只好暫時停了嘴。

哼，她倒想聽聽看岳老三能找到什麼好人家，可千萬別讓她知道後面有喬氏的主意，不然有她好看的！

岳仲堯看了吳氏和老岳頭一眼，便開口說道：「有一家姓顧，是我舊日的下屬，現在在衙裡是一名捕快，比我進衙門的時候還久；家裡跟咱家差不多，爺奶不在了，有爹娘，有兄姊。他是最小的一個，兄姊都娶妻嫁人了，三個兄弟也都有了各自的小家，已經分家另過了，他爹娘跟著大哥過。這一家人雖多了些，但都分家了，小滿若嫁過去也不必回村裡，只要跟大姊一樣在城裡租個小院子，隨便做點什麼就行。他現在有一兩的月俸，平時還有一些別的孝敬，養活小滿是不成問題的。

「另一家是大姊看中的，是她隔壁的一戶人家，姓劉，家裡簡單，只有父母和一個妹子。他自己在糧店做夥計，老實本分，人又勤快好學，很得掌櫃的賞識，過不了多久就要升任小管事了，到時可能工錢還會更高。若小滿嫁了這家，就不必去鄉下地裡幹活。

「第三家是我認識的一個掌櫃的妻姪，家在青川城郊區，姓丁，家裡有幾個兄弟，有娶親的，也有未娶的，人雖多但家裡殷實，有二、三十畝上等的水田，將來分了家，日子也不會過不下去。」

老岳頭靜靜地聽完，又吧嗒吧嗒地抽起了水煙。

這三戶人家聽起來都是極合適的人選，跟他們家也門當戶對，都是老實本分的普通人家，雖不是大富大貴之人，但聽起來都不會讓女兒吃苦。

岳老二和岳老四也都聽得認真。

這三戶人家不管小妹許給哪一家，小妹都不會委屈了。

前兩家嫁在青川城裡，不用在地裡幹活，雖然他們在城裡都沒有房子，以後要租院子，但男人都是能幹的，將來必會越過越好。

另一家雖和他們家一樣，但家裡有幾十畝上等水田，等分了家，兩口子憑著分得的水田也能把日子過好了。

就是孫氏和于氏聽了，都覺得岳小滿運道不錯，拖成老姑娘了還有這麼好的行情。

老岳頭和岳二、岳四聽了岳仲堯的三個人選，都覺得不錯。

只有吳氏緊皺著眉頭，一副別人欠她萬兒八千的模樣。

這哪裡是什麼好的人家？城裡的兩家，一個是全家租貧民區破院子的，一個只是個小捕快，在城裡連落腳的地方都沒有。兩家沒房不說，根基淺，家裡也沒有餘財。

而另一家就更差了，嫁過去還要辛苦在地裡幹活才有得吃，而且要等到分家還不知要等到什麼時候。一大家子人，嫁過去就要伺候一家老小，再說女兒在家可沒下過幾回地，這家是萬萬不行的。

岳仲堯早知道他娘定是有千萬個理由來反駁的，他心知他和大姊挑的這三戶人家，到了他娘的眼裡定也是事事不如意。

他娘在堂屋裡跳腳罵他不把妹子當親妹子看，不想讓他妹子好過，他都只是安靜地聽著，不發一言。

如今他只是盼著他爹能立起來，在小滿的婚事上能擔得起一家之主之責，拍板把小滿的婚事定下來。

這段時間，對於他爹的表現，岳仲堯還是比較滿意的。

他娘在家裡威風了幾十年，興許他爹也不是那種畏怕婆娘的，只不過是不願和他娘歪纏罷了。

岳小滿在堂屋外面聽著她娘把三哥的一番好意貶得一文不值，心裡焦急，但又知道這種事自己不好出面，應該要避嫌，所以她雖然焦急依舊沒出聲。

而堂屋內，老岳頭緊攥著水煙桿，對眼睛噴火，看誰都不像好人的吳氏，心底不是沒有失望。

這個女人自嫁給他，從沒過過什麼好日子，又替他生養了五個子女，個個都長大了，給他留了三個兒子傳承血脈，算得上勞苦功高。

他體諒她，凡事也願意順著她，可這女人竟是越來越過分了，把三兒媳氣走不說，親孫女還養在外面，如今女兒的婚事被她耽擱下來，兒子的一番好意她也貶得一文不值。

那大戶人家是那麼好進去的？她也不看看自家是什麼人家，還想學人家穿金戴銀，著綢穿緞嗎？別說穿著下地了，就是自個兒的手都能把綢上的絲鉤破了。

「那妳是什麼意思？覺得都不好？就妳找得最好！這都找了幾年了，也沒見妳找到一戶好的、滿意的人家，小滿生生被妳耽誤到現在，妳還是她親娘嗎？妳還要誤孩子到什麼時候？」

老岳頭一臉的不滿，聲音不免拔高了幾分。

「放屁！我哪裡不是她親娘了？我精挑細選不也是為了她好？我辛辛苦苦生下的女兒，養這麼大，是讓她去別人家裡吃苦受罪的嗎？那還不如養在家裡，我還能時時見著她！」

吳氏沒覺得她多挑一些人有什麼錯，做娘的不都是為了兒女好？難道她這都是給她自己挑的不成？

「跟一頭牛就是說不清道理。沒人說妳精挑細選不對，我只是要妳認清咱是什麼人家，別學人家眼睛長在頭頂上，那些攀不上的，盯著它有什麼用？妳就是再盯著它人家也不會把妳女兒抬進去。」

老岳頭對著吳氏頗有種秀才遇著兵的感覺。

老岳頭話音剛落，吳氏就應道：「這不都怪你那好兒子嗎？要不是他沒事辭了差事，小滿還找不到好的人家嗎？一個縣才一個捕頭呢！」

吳氏看向岳仲堯的目光差點沒把他戳出洞來。

說來說去又說回了原處，岳仲堯長長地嘆了一口氣。他這個娘就是有本事把事情又繞回到他身上。

他覺得有些疲憊。

不知為什麼，他忽然覺得沒了什麼盼頭。

老岳頭扭頭看了自個兒三兒一眼，岳仲堯那失了精氣神的模樣，讓他心裡突突地疼了起來。

老岳頭扭頭對吳氏吼道：「妳到底什麼意思？三兒和春分辛辛苦苦，從中挑了這麼合適的三戶人家，妳還有什麼不滿意的？孩子奔波三天了，在妳眼裡竟是什麼都不是了？」

吳氏不以為然。「他一個捕頭，在城裡待了一年，還識不得幾戶好的人家？瞧他找的都是些什麼？要麼沒房沒基沒業，要麼人多亂哄哄的，要到地裡幹活，這哪裡是什麼好的人家？」

岳仲堯閉了閉眼，兩手撐著膝蓋就要站起來。

堂屋外的岳小滿見了，心裡莫名泛起了一陣酸楚。

她衝了進去。「娘，就從這三戶人家中選吧，我覺得三哥挑的人都不錯。」

吳氏見她進來，喝道：「女孩家家的，這也是妳能聽的？沒羞沒臊的，這哪裡是妳能做主的，這三戶哪裡是什麼好人家了？」

岳小滿也不怕她，吳氏話音剛落，岳小滿就揚聲說道：「娘，我看這三戶人家就很好，您看不上人家，沒準兒人家還看不上我呢！爹，這次您做主吧，從這三戶人家之中挑選。」

吳氏氣得直跳腳，連忙推她。「這裡沒妳的事，娘會替妳挑一戶好人家的，將來定會讓妳吃喝不愁。」

岳小滿沒理她，逕自去搖老岳頭的胳膊。

老岳頭安撫地拍了拍她的手臂，對吳氏說道：「妳要是看不中，那換妳去找，半個月妳要找不到好的人家，就從這三戶人家中選一戶，今年我定是要把小滿嫁出去。」

吳氏跳了起來。「半個月？半個月能找到什麼好人家？」

「就半個月。三兒在三天內都找了三戶合適的人家，半個月我還給多了——」

岳仲堯沒再留在堂屋內，他站起身來，往外走去。

夏日的村子裡，豔陽高照，葉綠草青，路上還能聽到鳥叫蟲鳴。

岳仲堯腳步沈沈。

喬家院門虛掩著，門縫開得很小，他使勁往裡瞅，也見不到他想見的人。

那門很厚，但他並不是不能推開。

他想見她，又怕見她。

她已經兩回問他要和離書了。

她每說一個字，都好像在他心裡劃一刀。他想躲著她，避著她，卻又忍不住想見她。

「爹？」

小琬兒一隻手捧著懷裡的一個小布包，一隻手用力推著門，擠在兩扇門之間。

岳仲堯上前幫她把門打開了些，好讓女兒的小身子能更順暢地走出來。

小琬兒仰著頭，眨著大眼睛望向這個消失了幾天的親爹。

岳仲堯揉了揉女兒柔軟的頭髮，蹲下身子問她。「琬兒想沒想爹？」

他問完心裡竟是酸澀得厲害，眼睛像起了一層霧。

小琬兒定定地看著他，良久才重重地點頭。

岳仲堯低頭連眨了數下眼睛，一把攬了女兒一同坐在門檻上。

「琬兒這是要去哪？懷裡捧的什麼？」

小東西緊緊地靠著她爹坐著，眼睛盯著自己的爹看，聽到問話，連忙咧著嘴說道：「是煮花生，呂奶奶送來的，剛從地裡摘下的，小姨把它們煮了，剛煮熟，琬兒要拿到作坊請柳枝姊姊他們吃。」

她邊說著邊把包布打開，露出還冒著熱氣的花生，包布裡外還滲著水。

這孩子定是還未等晾乾就急著把花生捧出來了。

岳仲堯笑了笑。「琬兒喜歡吃煮花生嗎？」

小東西點點頭，把懷裡用包布裹著的花生塞到岳仲堯的手裡。

「爹爹吃。」

岳仲堯本是噙著笑看著，不料女兒竟塞了一粒花生到他的嘴裡。

岳仲堯分不清那是什麼滋味。

看著女兒殷切地望著自己的目光，他慢慢地嚼了起來。
「爹爹，好吃嗎？」
女兒大大的眼睛撲閃撲閃地望著他。
岳仲堯心裡泛酸，用一隻手揉著女兒的頭髮，點著頭。「好吃。」
小東西笑得嘴角彎彎，把另一粒快速地塞進自己嘴巴裡，又從包布裡拿了一個，小手細細地剝了起來。
她剝完又扭身塞了一粒到岳仲堯嘴裡，剩下的一粒再餵進自己的嘴裡。
岳仲堯看女兒喜歡吃，也騰出手來幫女兒剝。
「妳娘呢？」
小東西嘴裡被塞得嘟嘟囔囔的，口齒不清。「……在看張本……」
岳仲堯往裡瞅了瞅，院子裡安安靜靜的，不見一個人走動，看不見那個人，也聽不見那個人的聲音。
岳仲堯不捨地把目光轉了回來，只是一個門檻的高度，眼睛可望見的距離，可他就是沒敢走進去。
「小姨還在廚房煮，還有好多，一會兒吃完了，琬兒再去拿。爹爹，你喜歡吃嗎？」
岳仲堯望著她那與妻子相似的面孔，點頭。
小東西高興地咧著嘴笑。「我也喜歡吃。爹爹你給琬兒剝，琬兒給爹爹剝。」

「好。」

父女倆就那麼挨著坐著，不一會兒，地上就剝了一地的花生殼。

天氣越來越熱，太陽明晃晃地照著，樹上的知了叫得人越發焦躁。

喬明瑾懶怠出門，只窩在家裡看帳本。

這日，知了叫得歡快，周晏卿又招搖地來了，一進門就嚷著熱，手裡那題了不知誰人大字的紙扇搖得啪啪響。

這廝自從天熱後，就不愛天天跑來，倒是回回慫恿喬明瑾搬去城裡，引誘明琦和琬兒，比如那冰如何如何涼快，敲碎了拌水果吃又如何如何爽口，引得兩個孩子圍著她直嚷著要冰塊，常惹來喬明瑾一頓訓斥。

那廝老嚷嚷說如何委屈了大人，也不能委屈了孩子，奈何喬明瑾聽著他們鬧，並不為所動，引得周晏卿心裡直叫苦。沒辦法，誰教他要潤物細無聲，要一點點地攻陷，要把人一點點化了呢？

周晏卿連喝了三大碗吊在井裡的綠豆湯，才算是緩了過來。

喬明瑾看他仰倒在躺椅上，一副活過來的模樣，暗自好笑。

「何苦來著？讓你沒事莫往這裡跑，你非要吃這分苦，倒害我的綠豆消得快。」

周晏卿聽完往院外瞅了瞅，沒見石頭和車伕，也不知他們躲哪喝綠豆湯去了。

他斜了喬明瑾一眼。「幾把綠豆值多少？明日就給妳挑又大又好的送來。」

「我可是記住了，你不許耍賴。」

「呿，爺還會賴妳幾把綠豆不成？」

喬明瑾看著他笑了笑，隨即扔了一把鄉下莊戶人家慣常使用的大蒲扇給他。

「用這個吧，你那紙扇還是留著擺架子好了，莫搧壞了還得心疼。」

周晏卿嘩地把紙扇收了，那扇面上的字還真是他千求萬求來的，搧壞了還真得心疼。

他接過大蒲扇在手裡來回翻看，又使勁搖了幾下，點頭道：「嗯，還是這個風大，耐搖。」

他連著呼呼搧了十來下，又傾身到喬明瑾面前，狗腿地幫著搖了好幾下，覺得自己沒搧到風，又湊近了些，嘴角這才揚了起來。

「湘陽去年欠收嗎？」

周晏卿正搧得起勁，就聽到喬明瑾問道。

「湘陽？沒啊，這兩年難得的好年景。湘陽雖不比江南，但還算魚米之鄉，又有個大湖，別地都旱了，它那裡還有水灌溉。」

「那鄰近幾縣呢？也未欠收？」

周晏卿擰眉想了想，道：「未曾聽說，去年一年都沒聽說哪裡有旱澇蝗災什麼的。」

「那去年朝中可太平？邊境是否起了干戈，征糧了？」

周晏卿看向喬明瑾，道：「沒有。京裡的消息我們府還算是靈通的，都未曾聽說。怎麼這麼問？」

喬明瑾眉頭皺了皺，把手中的一本帳本遞給他。

「這是去年湘陽那邊糧鋪的帳本，比往年糧價收得高了，利潤也比往年少了兩成。」

「有這事？」周晏卿正了正身子，一臉嚴肅，把帳本接了過來，仔細連翻了幾頁。

喬明瑾看他這樣沒個對比也看不出什麼來，遂把前年的帳本也找出來遞給他。

「這兩成聽著不覺什麼，但這糧鋪歷來是個摟錢的，這兩成可就是好幾千兩銀子，也不知最後都入了誰的口袋。湘陽離這裡到底遠了些，正好讓你看看是不是離得遠了，人心就跟著遠了。」

周晏卿啪啪地連著翻動帳本，越看到最後，眉頭越是擰得緊，待看完，他的面上已是升了幾許怒火。

「打量爺離得遠了，不親自去，一年查一次帳，就給爺裝鬼了！」

周晏卿把幾本帳本狠狠摔在桌子上。

「湘陽幾縣歷來就是朝廷幾個征糧的糧庫之一，另的地方沒糧了，那裡都是連年豐收；現在仗也不打了，天公也做美，這糧價竟然毫無聲息地給我漲了，打量爺就看一個總帳呢！」

若是圖省事的，翻一翻總帳，收支再看一看，再略比對一下，帳目做平了，不細瞧，還真是瞧不出什麼問題來。
怎奈喬明瑾是苦日子過來的，開始的時候，母女倆沒田沒地，吃什麼都要買，賣一車柴便要去糧店換幾斗雜糧吃。
那糧鋪進得多了，各種糧食什麼價她也算清楚；後來圖省錢，她又在村裡買，這鄉間收什麼價，糧鋪賣什麼價，自然是一清二楚的。
就算湘陽離青川有些距離，糧價也不應差別太大才是，沒想到一斤普通的大米竟是差了好幾文錢，她拿了前兩年的來比對，發現那糧價跟青川城卻是差不多的。
湘陽糧食未欠收，朝中又沒有大批征糧，糧價跟前兩年竟有這樣的出入，只能說明有人在帳本上動手腳。
進價記得貴了，賣價又記了跟往年一樣的，中間的差價自然就裝了自己的腰包。
也不知是有人授意的，還是掌櫃管事的中飽私囊，他倒是個做帳的好手，不細瞧還真看不出來。
像周晏卿這樣，手裡鋪子管得多的，還真就只看個總帳，收支看一看，看帳目做得平，不細瞧自然是瞧不出來的。
哪怕一斤白米只差個一文錢，但這糧是個量大的，一進一出，一年到頭就能漏個好幾千兩出來。
喬明瑾看周晏卿猶自氣得不輕，張了張嘴又閉上了。

這種事她也不好說些什麼，畢竟這到底是出自誰的手筆，現在還並不知道，周府的家業也不是他周六爺一個人的。

「其他的呢？」

喬明瑾搖了搖頭。「目前沒看出什麼不妥。這糧價還是我心中有數，覺得跟青川有些出入，這才拿了前兩年的帳本來比對，才會發現問題，其他的生意我並不是很瞭解。」

首飾鋪金價銀價、收來的珠子玉石，雜貨鋪南來北往的乾貨、布疋毛皮，這些東西的價格本身就差異大，年年都不一樣，造成價格差異的原因也很多，並不像糧價這樣穩定，想要查是不好查的。

只要掌櫃和管事的不是那麼貪，只漏一點點，他們查都查不出來。

又因為這南來北往的貨物在路上損耗就不少，想動手腳的，只要說在路上損耗了，或是把一等貨變次等，這差價也就能摟到自己腰包裡了。

「會不會很辛苦？」

「嗯？」喬明瑾不解。

周晏卿看向她。「若是不辛苦，就幫我再細看看往年其他鋪子的帳，再細比對看看。」

嘆了口氣，又道：「除了青川城及附近幾個縣的鋪子，我走得比較勤，他們不敢弄古怪，那遠些的，只怕都不乾淨。往年掌櫃的要摟錢，只要他們做得不太過分，我也就睜一隻眼閉一隻眼，這湘陽城倒是膽子越發大了，竟是剝了兩成的利潤。」

喬明瑾也不知道該說些什麼好。

這天高皇帝遠的，半年、一年查一次帳，又是集中查看，想摟錢的存了個僥倖的心，以為主家忙得很，不會細看，又自以為做得天衣無縫。

喬明瑾看他一臉凝重，想了想問道：「你是想親自走一趟？」

周晏卿搖頭。「這樣的事還不值得我親自跑一趟。不過既然出了這樣的事，看來我也不能躲閒了，一些鋪子總要走上一走的，就算不親自去，也要派了妥當的人去看看才好。」

喬明瑾點頭。「自然是要去看的，這做生意哪裡能當甩手掌櫃，什麼事都不做就坐等收錢？」

周晏卿嘆了一口氣。「家大業大了，總是力不從心，哪裡就能一一都關照到？用人不疑，選的人一開始自然都是妥當的，只是這時間長了，有小算盤的人倒是不少。湘陽這事也不知是誰的主意，要是讓我查出來後面還有後手，我定饒不了他！」

喬明瑾嘆了一口氣。

家業大了，就算選了妥當的人，那掌櫃管事的跟府裡還能沒有一、兩個牽扯？就算跟府裡沒什麼牽扯，那外頭的牽扯哪裡又少了？做得久了，一如既往忠心的又有幾個？不精明的當不了掌櫃管事，而那精明的又哪裡沒有自己的小算盤？

喬明瑾想了想，道：「我以前聽說，會有些東家把一些稍遠些的鋪子託給掌櫃，會許他一成、半成的紅利，鋪子若經營得好了，掌櫃管事的自然就拿得多。這樣也算是甩手讓他們自去發揮，一來能激發他們的積極性，二來他們有想法了、有事做了，自然就沒時間去搞古怪。」

周晏卿聽完眼睛一亮。

第四十九章

周晏卿聽了喬明瑾的話略略有些激動，不過片刻後又恢復了原樣。

他躺倒在椅子上說道：「妳說的這個倒是可行，只是也得分是什麼樣的鋪子。有些鋪子若是這麼做，就怕掌櫃的會拿著周家的名頭，做一些欺瞞哄騙之事，諸如使一些非常人的手段，或做一些不正當的競爭，或打壓商戶或是欺負供貨者，或以次充好等等。咱們鞭長莫及，他倒是摟到錢了，但周家鋪了的商譽也做壞了。」

喬明瑾聽完訕訕道：「這些我也不懂，就胡亂說說罷了。」

周晏卿看了她一眼，笑著說道：「哪裡只是胡亂說說的？這一般人還想不到呢，這點子實是極好的，只是得細細琢磨透了才好操作，非忠心有為的不可託。」

喬明瑾點了點頭。「你心裡有數就好。」

兩人就帳本的事談了一下午，周晏卿在申初的時候就回城了。

這段時間以來，他都在這個時間回城，說是晚上要陪老太太用晚飯。

喬明瑾沒問他府裡對她的態度，他有沒有跟府裡的老太太通聲氣，周晏卿自己又是什麼章程？

日子還是照常過著。

明玨和明珩那邊，已是在周晏卿的指點下，找好了要去的書院。兄弟倆去的並不是同一家書院。像明玨這樣已經有了秀才功名的，自然是要去主攻科舉出仕的書院，跟明珩這樣還是粗淺階段的又不同。

劉淇跟明珩選了同一個書院，又同在一個班。

劉家一聽明玨還願意帶著劉淇約束他、教導他，又願意帶著自家頑劣小兒住在一處，高興得都沒法形容，迫不及待就讓家裡奴才、丫頭把劉淇平日裡慣用的物事陸續搬去城裡，生恐那兄弟倆反悔似的，再從家裡撥了一對老夫妻過去。

老頭看門並幫著做一些粗重活，老妻就幫著燒飯及做一些漿洗採買之事。

院子全都安排好了，各房間也使人收拾了一遍，又採買了好多東西送了去。

喬明瑾得知後，便讓雲錦帶了一些農家裡有的山珍山貨、臘肉菜蔬、農家小食的送到劉家表示感謝。

劉家也回送了好些東西過來，吃食點心、乾貨油米、布料尺頭等等。

喬明瑾自謝過一番，都收了下來，在雲錦要往雲家村去的時候，收拾了半車讓他捎回娘家去。

天氣越來越熱，晝長夜短。

傍晚吃過飯，何氏、夏氏、秀姊、蘇氏等人經常帶著一把大蒲扇相約到喬明瑾家裡納涼聊天。

每晚納涼的時候，喬明瑾便聽著秀姊等人說一些八卦。

岳家的事她雖不想聽，終究免不了聽了些。

在她還在喬家的時候，岳小滿對她還算帶著善意，對於她的婚事，喬明瑾也願意瞭解一番。

聽說吳氏自岳仲堯給了她三個人選後，她就各種不滿意，非要自己尋一個更好的，還非要找城裡的女婿，又是要高門大戶的又是要對方是有錢有糧，有房有地的殷實人家。

她眼光高，等閒人家她哪裡看得上眼？

可城裡殷實的人家又哪裡瞧得上一個莊戶人家的女兒？

半個月時間一到，吳氏的這番奔波自然是毫無結果。

媒婆是看了不少，年輕人也見過不少，只是一是她條件高，二是她為人吝嗇勢利，媒婆上門也不願打賞幾個酒錢，人家要拿兩粒果子炒貨，她還會追著人家好幾里破口大罵，哪個媒婆會好心好意地幫她找那好的人家？

吳氏在家裡鬧了一番，老岳頭也由著她，如此又讓她找了半個月，依舊無果。

最後聽說岳小滿自己訂下了原先岳仲堯的那個同僚，現在還在衙門裡當值的捕快。

那人姓顧，年紀也輕，只比岳小滿大兩歲；有兄姊，但都各自嫁人娶妻了。父母在鄉下跟老大過，幾個兄弟都各自分了家，這姓顧的自己在城裡住著，偶爾回家一次。

雖然他沒基沒業，但要在城裡賃一處房舍，養活岳小滿還是不成問題的。

這些年，岳小滿跟著喬明瑾學了不少刺繡的活計，哪怕不出門，在家裡接些繡活做，也能得幾個錢貼補家裡。

再說那姓顧的家裡分了家，他還是得了幾畝地的，交給父母兄長幫著種，自也有他一份吃喝，日子並不難過。

聽說岳仲堯是極滿意姓顧的那一家，兩人本就在一起共事過，又知道對方的品性，也算是知根知底，遂跟老岳頭、岳小滿等人細細分析過後，家裡除了吳氏，其他人都相中了這戶人家。

吳氏一個人跳腳也沒用，拿不住她辛苦養大的女兒自己中意，只能一肚子抱怨地跟著岳仲堯和老岳頭進城裡相了人家。

最後老岳頭難得地拍了一次板，岳小滿的婚事這就訂下了。

喬明瑾聽了舒了一口氣。

琬兒的這個小姑姑是個好的，品性還算不錯，娘倆搬出來後，最開始的時候，她經常偷偷接濟過幾回，也會經常來看望一二。

喬明瑾很樂意看她有個好歸宿。

聽說她的婚事訂在十一月，喬明瑾也備了一份禮送給她。

岳小滿接到喬明瑾送的添妝禮，忍不住紅了眼眶。

她拿給岳仲堯看。

岳仲堯看著扁長盒子裡躺著一副銀頭面，並一根赤金髮釵，也是心情蕩漾。

「哥，這禮不會太貴重了？咱家對嫂子那樣……」

岳仲堯吸了兩下鼻子，啞聲說道：「妳嫂子給妳的，妳就好生拿著，這是妳嫂子的一分心意。」

岳小滿看了她哥一眼，小心翼翼說道：「哥，嫂子不是說要跟你和離嗎？那……」

岳仲堯橫了她一眼。「誰說我要跟妳嫂子和離？妳不會有別的嫂子，妳嫂子一直都會是妳的嫂子！」

他站起身來，欲往外走，臨出門又回頭吩咐了一句。「把東西收好，先別讓娘知道。」

當天傍晚，天邊昏黃，暑氣也解了些，喬明瑾去廚房準備晚飯。

琬兒一臉冒汗，臉色通紅地跑了進來，兩隻手裡還一左一右吃力地拎著兩隻山雞。

小東西一邊一手把山雞拎高了給喬明瑾看，仰著小臉笑得開懷。「娘，快看！爹獵到的！兩隻山雞！說讓娘燉了吃。娘，晚上就吃了吧？」

喬明瑾讓明琦接過小東西手裡的兩隻山雞，俯下身幫女兒擦了汗，又往她頸下的衣裳裡探了探，裡面也是一身的汗，遂板著臉道：「娘不是跟妳說過，不可以亂跑的嗎？瞧這一身的汗，晚風一吹，要是生病了怎麼辦？妳要吃苦苦的藥嗎？」

小東西聽完，緊緊抿著嘴拚命搖頭。

喬明瑾戳了戳她的額頭，看明琦已是在一旁燒水準備褪雞毛，便問女兒道：「妳爹給的？」

小東西又咧著嘴拚命點頭。

喬明瑾往地上那兩隻已死的山雞身上看了一眼，下河村的林子裡早就沒有山雞可獵了，這兩隻山雞大概是他從遠地找來的。

「妳爹走了？」

小東西小心翼翼地看了喬明瑾一眼，道：「可能……可能還在外面。爹說琬兒流了一身汗，爹他……」

「妳爹要幫妳洗澡？」

小東西眼睛亮亮的，看向喬明瑾，她見喬明瑾臉上沒有不高興，便狠狠點頭。

喬明瑾揉了揉女兒的頭髮，道：「去吧，把要穿的衣裳準備好。」

小東西高興地直點頭。「嗯，就在井臺那裡洗！」

看喬明瑾點頭，她又一陣風似地跑出去了。

院門口，岳仲堯正一臉忐忑地站在那裡。

他進了林子，又走了好久，才尋到兩隻落單的山雞，他大喜，好在手藝還沒生疏，很快就把兩隻山雞拿下了。

他自從看到喬明瑾送給岳小滿的添妝禮之後，就琢磨著該怎麼表達他的心意。他看到東西，心裡開心得很。

瑾娘心裡定是還有他的，他是她的夫，而她則是他的妻。

「爹！」

岳仲堯看見女兒從門裡出來，幫她把兩扇門開得大了些，他往門裡望了一眼，沒看到要見的人的影子，便俯下身，問道：「妳娘看到山雞了嗎？」

見小東西點頭，他又問：「妳娘高興不高興？」

小東西小心地往她爹臉上看了一眼，才咧著嘴道：「娘很高興呢，還讓小姨燒水，說是晚上就把山雞燉了吃呢！」

岳仲堯聽著，嘴角便揚了起來。

「娘還讓爹給琬兒洗澡，說琬兒流了一身汗，晚風一吹，就要吃苦苦的藥。」

岳仲堯看著女兒嘴巴嘟了起來，覺得女兒萬分可愛，連忙拉著女兒往門裡走。「走，爹給琬兒洗澡去，若染上風寒就不好了，可就真的要吃苦苦的藥了。」

琬兒被自個兒的爹牽著，心裡高興得很，不時仰著頭偷偷地望上一眼。

岳仲堯牽著女兒軟軟的小手，心裡軟成一灘水。

待父女倆把要換穿的衣裳準備好，一同到了井臺邊的時候，喬明瑾已是從廚房拎了一桶熱水出來。

岳仲堯快手快腳地上前，把木桶接了過去。
「我來，莫讓熱水濺到了。」
喬明瑾看著女兒一臉期待，又看著岳仲堯三兩下打了幾桶井水倒進浴盆裡，她便舀了幾葫蘆瓢的熱水進去。
「娘，不要熱水。」
「不行，要洗溫水才不容易生病。」
小東西貪涼，就連中午也要領著秀姊家兩個孩子到家裡洗上一遍井水。
那井水涼意沁人，中午最熱的時候倒還好，已經日落西山，喬明瑾是斷然不會讓女兒洗井水的。
岳仲堯看著女兒嘟起了嘴，柔聲道：「聽妳娘的，溫水不熱，一會兒洗完爹給妳搧風。」
「那好吧。」
她說完又來回看了岳仲堯和喬明瑾一眼，怯怯地問喬明瑾。「娘，可不可以讓爹留下來吃晚飯？」
岳仲堯聽了愣了愣，一臉緊張地望向喬明瑾。
喬明瑾頓了頓，掃了岳仲堯一眼。
他的臉色比剛回來的時候黑多了，臉上還有幾道被枝條刮破的新傷痕，想來定是方才在林子裡追野雞時，被樹枝荊條刮到的。

她扭頭又看到女兒殷殷切切地望著她，就點頭應了。

小東西喔喔叫了兩聲，撲過去抱喬明瑾的大腿，挨著在上面蹭了蹭。

喬明瑾嗔怪了兩句，又叮囑她不可洗得太久了，這才轉身去了廚房。

岳仲堯一直看著妻子的身影轉向廚房裡看不見了，才把目光移回來，一臉開心，三兩下就把女兒剝光了抱進浴盆裡，幫女兒洗起澡來。

廚房裡，喬明瑾正在準備晚飯。

山雞肉有些柴，不比家雞嫩，喬明瑾便剁成小塊，在鍋裡用熱水滾了滾，洗去血水後，放在小砂鍋裡燉了起來，爾後又添了一些薑塊、枸杞、冬菇進去。

今天的晚飯燒的時間有些長了。

好在夏日裡晝長夜短，睡得也晚，倒不覺得有什麼。

岳仲堯幫女兒洗好澡之後，聞著自己也是滿身汗味，他想著瑾娘是個愛乾淨的，打發了女兒，自己則尋了還放在廂房裡的兩件衣服，很快地把自己剝得只剩條褻褲，打起水往身上淋。

好在這水井建在後院，女兒又在外邊上守著，除了要防著明琦闖進來，他倒是不怕給瑾娘瞧見的。

他連著打了幾桶水，兜頭澆了幾下，只覺得渾身舒坦，他在臉上抹了幾下，要換衣裳的時候，這才發現他沒帶棉巾進來。

他想了想，揚聲喚起外頭守著的女兒。

琬兒一聽，就跑去問她娘要。

「娘，還有沒有乾淨的棉巾？」

「幹麼用？」

「爹洗澡要擦身。」

明琦正坐在灶膛前往灶餵柴火，聞言狠瞪了小東西兩眼。

小東西怯怯地往喬明瑾那邊移了移。

喬明瑾看了女兒一眼，便道：「廂房裡，娘放被褥的那個箱子，裡面就有。知道是哪個嗎？」

小東西頭也不回，邊跑邊回道：「知道！」便跑得遠了。

「姊！」

「好好燒妳的火，他現在還是妳姊夫，還是琬兒的爹。」

明琦恨恨地又往灶膛扔了幾根粗柴進去，直堵得那黑煙往外直冒。

岳仲堯換好衣物之後，又坐在井臺邊把一頭濕髮抹乾了，隨意在腦後抓了一把，仍用原來的木釵簪好，再起身拿了皂角，蹲在水井邊洗自己和琬兒的衣裳。

琬兒搬了張小凳子坐在一旁看，不時和她爹說笑兩句，邊用葫蘆瓢在木桶裡舀水玩，興起時還跟著搓兩把，她還把洗好的衣裳往木桶裡投，玩得不亦樂乎。

當晚，岳仲堯就在喬明瑾家裡吃了晚飯，一直磨蹭到何氏和夏氏等人來納涼的時候才離開。

他在院子外面聽著裡面說話嘻笑的聲音，方才夫妻父女和樂相融的氣氛似乎又消失不見了。

岳仲堯躲在暗處聽了好一段時間，才悵然地嘆著氣離開。

岳仲堯走後，喬明瑾院裡的說笑聲仍在繼續。

今夜是滿月，月華如水，院裡照得通亮，幾個女人各自占了一張藤椅躺著聊天。

幾個人說笑了一會兒，夏氏看喬明瑾多是在聽她們說，她自己則躺在椅子上噙著笑，一副嫻靜優雅的模樣。

夏氏嘆了一口氣，側過身子對喬明瑾說道：「瑾娘，方才仲堯在妳這裡吃晚飯了？」

秀姊、何氏等人一般不會在喬明瑾面前提起岳仲堯，怕惹她不開心。

也就是夏氏，看她一個人艱難，父母又不在身邊，經常會以長輩的身分關心她一、兩句。

喬明瑾並不說話，只是點了點頭。

何氏和秀姊相視了一眼，兩人心裡也是不住唏噓。

在何氏、秀姊等人看來，沒有哪一對夫妻不吵架的，不吵架的夫妻並不能算是真的夫妻。男人也會經常犯錯，但是只要他心裡還有這個家，並不是不能原諒的。

只要不是太糟糕，日子還能過，哪怕只是還能湊合，為了孩子，都沒人想過要走到和離那一步。

畢竟世道艱難，一個女人身無長物，回娘家嗎？兄弟姊妹都有各自家庭了，娘家父母年紀也漸大了，回去又沒了立身之處。

一個人出去單過，那日子更是千難萬難，何況可能還有孩子。

就是再找一個人，誰知道又會是什麼情況？沒準兒情況只會更糟。

「瑾娘，妳真的要和離嗎？」

夏氏看喬明瑾不言，又問道。

要和離嗎？

喬明瑾愣愣地想著她在異世這一年多來的日子，酸甜苦辣無法盡於言表，有徬徨、有失落、有孤獨，獨獨沒有傷心，沒有前世剜肉一般的傷心。

撿來的日子，她過得還算隨心，也想就這麼過下去。

她無意與人再磨合著過日子，也無意去改變什麼，她從來就是個懶怠的人。

如現在這樣，掛著他人妻室的名頭，分居獨處，有身分、有自由，行事便利，就算隨心所欲了。

她會問岳仲堯要和離書，當然有私心作祟，是為了探一探他的態度，當然更多的是不願再被吳氏歪纏。

或許她換個地方住，離了那一群人，會過得更愜意些？

只是她又怕孤獨，更憊懶慣了，換了新的地方，還要與四鄰相處，還要慢慢磨合，瞭解各自脾性，也不知有沒有像下河村這樣的愜意日子可過。

岳仲堯愛娶誰、愛納誰，都隨意，她只願保留這個身分，安心過自己的日子便罷了。

只是讓她遇上了周晏卿，那熄滅的火似乎又重新要燃起來，他會是個例外嗎？

她不敢多想。

就像過獨木橋，她小心翼翼，一步一步往前。

也許往前，柳暗花明；也許一個不慎，就會粉身碎骨……

「瑾娘？」

夏氏三人看她面色變幻，都不忍問。

過了良久，看她還沈浸在自己的思緒裡，她們不由得心急出聲。

喬明瑾回過神來，看著眼前三人的臉，有剎那的恍惚。

爾後她很快斂了神色，對三人笑了笑，說道：「今天月色真好。」

三人齊齊對視了一眼，各自能瞧見對方臉上的凝重，只是聰明地煞住了方才的話頭。

「是啊，今天是滿月呢。」

「一會兒回去，我都不用提燈籠了。」

幾個人又聊了一會兒，直至月上中天，岳大雷來接秀姊母子，這才散了。

喬明瑾把已經在涼蓆上睡沈的琬兒抱進房，又攆了明琦去睡，自己再洗了手腳，這才掀了被子也躺了進去。

月華透過窗紗柔柔地照進來，女兒養了一年的烏髮散落在枕上，小人兒在薄被裡正睡得香甜。

喬明瑾撥了撥女兒零亂的頭髮，定定地看了女兒好半晌，挨著女兒躺了下來。

再難的日子都過來了，不是嗎？

再難又會難到哪裡去？沒什麼比死更難的了。

喬明瑾盯著帳頂，直到眼皮沈沈，方才合眼睡去……

這日，岳仲堯又早早地來了喬家。

自昨天他在喬明瑾這裡吃了晚飯後，心裡覺得他離母女倆似乎近了些，故早早地來院門外蹲守。

只是這麼做有什麼意思，別人不明白，他也是心思未明。

每回看到妻子，他都按捺不住驚喜，但每每看到妻子要張嘴，他又心裡害怕，一顆心緊緊地揪成一團，害怕她開口向他要和離書。

周晏卿隔三差五地來向瑾娘獻殷勤，他不是不知道，他想過去守著，卻又邁不動步子，他害怕看到讓自己心碎的場面。

那個人，不是個會輕易放手的人。

他遠遠地躲著，煎熬著，守著心底的那一分堅定，徬徨不安地一天熬著一天。

現在小滿的婚期定了，或許過年的時候，他就能和嬌妻愛女一同守歲了。

岳仲堯自以為安排得好，哪知他那個娘卻不是個能安穩過日子的。

自岳小滿的婚期定下後，吳氏是各種煩躁。

她嬌養了這個女兒十來年，現在她的婚事竟不是由她來掌控了。

不是她找的人家，她又各種看不上眼，怎麼就定了呢？

吳氏心裡煩躁，在家裡看什麼都不滿意。

孫氏、于氏稍有什麼讓她不順心的，就能引來她破口大罵。

好在那兩妯娌也都是皮厚的，任她罵，兩人在吳氏面前乖覺地認錯，背過身去仍是我行我素。

吳氏不再像以前那樣，吃飽了飯就串門子找人吹嘘她嬌養的女兒了，也不再找媒婆相看年輕小夥了。

吳氏自來是不能見著別人過得比她好，三兒子給她省了糧食，她自然開心，可是三兒子心不在家裡，她又萬般焦灼。

她辛苦養出來的兒子，哪裡能讓旁人開心享用了去？

於是她不顧天氣炎熱，天天跑去作坊外轉悠，只待看到兒子向喬氏獻好，便過去拉開。

那作坊裡，工人進進出出，偶爾還有客人上門看貨取貨，或是作坊的師傅們家人尋來探親，總不能開工的時候就關著門，下工了再開門。

所以院門自早上開門後，一直大敞著，吳氏自然就堂而皇之地晃悠進去，看到兒子做的活比別人還多，又不見他拿工錢回家，她就忍不住罵了。

她逛了一圈，逮著人就說作坊坑人，光使人幹活不發工錢，她聲音很大，把師傅們煩得想罵人，夏氏、何氏等人更是氣得夠嗆，只是又不好強推著她離開。

她們自然知道喬明瑾並不想看到吳氏，於是拖著她便揚聲喊岳仲堯。

岳仲堯好說歹說，都不能把他老娘勸回去，不得已地得了何氏的諾，說會好生計算一番岳仲堯的工錢，岳仲堯這才把她硬拖了回去。

自吳氏到作坊討要工錢之後，岳仲堯就極少出現在作坊，連喬明瑾院門口他都不去了。

每回下地的時候，他會繞過去，遠遠地朝那院子望一眼，再遠遠地聽一聽女兒與小朋友玩鬧嘻笑的聲音。

岳仲堯的臉上再沒了笑。

他每日板著個臉，一天下來，話都聽不見他說上一句、兩句。

每日雞叫，天色未明，岳家眾人都還沒起的時候，他卻已經就著冷水三兩下抹好了臉，扛著鋤頭往地裡去了，一直在待到午飯時間才回來。

飯桌上，他不發一言，匆匆扒了幾口飯後，便又起身往那地裡去；若遇上吳氏要嘮叨，他就起身揣上兩個饅頭，頭也不回地出門。

吳氏奈何他不得，但瞧著他不往喬明瑾那邊去了，也樂得隨他。

只要讓她看見她兒子離喬氏遠遠的，讓喬氏沒了男人在身邊，一個人孤伶伶的，她就開心，恨不得下一刻，喬明瑾就會跑來跪在她的面前，求她讓她回來，說她沒男人不行。

吳氏想得美美的，每回夢裡都是喬明瑾向她求饒的情景。

而岳仲堯怕他娘找喬明瑾母女歪纏，就刻意避著喬明瑾。

此時地裡也沒什麼活計做，太陽正烈，但岳仲堯卻不願待在家裡。

吃過午飯，他腰間掛著幾節用竹筒裝滿的水，又出來了。

他尋了棵老樹，躺在樹蔭底下，倚著樹幹，一腳曲著，一腳往前伸，閉著雙目養神，腦子裡倒是一片清明。

他回鄉已有段時日了，本來是想著要拿那百兩銀回鄉買上幾畝地，他再勤快一些，開墾幾畝荒地，哪怕地皮再薄，每年也能打下一兩石糧。

三年後，哪怕要上稅了，地也養肥了，到時荒地變良田，他手裡就能有個十來畝地，也夠一家三口吃喝了。

只是經他老娘那麼一鬧，他手裡只剩十兩銀了。

這十兩銀最後還是他找了個陶罐投進去，埋在地下，才免了被他老娘搜刮了去。

不然他拿什麼給娘子、女兒買東西？

只是這剩下的十兩銀也不抵什麼用，如今連一畝良田都買不起。十兩銀子又不經花，到十一月小滿要嫁人，他身為兄長，總要給妹子備些禮添一份妝的。

本來他還想著在作坊裡幫著出一分力，能幫到娘子，又能經常與妻女見面，真是再好不過的事。

可被他老娘不時上門鬧一鬧，不說瑾娘，就是他都鬧心得很。

如今他又該怎麼辦呢？

家裡十來畝地，就算分家了，分到他手裡也沒有幾畝。

他倒不怕吃苦，只怕會委屈了瑾娘和孩子。

瑾娘……瑾娘現在日子好像越發過得好了，那作坊也不知她有沒有股分，只看家裡那擺設用具、衣物及每日的吃食……就要花用不少。

逢年過節，回雲家村給岳父母準備年節禮，難道還要瑾娘出錢嗎？

岳仲堯小時候沒沾過錢，連銅板都沒摸過幾回，長大了也沒見過幾回銀子，也就是到了縣衙當了捕快後，不時接到一些錢，才讓他覺得自己有能力讓妻子女兒不受委屈了。

可是如今，他要拿什麼來養活妻女呢？

最快還要到年底才能分家，分家之後，又要添置東西，那時正逢年底，要準備過年吃用的東西，要給岳父母及妻子娘家諸人準備年禮，還有給自己爹娘的年禮……

岳仲堯從來沒把銀錢的事放在心上過。

可是這一刻，他覺得手裡沒兩個銀子，竟是萬分難為了。

他眼裡透著幾分迷茫，眼前還不時閃現著周晏卿駕著那輛招搖的大馬車來村裡，讓小廝捧著各色物品往瑾娘家裡送的情景，回回都刺痛著他的神經。

眼前和瑾娘的僵局，他也不知道該如何去突破。

明明娘子就近在眼前，他卻覺得他們彷彿隔著千重山，萬重水。

有時候他想著要賴皮一些，臉皮厚一些，霸王硬上弓算了，他是她的夫，而她是他的妻，還能怎地？

只是他又知這個娘子素來是個吃軟不吃硬的，是個寧為玉碎不為瓦全的小女子，若他硬來，只怕會把妻子越推越遠。

有時候他在妻子的院牆外徘徊，隱約聽得牆內妻女的歡笑聲，夜裡還有妻子溫柔哄女兒入睡的聲音，他有無數次想衝動地想爬過牆頭躍進去。

岳仲堯看著幾天來已經開出幾分的荒地，一臉茫然。

這般辛苦，開出來的荒地，分家時也不知他能分得幾分……

「仲堯？」

岳仲堯從烈日下回過神來，往聲音處望去。

「四叔。」
老岳頭的四弟岳華升背著手，定定地看著岳仲堯幾息，這才緩緩地向他走過來。
岳仲堯待他走近了，往他手中的小籮筐裡看了看，笑著說道：「四叔又撿牛糞去了？」
岳華升應了一聲，走近他身邊，往他臉上瞧了兩眼，把那籮筐遠遠地擱在一旁的地上，挨著岳仲堯坐了下來。
岳仲堯看他席地坐下，也坐了下來。
「四叔怎地不在家裡歇歇，怎麼這會兒出來了？」
岳華升也不急著回他，瞇著眼抬頭望了望天，方道：「這會兒不出來，那牛糞還能等到我去撿？」
岳仲堯朝他笑了笑。
「四叔，你如今還要頂著烈日出來尋這東西啊？立夏哥和立秋會讓你出來？」
岳華升養了兩個兒子、兩個女兒，兩個女兒都已經出嫁了，兩個兒子沒分家，還跟他們兩口子一起過。
岳華升不答岳仲堯的話，往腰間掏了掏，這才發現他出門時沒把水煙桿帶出來，便倚靠在樹幹上，看著岳仲堯，語重心長地道：「仲堯啊，你就準備這麼過下去了？」

第五十章

岳華升扭頭看向岳仲堯，顯得憂心忡忡，很是為這個姪子發愁。

他們岳家這一代只有三兄弟，子嗣並不算興旺。

他大哥現在是族長，只生了一個兒子，而他也不過多生了一個；倒是他二哥生了三個兒子，不過他冷眼瞧著，惟有這個三姪兒是個有出息的。

兒子少，導致這第三代的孫子也不多。

他大哥岳富升有兩個孫子，而他兩個兒子只得了一個孫子，另一個還在娘肚裡，還不知生出來是男是女；他二哥岳貴升雖有三個兒子，卻也只得了兩個孫子。

這最出息的三姪子只得了一個女兒，如今這娘倆還不在家裡住。

岳華升雖瞧不上吳氏那做派，但是對喬氏這個姪媳婦還是很滿意的。

何況自從喬氏搬出來後，跟他婆娘及兩個兒媳婦都相處得極好，婆媳三個也都愛和她往來。

那孩子知書達禮，人情往來做得不錯，又會教養孩子，還很會過日子，也不知吳氏為什麼處處看她不順眼。

當初若是做父母的攔上一攔，自來婚姻由父母之命，城裡那個姓柳的還會鬧出事來嗎？

哪裡還有什麼平不平妻，一家子又用得著分居兩處？

岳華升想到此，長長地嘆了一口氣。

這個姪兒頂著大熱天跑來墾荒，真是難為他了。

但他看著這個姪兒倚靠在樹幹上，抿著嘴，一臉凝重的樣子，又覺得有些來氣，狠拍了他一記。「你是腥風血雨裡爬回來的，又在衙門裡歷練了一年，怎麼越發綿軟了？」

岳仲堯不防他這個四叔手勁這麼大，有些吃痛，手往後背上撫了撫。

「跟你說話呢！你這也回來不短時間了，怎地還跟琬兒她娘不冷不熱的？就放任她們母女在外頭過活啦？」

「四叔……」岳仲堯一臉落寞。

岳華升有些怒其不爭。

「這女人都是要哄的。本來就是你做得不對，若不是你招惹來那柳氏，人家瑾娘哪裡會搬出去另過？你不在的那四年，你那娘可沒少拿捏使喚人家，可她半分不見埋怨，手指翻飛地埋頭苦繡，做了幾簍子的針線活換錢，供你爹娘及一家子花用。還好等到你回來了，不然，瑾娘年紀輕輕，不得守寡？你得念著她的好，你娘可陪不了你一輩子，將來陪著你的還是瑾娘。」

岳仲堯心頭泛酸，道：「叔，我曉得的。」

「你曉得個屁！我看你回來這一年多，竟是什麼都不做，由著你那娘折騰！好在瑾娘不是個鬧騰的，若是那潑辣鬧騰的，有的是你頭疼！這麼好的人你都不去抓住，將來萬一她真的冷了心，抬腿走了，我看你上哪找人去！」

岳華升活了一輩子，什麼事沒見過？

瑾娘又長得不差，還識文斷字的，沒有莊戶人家的粗鄙，離了他們岳家，哪裡找不到一個知冷知熱的？

如今他冷眼瞧著這小夫妻倆村頭村尾各自過活，心裡也是急得不行。

每回自家婆娘和兒媳婦要去瑾娘家納涼說話的時候，他都不忘叮囑婆媳三人要好生勸一勸瑾娘。

他瞧著瑾娘倒是個安生的，只是這傻姪兒不進反退，看來那四年在戰場上歷練得還不夠。

岳華升還待再說些什麼，看岳仲堯眼圈有些泛紅，嘆了口氣，不好再繼續苛責他。

這孩子也不容易。

家裡不說幫著勸和，還巴不得兩人勞燕分飛，也不知那吳氏到底是怎麼想的。

他和大哥都勸過二哥了，二哥倒有把話聽進去了，只是二嫂吳氏瞧著並不像是個能聽勸的主。

岳華升心頭升起幾分怒氣。

只是姪子家的家事，他又不好過多插手；若是他的兒媳，他夫妻兩人早早就拎著兒子上門去了。

岳仲堯難得在長輩面前吐露心聲，盯著眼前的荒地，一臉堅定。「叔，我想和瑾娘好生過日子。」

岳華升扭頭看向他，在他肩上拍了拍，道：「好好，你這麼想就對了。瑾娘不是個心狠的，你放下身段哄一哄她，說幾句軟話，她看在琬兒的面上，至少不會棄你而去。將來你們的日子還長著呢，最要緊的還是要兩個人在一起生活；再說，你們倆還有孩子牽絆，瑾娘哪怕是看著琬兒的面上，也會好好跟你過日子的。」

岳仲堯一字一句地聽著，不時點著頭。

岳華升又看了他一眼，說道：「你是怎麼打算的？就真的辭了公差在村裡過日子了？」

岳華升對岳仲堯辭了捕頭公差的這件事，心裡也不是沒有遺憾的。

眼看著家裡就要出一個當官的了，這忽然又沒了。

這年頭，身分等級區別分明，普通老百姓連望一眼那衙門裡的公爺，小腿都要發抖；而他們家好不容易有一個擠進衙門、有出息的兒孫輩出來，這還不等全家人得意，他自個兒卻辭掉不要了。

其實家裡有個在公中當差的官爺，好處是顯而易見的。

就說交公糧上繳官稅的時候，沒人敢欺負他們。往年在家裡秤好的、足足的一石糧，到了衙門裡，就只剩八、九斗了。自從這個姪兒在衙門裡當差後，那挑去是多少，上繳的時候就是多少，一家人都喜不自禁。

若是往後這個姪兒還有更好的造化，他們岳家這一支何愁不興旺？

不過回來了也好，家和才能萬事興，在地裡幹活雖然苦了一點，但這些年年景好，只要勤快些就餓不死。

岳華升看著這三姪兒臉上一片迷茫，嘆了一口氣，對岳仲堯說道：「當初瑾娘在村裡買了四畝上好的水田，她自己種不了，就全都託給我們家種；如今你回來了，你就拿回去種吧，好生打理著，也夠你們一家三口吃喝了。」

岳仲堯聞言愣了愣。

他未曾聽說瑾娘在村裡買過水田，看她從沒往那地裡去，他只當她不愛下地，可能也沒太多餘錢買田，沒想到她竟然買了幾畝田地來租給旁人種。

不過這樣也好，若讓他娘知道了，瑾娘買了田自己不種，還租給他四叔卻不讓他們家來種，定又是一場大鬧。

岳仲堯扭頭看向岳華升，道：「不了，還是四叔幫著種吧。她一個人又要幫著管作坊的事，又要忙家事又要帶孩子，地裡的活她是忙不過來的；而我如今還沒分家，也不好接過來。」

岳華升欣慰地拍了拍他的肩膀，說道：「你能這麼想就對了。你現在還年輕，將來是個什麼樣，誰都不知道，沒準兒以後還會有別的什麼際遇，就當現在是種磨練。瑾娘是個好的，你可得好好哄著她，不然等她冷了心就不好挽回了。」

岳仲堯對著岳華升連連點著頭，說道：「四叔放心，我都記住了。」

岳華升又嘮叨了幾句，再陪他坐了一會兒，直到稍微涼快些了，才把草帽頂在頭上，站起身來。

「我回去了，這日頭還毒著呢，你歇歇再下地，可不能中了暑氣。你那個娘是個摳的，只怕捨不得給你請大夫。」

他說完便走了。

岳仲堯起身送了他幾步，回身倚靠在樹幹上，腦子裡紛亂又想了一遭，待日頭西斜了一些，他才扛著鋤頭下地去。

岳仲堯不出現在作坊之後，也不知是天熱還是怎地，吳氏也極少出現了，喬明瑾母女的耳根子終於能清靜了些許。

岳仲堯攢著一把力氣，沒日沒夜在荒地裡開疆闢壤。

老岳頭老懷甚慰，也跟在兒子後面去荒地開墾，連帶著把兩個在家裡躲暑氣的兒子都拎了去。

岳二、岳四沒見有什麼抱怨，倒是孫氏、于氏兩妯娌心生不滿。

走在村裡，她們不時就被人打趣兩句。「欸，妳家男人又開荒去了？這是準備要當地主呢。妳真是個有福氣的，將來當了地主婆，使奴喚婢的，可別忘了我們啊！」

兩妯娌聽著臉上發燙。

開墾那兩畝荒地就能當地主了？還不知有沒有出產呢，沒準兒就只是白白出了一回力氣罷了。家裡又不是要斷頓，沒米下鍋了，犯得著這時候頂著烈日去開荒嗎？

婆母也不知是哪根筋搭錯了，是吃飽了撐的還是怎地，人家岳老三在作坊做得好好的，家裡還能省他一、兩頓糧，又不用怎麼伺候他，還能往家裡拿錢，兩個妯娌心裡正高興呢，這婆婆就把事給攪黃了，還連帶著她們的男人都跟著吃苦受罪。

相比兩個媳婦的怨念，吳氏卻完全無知無覺。她還覺得三個兒子這是勤快了，家裡的地又能多上幾畝了，來年沒準兒還能多打幾石糧，吳氏心裡正樂呵著，哪裡會去在意孫氏、于氏的黑臉。

而岳仲堯，下地去得最早，回來他又是最晚的一個。他每晚從地裡回來的時候，還總是要去林子裡砍上一擔柴，送到喬明瑾家裡去。

自從那天和岳華升說過一番話後，他便有些耍賴的意味了。不管喬明瑾要還是不要，他每天準時擔著柴送到喬明瑾家裡，不聲不響地幫著她放好、劈好。

林子裡放養的雞也不用雲錦操心，都由他包了。每天日落，雞爬進籠子之後，他就把雞挑回來，也不顧喬明瑾的冷眼，到家後就跟女兒玩鬧一下子，給女兒洗澡，父女倆互動一會兒，他沒有在那吃飯，天黑就回家。

岳仲堯砍柴的時候，總會連著岳家的那份也一起砍了，所以吳氏只當他每晚落在老岳頭和岳二、岳四的後面是砍柴去了，還真不知道他又跑到喬明瑾家裡，所以也沒管他。

而岳仲堯每晚從喬明瑾家裡出來，挑了放在喬家門口的另一捆柴回家，吃過飯，便抱了兩件舊衣去村裡的水井邊沖澡，然後再繞繞路，往喬明瑾家門口轉上兩圈，最後才拎著水桶回家。

回到自個兒的屋他沒點燈，倒頭就睡，如此一天就過了。

而喬明瑾雖沒攔著他往家裡送柴火，但也沒有與他說多餘的話。

有時候岳仲堯問問女兒的事，她便會多說幾句，若不問，兩人相對，似乎也不知道該說些什麼。

岳仲堯來了，兩個人都有意相避，故他們見面相談的機會還真不多。

旁人若見了，還真是替這兩人著急。

另一頭，著急的人也不少。

周府的老太太雖然覺得這段時間以來，這個最小的兒子終於懂得孝順兩字的真諦了，每日在她面前大獻殷勤，展現他的孝道，不時逗她開懷，她覺得自個兒都年輕了十來歲。

自中年喪夫，辛苦把幾個兒子養大，又給幾個庶子各自娶了妻後，她如今偏居一隅，安享晚年，似乎已經沒什麼事是可令她操心的了。

只有這小兒子的婚事是她的一塊心病。

這段時日，這六兒在身邊插科打諢，她越發覺得這兒子難得，越發替這兒子心疼。她老了，陪不了他幾年了，六兒房裡沒個知冷知熱的人，可怎麼好？

他幾個兄長也都各自有自己的小家，房頭裡，兒子、女兒也不少，他們有要操不完的心，哪裡顧得上這個弟弟？

而他那幾個嫂子又各自有自己的小算盤，誰真心、誰假意，她還看不清嗎？

老太太連番動作，使喚出去的人一波連著一波，那信寫出去一封又一封，見過的人也換了一批又一批。

而石頭也每日盡職地避著六爺，到正院向老太太細細稟告一番六爺的行蹤。多的話他是不敢講的，但在老太太面前扯謊，他也沒多生出那幾個膽。

好在老太太從他的話裡只聽到作坊日漸興隆，訂單不斷，六爺極其重視，不僅遣了精明的管事親自去坐鎮，他自己也是三不五時親自去看一遍的，只忙得腳不沾地。

業精於勤，這話不錯，也是她周家對子孫的一番明訓，不然這老祖宗傳下來的基業還不得破敗了？

不過是多送一些吃的喝的，有什麼要緊的？值幾個錢？

老太太對自家生意的掌櫃夥計一向寬待，平時不時就會分送一些油米，過年時，紅包也是給得豐厚，對兒子從廚房拿一些新鮮的菜肉不以為意，還讓林嬤嬤打開她的私庫，揀了一些燕窩銀耳送去。

只是老太太對六兒這般勞碌辛苦，更是心疼。

這日，周晏卿晚上從下河村回來，又照例跑到正院去蹭晚飯。

「娘啊，可是能開飯啦？兒這都餓得前胸貼後背了。」

周晏卿在外不苟言笑，是個精明能幹的，旁人見了他都不敢逼視，可他在老太太這裡，卻是怎麼隨意怎麼來。

老太太喜歡看他耍乖扮癡，他裝起來自然也是爐火純青。

老太太只聞那熟悉的腳步聲，倒還沒見到他本人，聽到這番耍無賴的話，跟林嬤嬤齊齊對視了一眼，整個人眉梢便都帶著笑出來。

「可是又從哪裡鑽回來？竟餓成這樣了？石頭沒給你車上備茶水點心？」

石頭聞言，一個踉蹌，摸了摸鼻子，腳步不露聲色地往旁邊挪了挪，再挪了挪。

他們母子親熱，他可不想成了炮灰。

老太太早就把晚飯準備好了，那守著院門的僕婦遠遠看見六爺的身影，立刻跑到小廚房命人準備著。

這不，周晏卿才落坐，屁股還未坐熱，一碟一碟精細至極的菜餚就端上來了。

周晏卿誇張地吸了吸鼻子，瞇著眼睛道：「嗯，還是娘這裡的飯菜香，走到哪裡，都不及娘這裡吃的東西好吃。」

老太太笑著拍了拍他挽著自己胳膊的手，說道：「你可是向我討要廚娘來了？」

周晏卿笑著搖頭。「娘這裡的飯食好吃，倒不全是廚娘的功勞；若是兒把她帶到聽風院，只怕她也燒不出娘這裡的味道。」

老太太聽了哈哈大笑，道：「就你貧嘴，快來看看可有你愛吃的。」

周晏卿眼睛往飯桌上一掃，紅的綠的黃的，長的圓的扁的，炒的燉的炸的，湯湯水水，擺了滿滿一桌。

那玉碟裡裝著精緻的小菜，一小份一小份的，擺盤也是好看得緊，周圍還擺著花草，也不知是拿什麼雕的，看著就引人食慾。

老太太歷來就是個慣會享受的人，她從小就在富貴窩裡長大，周家比之林家更勝了幾分；而她自嫁來周家後，一直就精細養著，連裝菜的碗碟器皿都是用白得通透的羊脂玉、綠悠如深潭水的碧玉精雕而成，一雙手更是保養得不見絲毫鬆弛起皺。

周晏卿想起瑾娘那雙手，那雙手十指纖纖，勝在年輕韶華，卻沒有他娘這般的保養。

母子兩人你給我挾一筷，我給你舀一勺，一頓晚飯吃了大半個時辰，這才算是結束了。

飯後，周老太太照例拉著周晏卿的手不讓他走，周晏卿也樂得被她拉著。

這些時日，那看著讓人頭暈的帳本，被瑾娘梳理得順得不能再順；湘陽的事他也派人去處理了，鄰近幾個重要的市縣，他都派了心腹之人過去巡查，他心情正好。

難得在這炎火夏日裡感覺清涼一片，他樂得在老太太面前裝乖。

沒準兒他娘愛屋及烏，就痛快地接受了瑾娘也說不定呢？

他試探了幾次，到目前為止，事情正往好的方向走著。

「娘，聽說大哥來信了？」

周晏卿眼睛轉了轉，看向老太太問道。

老太太聞言笑了起來，道：「是呢。你大哥說北方一切順利，有你族叔幫著打通關係，咱家明年沒準兒能爭個皇商回來也說不定呢！咱家可是爭好幾年了，朝中一直都沒人，好在這一、兩年，你族叔在京裡運作，有給咱家攢了一些人脈。」

老太太又喜又憂，也不知在她有生之年，家裡還能否再上一個臺階？嘆了口氣，又朝周晏卿說道：「你大哥這次還讓人送了好幾車東西回來，有幾疋雪緞說是宮裡送給你族叔的，你族叔又挑了幾疋送了給他，你大哥一疋沒留，全讓人送了回來，娘全部留下了。今年天熱，你抱幾疋回去做裡衣穿，那料子滑溜溜的，穿在裡面正是涼快呢。」

周晏卿笑了起來。「還是娘疼我。」

看老太太樂滋滋地讓林嬤嬤開箱去拿東西，他想了想又道：「娘不留一、兩疋給大嫂那邊？」

老太太聽周晏卿說完，嗔怪地看了他一眼。

「你大嫂的好東西還少了？給她還不知留不留得住，她可沒少往她那娘家搬。」

周晏卿看了老太太一眼，輕聲道：「大嫂也不容易，自大哥去了北邊後，跟大哥只有逢年才得見一面，去年大哥就沒回來；聽說隨大哥到北方的兩個姨娘又有身孕了？」

老太太聽了，又高興了起來，笑著說道：「正是呢！你大哥來信中都寫了。那兩個姨娘還是我給你大哥安排的，她們還算是爭氣；你大嫂不能在你大哥身邊伺候，有人幫著照顧你大哥，又能為咱們周家開枝散葉，再沒什麼比這更好的了。」

她扭頭再吩咐抱了幾疋雪緞出來的林嬤嬤。「妳去東院跟大太太交代一聲，讓她給青姨娘、雪姨娘多準備一些東西，吃的喝的穿的用的都準備妥當了，藥材也要多準備一些，不可虧待了我的孫子。等過幾日，就讓北邊來的人帶回去。」

林嬤嬤應了一聲就出了門。

周晏卿看著老太太一副有孫萬事足的模樣，嘆了一口氣，只怕大嫂聽了，又要多摔幾個杯盞了。

他想了想，又看向老太太道：「娘，您就沒想過讓大嫂去北邊照顧大哥嗎？這大哥、大嫂常年這樣分居著，也不是個事；再者大哥那邊需要人幫著應酬交際、人情往來，總讓個姨娘出面也不成。」

老太太橫了他一眼，道：「哪家不是這麼過來的？你大哥是長子，你大嫂是長媳，自然是要留在老宅的；將來你若是娶妻了，要往那西南去，我倒是可以讓你太太隨了你去。將來我死後，你們哥幾個總要分家的，我不去做那個惡人。」

周晏卿聽著眼睛一亮，傾身過去挨著老太太說道：「娘，那我去西南再娶一個不是更好？找個熟悉西南的女子，能幫到我，又省得對方從這裡娶了再帶去那邊，還要她遠離父母家人，惹她傷懷。」

周晏卿只覺得有什麼東西破殼而出，黑暗中閃出了一絲光亮。

若是他提前去了西南，只要找個大戶人家讓瑾娘認個乾親，或是編個什麼瑾娘救命之恩什麼的，先把人娶了，等瑾娘有了孩子，再把她帶回來認親……

就算將來瑾娘的身分被家裡知道了，到時木已成舟，母親看著孫子的分上，難道還能讓他休離了瑾娘？

周晏卿越想，越覺得此計可行，比他在這裡彩衣娛親，想讓他老娘愛屋及烏可行得多了。

這一點點滲透，想著在他娘面前水滴石穿，著實不是件簡單和快捷的事，遲則生變啊！

老太太看著周晏卿眼睛發亮，一副嘴角含笑的模樣，大惑不解。

「卿兒，你這是撿到金元寶了？」

「可不是撿到金元寶了！」

周晏卿下意識地說完，扭頭就看見老太太正目光灼灼地看著自己，立刻咬了咬舌頭方清醒了些，只恨自己輕狂了。

這事還得慢慢籌劃，要慢慢來，可不能大意了。

「娘啊，可是說好了，將來兒要去西南掌家業，您可不能讓兒夫妻分離哪！兒可不像大哥、大嫂，有少年夫妻的情意，又有幾個孩子傍身；兒這已經成過一次親了，可不想再成第三次、第四次親。」

「渾說什麼呢！」

老太太拍了身邊的兒子一記，又嘆了一口氣，才道：「也是你前頭的娘子身子太弱了……將來娘定給你尋一個底子好的。娘也沒幾年可活了，只要給你娶上一門好親，看著你成親生子，娘就能安心閉眼了；等將來你們分家，西南那邊的家業自然是你的，你當然要帶著家眷去那邊，這提前去，也沒人會說你。娘有你幾個嫂子在身邊伺候，又不缺你太太一人。」

周晏卿大喜，他傾身過去，把頭倚在老太太的肩上蹭了蹭，挽著老太太的胳膊說道：「還是娘最疼我。」

「娘不疼你誰疼你？」

老太太像小時候一樣拍著周晏卿的胳膊，柔聲說道。

母子倆相依偎了一會兒，老太太又問他。「你說你心中有中意的人了？可娘等了這麼多天，怎還不見你把人帶來讓我看看？也不說是哪家的姑娘，就讓娘這麼煎熬乾等著？你這不孝子。」

「娘，這不是還沒準備好嗎？娘把兒子生得這般好，相貌不說一等一的，就這整個青川城也尋不到一、兩個像兒這般好樣貌的了；而這錢財嘛，也有兩個，倒吃喝不愁，哪家小女子不追著兒屁股後面跑的？娘還怕她跑了不成？」

周晏卿說完一副得意模樣。

老太太被他逗得哈哈大笑，方道：「還真是，你兩個哥哥就生得不如你，其他幾個哥哥也比不過。」

周晏卿笑得一臉得意。「可不正是。」

老太太被他引得又笑了一場，回過神來，又道：「這和為娘見上一面，還要準備些什麼？是人家姑娘不樂意？還是只是你一廂情願的？咱家在青川城那也是數一數二的人家，對方要是不樂意，咱又不是娶不上親了，犯不著強求。」

周晏卿小心翼翼地看了老太太一眼，才說道：「那倒也不是，就是……就是這會兒不正天熱著嗎？我不是怕娘操勞嘛，待天氣涼些便事事都好了；到時正好相中了人，中秋過後咱就把人娶回來，正好在家過年。」

老太太聽了又笑了起來。

「你可不能哄我，這都拖了多久了，娘也不知道能不能等著見到你兒子；若是不成，青川城裡那麼多姑娘都排隊等著呢，就是京裡也不是尋不到。」

周晏卿心裡一急，道：「娘，您就放心吧，說什麼等到等不到的，我都讓人給娘算過了，娘可是壽星公的命數，定是要活到百歲以上的。不說兒的兒了，就是孫的兒，娘還能等著抱呢。」

老太太捧腹大笑。「那可好，娘這老妖怪就等著給你的兒帶孫子了。」

母子倆又笑談了一陣，直到老太太眼皮發沈，周晏卿這才離了正院。

周府裡寂靜無聲，雖是入夜了，但周府裡穿堂迴廊，兩旁高掛著大紅燈籠，照得通亮。

周晏卿背著手走在前面，一臉沈思。

石頭抱著幾疋雪緞亦步亦趨地在後頭跟著，忽然，身子重重地撞上了一堵肉牆。

「爺……」

周晏卿的兩眼閃著不明的光。

「你說，爺現在就去西南怎樣？在西南娶了妻，生了兒再回來？」

石頭大吃一驚，抬頭看向他家那位爺。

現在去西南？那、那喬娘子怎麼辦？不向老太太一點點滲透了？

他果然還是看不上喬娘子的身分嗎？

石頭開始是有些為他家六爺抱屈的。

他家六爺雖然成過一次親，但家資頗豐，房裡又沒個一子半女的，他家爺不愛鑽那香的、臭的地方，也不是個愛顏色的，雖然嫁過來就是填房，但像他家爺這般的好條件到哪裡找去？

不說有放出風聲了，就是沒放出風聲，那青川城裡有待嫁女兒的家裡，哪個不是找了各種機會上門詢問？他家爺什麼姑娘找不到，何苦要找一個成過親又帶著一個拖油瓶的女人呢？

可現在一聽他家六爺要跑到西南去，要在西南娶妻生子，他忽然又覺得喬氏瑾娘有些可憐。

難道是他吃喬娘子的好東西太多了？就是拿也拿了不少回，果真是吃人的嘴軟，拿人的手短嗎？

「爺，那喬娘子怎麼辦？」

石頭看他家爺半晌不語，小心忐忑地問道。

周晏卿愣了愣，隨即大掌拍向他。「你當你家爺是那等見異思遷的人哪？跟了爺這麼久，一點長進都沒有！」

拍完這呆頭呆腦的小廝，周晏卿便氣呼呼地逕自往自個兒的院裡去了。

石頭撫著頭大惑不解。

這還不叫見異思遷？

他想不明白，搖了搖頭，連忙小跑地跟了上去。

晴空烈焰，一絲風也無，空氣中翻滾著熱浪。

岳仲堯一腦門的汗，穿著短打，兩袖高高擼起，腳上棉鞋都不耐煩穿了，就套著一雙自己編的草鞋，走在青川城熟悉的大街上，汗濕衣背。

青川城裡大街小巷，他都清楚無比，閉著眼睛都能走幾個來回，哪條街哪個門裡面住的什麼人，哪條巷是活路哪條巷是密閉的，無不清楚。

最開始進了縣衙，他也只不過是一個巡街的罷了，跟在經年老手的捕快後面，戰戰兢兢做了大半年，這才能臉不紅心不跳，接過別人遞過來的孝敬也能從容地揣進懷裡，還能若無其事地跟旁人說笑。

別人遞給他的孝敬，他不會拒絕，只是他也沒有主動伸手或是言語暗示討要，也不曾為難過別人。

他每個月總有幾兩散碎銀子，一直捨不得花，就高高興興地攢著……

岳仲堯不知不覺走到青川城裡的一間金鋪門口，門口有兩個小夥計熱情地招呼著從門口經過的路人。「客官裡面請啊，我們鋪子出的首飾都是最時興的，都是從京裡送過來的花樣，都進來看啊……」

兩個小夥計扭頭看到岳仲堯，心裡一喜，卻看到他一雙大腳踩著一雙草鞋，那話又順著喉嚨吞了回去。

兩人不再看岳仲堯，轉身去招呼別的客人。

岳仲堯抬頭看了看那大大的牌匾，猶豫著要不要往裡進。

一個掌櫃模樣的中年男子把一位富貴太太送出門，笑容滿面，點頭哈腰，直把人送上了馬車才回身。

那掌櫃模樣的男子見了在門口徘徊的岳仲堯，瞪圓了眼睛。「岳捕頭？」

岳仲堯轉頭看去。「王掌櫃。」拱了拱手。

那王掌櫃來回上下打量了岳仲堯一眼，笑著說道：「早聽說岳捕頭辭了差回鄉去了，我還不信，這竟是真的？」

岳仲堯笑了笑，點頭。

王掌櫃伸過手攬他的肩膀。「走走走，岳捕頭這都到門口了，哪能不進去？」說著推著岳仲堯就往裡面去。

岳仲堯推卻不過，只好隨著他。

那王掌櫃拉著岳仲堯進了一間雅室，又命人上了茶，才與岳仲堯對坐著說起話來。

「岳捕頭怎麼好端端地把差事給辭了？」

岳仲堯喝了一口涼茶，才訕笑道：「王掌櫃就直接叫我名字吧，如今再叫岳捕頭已是不合適了。」

王掌櫃對岳仲堯的印象倒是極好，比起以前要不時打點縣衙裡一干人等，又要應付那些吃人不吐骨頭的衙役，這人已是極清廉公正的人物。

「那好，那我就忝著臉稱你一聲岳賢弟。」

岳仲堯連忙起身拱手直道不敢。

王掌櫃把他按在椅子上，又道：「我比你虛長幾歲，這聲岳賢弟也叫得。不過，岳賢弟家裡是不是有什麼難事，這才辭差？」

岳仲堯搖頭。「那倒不是，就是之前徵兵四年，丟下一屋子老小，我沒盡到為人子、為人夫、為人父的責，這便想著回家守著他們，過些清靜日子。」

王掌櫃聽完點頭，表示理解。

兩人又聊了幾句，那王掌櫃聽說岳仲堯想買件飾物送娘子，便揚聲叫小夥計送一些新出的首飾來讓他挑選。

只一會兒工夫，就有機靈的小夥計捧著一個大大的托盤，綢布上面放著十來件做工精細的首飾進來。

待小夥計在桌上放下托盤，岳仲堯傾身看去。

綢布上擺的都是金飾，有頭釵、有簪子、有手鐲、手釧、手鏈、項鏈、戒指、耳鐺，金光一片。

那王掌櫃極有眼色，讓人送來的都是看著精細又並不貴重的金飾，雖然都是金飾，但多是一些鏤空的，分量不重，瞧著體面但也花不了幾個錢。

岳仲堯感激地看了王掌櫃一眼。

他今天是送吳氏和兩個兄弟媳婦來街上採買東西的。

明日，小滿的夫家就要來送聘禮請期了，就算不請客，家裡親眷及左鄰右舍也必是要請的，兩、三桌人總有的。

要備著請客用的東西，又要準備回禮，要買的東西也不少。

本來這事他娘帶著兩個兄弟媳婦來辦就行了，只是他娘惦記著省兩個錢，說岳仲堯對青川城熟悉，別人認得他，會賣他幾分面子，也不會狠著要價，硬是拖著他一起跟來。

這會兒，他娘正帶著孫氏和于氏上他大姊家裡吃午飯去，他自己吃完飯就出來了，說是要走一走。

他想著難得進城一趟，總要給瑾娘和琬兒帶些東西回去。

岳仲堯看著綢布上擺著的金飾，一樣一樣地拿在手裡細看，覺得樣樣都合適，樣子時興，做工又好。

只是他囊中羞澀，只帶了五兩，這會兒也不知道五兩銀能買什麼東西。

岳仲堯面上帶了幾許窘迫出來。

那王掌櫃是個精明人，早練就了一雙火眼金睛，看了岳仲堯一眼，隨手便在托盤裡拿了一對耳鐺遞給岳仲堯看。

「岳賢弟看這對耳鐺怎麼樣？小巧精緻又不重，戴在耳朵上不會覺得沈，又不張揚，哪怕隱在髮間也不會沒了它的光華；金子也不重，這一對耳鐺我只算岳賢弟八錢銀子。」

岳仲堯接了過來，放在掌心細看，輕飄飄的，好像沒察覺一絲分量，做工倒是精緻。

岳仲堯想起自家娘子那粉粉的耳垂，軟軟滑滑的，可不能戴了太重的墜子，傷了娘子的耳垂，他對這對耳鐺有了幾分滿意。

王掌櫃看岳仲堯心動，又指了一個雕了蘭花的金戒指給岳仲堯看，說了一番做工，再說只算一兩三錢。

岳仲堯想著妻子十指纖纖的手，從沒見她戴過什麼東西，就也要了下來。

他又看了幾根釵子，最便宜的都要三兩銀，他還要留著些銀子給娘倆扯幾尺細紗做夏日的衣服，再給琬兒買幾包點心，銀子便不夠了。

那王掌櫃瞧著岳仲堯拿起那根纏枝蓮花髮釵來回細看，拿起又放下，放下又再拿起，無法取捨地在手裡反覆地看，他爽快地說道：「岳賢弟喜歡這釵子就拿去吧，算上戒指、耳鐺，給五兩銀就成。」

岳仲堯聞言一喜，捏了捏腰間的荷包，臉色又暗了暗，看著王掌櫃，訕訕道：「不瞞王掌櫃，我這身上就五兩銀，還打算給我娘子和女兒扯幾疋細柔的料子，各做一身夏衣的，還得給我女兒買些零嘴。」

他在托盤裡來回看了看，拿起那根纏枝蓮花的金釵，道：「我就只要這支釵吧。」

說著他不捨地看了兩眼方才挑中的耳鐺和戒指。

王掌櫃定定地看著他，一陣感慨。

所謂鐵漢柔情，也就這樣了吧？

王掌櫃往岳仲堯的方向挪了挪，道：「岳賢弟就沒有什麼打算嗎？我聽每天來巡街的衙役還提到賢弟呢，說岳捕頭有本事、有能力，箭術好，力氣大，還有拳腳功夫，言語間不無可惜；賢弟就這樣回了家，會不會委屈了？岳賢弟本應有一番造化的。」

岳仲堯低垂頭，手指在茶杯上來回撫了撫。

哪個男人心裡沒有一番建功立業的想法呢？

可人生總要面臨各種各樣的選擇，他不後悔自己的選擇。

他抬頭說道：「沒什麼委屈不委屈的，我把她們母女倆扔在家裡四年，她們不知我生死，受了很多的苦；往後……往後我就在家裡守著她們吧，給她們一分安穩的日子。」

王掌櫃聽了，不免又是一番感慨，他忽然記起一事來，眼睛一亮，忙傾身過去問道：「岳賢弟要不要領些事做？能掙些小錢，又不耽誤你照顧家裡？」

第五十一章

岳仲堯聞言看向王掌櫃，有些疑惑。「領事情做？領什麼事做？」

王掌櫃看著岳仲堯，越發覺得眼前這人是最好的人選。

「不瞞賢弟，我們東家的根基在府城永州，這個金鋪和後街上那個布鋪，及鄰近兩個市縣的鋪子都是要向永州拿貨，為了不空手去，又會在青川及鄰近購得當地的特產運到永州販賣；這一來一往的，總要有人押送，這次有一個護衛家中有喪，另一個傷了腳，此趟竟是缺了兩個人。」

他頓了頓又道：「青川這邊一時半刻也抽不出別的人選，為這專門去請鏢局的人又不划算。不知岳賢弟願不願接這趟活，快的話只須二十天一個來回，慢的話，一個月也盡夠了。這一趟，東家願出十兩的辛苦錢，我正愁著找人呢，這真是天助，竟把岳賢弟送到我面前！憑岳賢弟的身手，一個人頂好幾個，還怕這趟差事不圓滿嗎？」

岳仲堯看著王掌櫃在一旁越說越興奮，在椅子上一副坐不住的樣子，來回搓著手，目光灼灼地只盯著他看。

岳仲堯心裡動了動，這裡往永州並不遠，快馬頂多幾天工夫，押著貨來回二十天也算正常；再慢一些，路上要耽擱一、兩天，或是等永州備貨再運回，一個月也差不多。

一來一回，一個月掙十兩銀子，比他當捕頭三兩銀的月俸還多。

他沒急著表態。

王掌櫃生怕他拒絕，正想著要不要再提一提工錢，就聽岳仲堯說道：「這事容我想一想，我得回去問我娘子一聲。」

王掌櫃忙道：「應該的，應該的。不過岳賢弟可別讓我等太久，畢竟咱這做生意的，晚一天就耽誤一天的生計，這貨早備妥當了，就等著找人押送。」

岳仲堯想了想，便說道：「明天我妹子未來的夫家會過來送聘禮請期，我還要在家忙一天，若是我想好了，大後天一早我就到王掌櫃這裡來；若我沒來，王掌櫃就另請他人吧。」

王掌櫃連連點著頭。「好好，那我們就這麼說定了！」

兩個人又就著這個事細說了幾句，談妥後，岳仲堯拿起托盤上那根纏枝蓮花金釵，又從貼身的荷包裡掏了三兩銀遞給王掌櫃。

那王掌櫃了了半樁心事，心情大好，抓過托盤裡的戒指和耳鐺塞到岳仲堯手裡。

「岳賢弟若不嫌棄就拿去。」

「這……這我不能拿。」岳仲堯推拒著。

王掌櫃並不把這麼兩件小東西放在眼裡，便一個勁兒地把東西推向他。

岳仲堯無奈，只好又把荷包裡的碎銀子全倒了出來。「我這裡就剩二兩了，王掌櫃若不嫌棄就拿著。」

王掌櫃的還想推拒，可瞧著岳仲堯一副油鹽不進、不願占人便宜的樣子，似乎他要不收下這二兩銀子，那岳仲堯就要把東西放下了，只好搖著頭把那二兩銀子收了下來，又揚聲叫小夥計把幾碟點心包來，送給岳仲堯帶回去給孩子吃。

岳仲堯推卻不過，只能接了下來。

王掌櫃幫他拎著幾包點心，親親熱熱地把他送到門口。

兩人正在門口話別的時候，由南向北駛來一輛馬車，在門口停了下來。

王掌櫃拉著岳仲堯往旁邊避讓了幾步。

兩人只看到一個穿戴齊整的婆子從馬車上下來，接著又下來一個模樣俏麗的小丫頭。

那婆子探身從車底下抽了一張小板凳出來，而小丫頭一手掀著車簾子，一手和婆子一起從車上扶了一個富貴逼人的年輕婦人下來。

岳仲堯看著扶著丫頭、婆子下來的美麗婦人，眼睛眨了眨。

那王掌櫃見了來人，連忙上前迎了兩步，笑道：「呀，竟是柳太太！怪道我這左眼從天不亮就跳個不停，原來是柳太太要來。」

來人正是讓鄭知縣家小兒子收了做外室的柳媚娘。

那柳媚娘本來就有幾分顏色，又精細養了這大半年，更添了幾分風采，加上這身打扮，綾羅綢緞加身，玉環香包壓裙，淡掃蛾眉，芙蓉面，岳仲堯定定看了一會兒，才認出人來。

柳媚娘倒沒看到岳仲堯。

王掌櫃笑著說道：「柳太太可來得巧了，這剛從京裡送來一批時興樣子，匠師們剛剛做好，還未上架呢，這竟像是專門給柳太太打的了。」

他說完轉向岳仲堯，道：「岳賢弟，我這就不招待你了，大後天我等你的信啊，你定要來啊！」

岳仲堯朝王掌櫃點了點頭，正待轉身離開。

柳媚娘看到了他，連忙喚道：「岳大哥！」

王掌櫃愣了愣，這兩人認識？

也是，岳捕頭在縣衙裡待過，眼前這人的主子爺又是那知縣家公子，可不就認識了嗎？

王掌櫃笑著說道：「既然都是認識的，要不岳賢弟也一起到雅室坐一坐？」

「不了，我還要趕回村子，不然天晚路就不好走了。」

柳媚娘看著岳仲堯要走，往前挪了兩步。

岳仲堯朝她拱了拱手，道：「柳太太，男女有別，再者我還要趕路，就不和妳敘舊了。」

就算要敘舊也不知該說些什麼。

他朝兩人拱了拱手，便拎著王掌櫃送的幾包點心大步走開了。

柳媚娘張了張口，又瞧著一左一右丫頭、婆子都在身邊，王掌櫃又盯著她，便轉身朝王掌櫃笑了笑，抬腿進了店裡。

一腳邁進門檻的時候，她往街上回頭望了望，卻早已不見了岳仲堯的身影……

岳仲堯到了岳春分租賃的小院，接過吳氏、孫氏、于氏三人，又有岳春分夫妻倆幫著把東西搬到寄放牛車的地方，一行人這才告辭了岳春分夫妻回家。

岳仲堯拎的那幾包點心，被三人在車上分吃了一包，于氏和孫氏又各自給自家孩子搶下一包，剩下兩包，吳氏說是要留給老岳頭和岳小滿。

岳仲堯好不容易才給琬兒搶了一包，被吳氏罵了一路。

一行四人到家時，天還亮著，岳仲堯幫著把東西搬進家裡，再去他四叔家還牛車，在那裡見著岳華升的兩個孫子、孫女，便又分了他們半包點心，一包點心便只剩半包了。

岳仲堯看著手裡的半包點心嘆了一口氣，摸著懷裡的小布包躊躇。

他不知瑾娘會不會高興，會不會拒絕？一顆心忐忑不安。

最後他還是朝喬明瑾家去了。

喬明瑾家的院門虛掩著，這會兒太陽已經西斜，琬兒和秀姊的兩個孩子，還有幾個年齡相仿的孩子正在門口的大樹底下抓石子玩。

而明琦正端著一個繡繃在一旁做針線，並看著他們。

岳仲堯噙著笑，目光柔柔地落在女兒身上。

小東西終於看到了岳仲堯，直起身子，小跑著往岳仲堯那裡跑去。

「慢些，一會兒又是一身的汗。」

明琦瞧著兩人抱在一起，重重地哼了一聲，又埋首在繡繃上，眼不見為淨。

岳仲堯俯著身子給女兒擦了擦頭上的汗，柔聲道：「在玩什麼？」

「玩抓石子。」

「大字都寫完了？算盤打了沒有？」

小東西連連點著頭。「寫完了，比昨天還多寫了十張。算盤也打了，現在娘已經在教我背乘法口訣了。」

岳仲堯往女兒頸後衣裳裡探了探，誇了女兒幾句，道：「那琬兒可要好好學喔，將來學好了再來教爹爹，爹爹都不會呢。」

小東西挺了挺小胸膛，興奮地點著頭。

岳仲堯把半包點心遞給女兒。「娘在不在家裡？」

「在。」

「拿去跟哥哥姊姊們一起吃吧。」

小東西高興地點著頭，看岳仲堯轉身進了院門，便拿著半包點心回到一堆孩子中間。

岳仲堯在廂房裡找到了喬明瑾。

此時，喬明瑾正一邊搖著蒲扇，一邊埋頭翻著帳冊，並沒有看到岳仲堯。

岳仲堯靜靜地站在門口看了她一會兒，方才放重了腳步走了進去。

喬明瑾愣愣地看著他走近。
岳仲堯眼睛往桌子上的帳冊上掃了掃。「這是作坊的帳冊？」這麼多嗎？
喬明瑾搖了搖頭。
岳仲堯有些意外，往那帳本上又掃了一眼，並沒有再問。
兩人皆沈默了下來。
良久，岳仲堯才道：「明天小滿的夫家會送聘禮過來，家裡是不準備請客了，就請大伯、三姑、四叔及大姊這幾家相近的人家，爹讓妳明天也帶著琬兒回去。」
喬明瑾看著他，嘴巴剛張了張，又聽岳仲堯說道：「小滿未來的夫家是我舊日的同僚，他們也都聽說過妳，妳、妳明天能不能去見見……」
喬明瑾看著他，想了想，道：「明天再看看吧。」
岳仲堯張了張嘴，想再說幾句，看到喬明瑾又埋頭在那些帳冊中，臉色暗了暗，往懷裡一掏，把那揣了半天的小布包掏了出來，往喬明瑾面前推了推。
「這是什麼？」喬明瑾抬眼看向他。
岳仲堯沒答，看妻子已是準備把布包打開來，他心裡緊了緊，把手按了上去，剛好按在喬明瑾的手上。
喬明瑾愣了愣。
岳仲堯像被火燙了一樣，快速地把手縮了回去。

「一會兒，一會兒再看。我、我走了。」他說完竟像是被火攆著一樣，腳步不穩，急急往外走了。

喬明瑾有些奇怪地往外看了看，才這沒多久的工夫，他人就不見了。

她打開小布包，一層兩層三層，一對耳鐺，一只戒指，一支金釵赫然在目。

次日一早，雲錦和何氏出門的時候，喬明瑾也起了。

現在白日時長，雞鳴比秋冬季節要早一個時辰。

喬明瑾扭頭看了看女兒恬靜的睡顏，倚在床上發起呆來。

這一年來，日子過得好了，她陸續添了一些首飾。女子愛俏，她也不例外，但凡女子看見好看的衣裳首飾，總會想著收羅了來。

她雖然不喜張揚，但收在匣子裡不時拿出來看一看，也是心悅的。

如今她的梳妝匣子裡早已不只有祖母送的那對銀鐲，除了自己買的，周晏卿也送了她幾件真正名貴的首飾，還有早前岳仲堯送她的一根銀釵子。

昨日又添了他送的耳鐺、戒指和髮釵。

分量不重，但卻是實實在在的金飾，想必沒個七、八兩銀是買不下來的。

上次吳氏上門砸了一通，隔日她讓雲錦去城裡採買，並沒想過吳氏會送錢過來，早早取了銀子讓雲錦帶著。

只是後來雲錦說他在城裡沒花上一分銀子，那些東西都是岳仲堯付的錢。百來兩的東西，吳氏如何肯割血？定是岳仲堯一年來辛苦攢的。他升任捕頭只有短短幾個月時間，存那點銀子想必並不容易，估計是他全部的資財了，他身上大概已經沒什麼銀錢，也不知為何忽然想到要給她送首飾。

喬明瑾嘆了口氣。

就當給琬兒提前收的嫁妝吧！況且這金子存著也能當錢，總不會貶值了去。

喬明瑾胡亂想了一通，這才下了地。

待走出房門，她發現岳仲堯已是等在院子裡。

岳仲堯貪看了喬明瑾幾眼，又避過她的眼神，說道：「今天，爹讓我來接妳們。」

喬明瑾想了想道：「琬兒還在睡，你去把她叫起來吧。」

岳仲堯心下一喜，應了一聲，腳步輕快地進了正房。

不一會兒，琬兒就迷迷糊糊地趴在岳仲堯的肩頭，被岳仲堯抱出來了。

那頭，喬明瑾也把明琦叫了起來。

待喬明瑾就著昨晚煨著的大骨湯下了麵條之後，一家人痛痛快快地吃了早飯，岳仲堯也連吃了兩大碗。

「碗我來洗，瑾娘妳去換身衣裳吧。」

喬明瑾沒讓他碰，很快把幾個碗收在手中。「我身子不舒服，就不去了，你帶琬兒和明琦去吧。」

岳仲堯聞言愣在那裡。

喬明瑾已是拉過明琦和琬兒吩咐。「明琦，妳跟著琬兒一起去，若有什麼活，手腳要勤快一些，幫著洗菜燒火，也要看著琬兒……」

明琦嘴噘得老高，一臉的不情願。

自吳氏上門來砸過一頓後，她對吳氏的印象差到了谷底，簡直是相看兩厭；她才不想去那岳家呢，只是姊姊不去，家裡又不能一個人都不去，讓琬兒一個人去，她也不放心。

喬明瑾今天是真的是不舒服，一來苦夏，二來今天她的小日子來了。

她雖然沒在月事帶裡裝柴灰、草木灰，縫的是棉花，但這年頭也沒什麼貼身的小褲穿，褻褲就是一條長褲，走路都會往裡灌風，她要不就像別人一樣只窩在房裡不出，在床上靜臥，要不就得一天跑十幾趟茅房。

她可不想像別人那樣，把中間的東西換了，外頭的布袋洗洗下次再用，她光是做那棉布條，都要專門用一個箱籠才裝得下。

且她這身子養了這一年多，到現在還會肚痛，她和吳氏又是相看兩厭，若今天去了岳家，吳氏非得把她指使得團團轉。

喬明瑾是打定了主意不去的。

而岳仲堯在旁邊聽她吩咐琬兒和明琦，臉色越發黯淡。

這樣的場合，她都不願和自己一同出現嗎？哪怕只是裝裝樣子也不肯嗎？她難道就真的這麼想跟自己討一張和離書？

岳仲堯的心一陣一陣緊縮著。

喬明瑾沒去細瞧岳仲堯的臉色，吩咐完兩個孩子，又哄得明琦心不甘情不願地應了，她便帶著她倆去庫房拿東西。

吳氏對她出不出現是絕不會在意的，但也不會放過這個機會捉她把柄，拿捏她，讓兩個孩子帶一些東西過去，想必就能堵住她的嘴。

喬明瑾很快地翻出了好些東西，兩疋細棉布、板鴨板雞各一隻，海鮮乾貨若干，炒貨點心也翻了幾包出來，又拿了半袋白米、一罐子油及兩斤白糖，細細裝好了，給兩個孩子拿著。

看岳仲堯在廂房門口，一副沮喪的模樣，她想了想便說道：「我是真的不舒服，你跟琬兒爺奶說一聲，就讓明琦過去幫著做些家事吧。待吃過飯客人走後，你再把兩個孩子送回來；若沒空，就讓她們自己回來也成，路她們都熟的。」

岳仲堯聽完喬明瑾這一番話，倒有些不放心了，忙問道：「妳哪裡不舒服？要不要我去上河村把陳大夫請來？」一邊說著邊要用手去覆喬明瑾的額頭。

喬明瑾往旁邊略偏了偏，道：「沒什麼大礙，在家裡躺一躺就好。」

岳仲堯把手縮回來，在喬明瑾臉上細瞧了瞧，倒也沒發現什麼異狀，這才稍微放下心來。

他很快回過神來，把目光投向喬明瑾的肚子。「妳、妳是不是……可是肚子疼了？」

喬明瑾有些尷尬，臉上燒了燒，往兩個孩子處看了一眼，才小聲道：「不礙事，一會兒回屋躺一躺就好。」

岳仲堯連連點著頭，道：「那妳快回去躺著，家裡等會兒亂糟糟的，妳去了反而不能休息，就在家裡歇歇吧。我去給妳煮碗薑湯紅糖水。」

喬明瑾連忙攔住他。「一會兒我自己煮，你帶她們去吧，偶爾看看她們。」

她又拉過兩個孩子再細細叮囑了一番，這才讓岳仲堯拎著東西帶她們兩人出了門。

岳仲堯邊走還邊回頭叮嚀。「別忘了煮碗薑湯紅糖水喝啊。」

喬明瑾不自在地點頭，把院門關了之後，又回屋了躺了躺，沒有睡意，再起身到廂房，拿了個枕頭墊在後腰後面，倚在床頭看帳本。

直到近午時，她懶怠做飯，正想著要去作坊蹭一頓，就聽到院門被人敲響了。

岳小滿穿戴一新，臉色紅紅地拎著個小籃子站在門口，也不知是曬得還是羞的。

「三嫂。」

喬明瑾一愣。「妳怎不在家裡招待客人，怎跑這來了？」

岳小滿被她說得臉上越發紅了起來。「三哥讓我給三嫂送飯過來。」

喬明瑾往那籃子裡瞧了一眼，便接了過來，笑道：「可是不好意思待在家裡了？」

岳小滿沒有說話，臉紅紅地跟在喬明瑾身後進了門。
岳小滿也還沒吃，喬明瑾就把她帶來的飯食擺在廂房的桌上，兩人洗了手便一起吃了起來。
那飯食還算豐盛，看來吳氏雖然摟緊錢袋子，但是對於這個小女兒的大日子，還是捨得花錢的。
飯後，喬明瑾與岳小滿聊天。
「可是見過人了？」
岳小滿聽了這話，頭更是垂到胸口，良久才小聲說道：「只偷偷看了一眼。」
喬明瑾笑了起來。「可是滿意？」
岳小滿越發臉紅，看喬明瑾一副得不到答案就不甘休的樣子，才細聲說道：「他、他跟三哥一樣高，沒、沒三哥好看。」
喬明瑾笑了笑。「我沒覺得妳三哥好看。」
岳小滿有些著急。「三哥這樣的，才是過日子的。」
喬明瑾笑了，戲謔道：「看來妳是很滿意了？」
岳小滿咬著唇，頭又垂到胸口。
喬明瑾也不逗她了，聽說這個人選是岳仲堯給她挑的，他們在一起共事過，算是知根知底，想必也差不到哪去，不再逗她，轉而問她嫁衣、嫁妝的事。

喬明瑾對岳小滿沒什麼惡感，也有些話可聊，吃過飯，兩人在廂房裡聊得還算開心。

岳家這會兒正在宴客，接待上門的新女婿，岳小滿是要避開的，在喬明瑾這裡倒比躲在家裡更自在些。

兩人一直聊到岳春分上門才止了話頭。

岳春分是要和新女婿一起回城的，他們夫妻倆能請一天的假已是不易，岳春分看喬明瑾沒去，便在走時來見她一面。

喬明瑾從岳春分嘴裡得知岳家人對新女婿很是滿意，說男方對小滿非常重視，送的聘禮以村裡來說已是極豐厚，做的臉面也足，就是愛挑剔的吳氏也挑不出什麼錯來。

喬明瑾聽了後，倒真心替岳小滿高興，夫家重視，想必嫁過去後日子也會舒心些。

兩人走後，待日頭偏西些，岳仲堯送完客，就把兩個孩子送回來了，還拎了兩包新女婿送的點心和油餅、雞蛋。

「兩個孩子沒鬧吧？」

岳仲堯搖頭。「他們都很懂事，還幫了廚房不少忙。妹夫一家都拉著誇的，說妳把琬兒教得很好。」

喬明瑾看著岳仲堯一臉高興，暗自腹誹，也不知吳氏聽到這話沒有，心裡還不定怎麼添堵。

「讓她倆留下吃晚飯她們不肯，只說要回來；我送了妹婿和大姊們離開，便帶她們回來了。」

「她們在家裡會自在些。」喬明瑾說道。

岳仲堯看了她一眼，沈默了下來，那裡才是女兒的家啊……

良久，他又看向喬明瑾說道：「瑾娘，妳說我去外頭攬些活做怎麼樣？」

岳小滿的親事定下來後，隔天下午，岳仲堯就進了城。

他收拾了幾件衣裳，捲了一個小包裹揹在身上，從喬明瑾家裡走的。

這一走可能就是一個月，他總要和妻女告別，何況那兩人是他心心念念之人。

喬明瑾看著岳仲堯大步走遠的背影，心裡有些複雜。

岳仲堯做出這個往鄰縣幫著押貨的決定，是來跟她商量過的。

許是囊中羞澀，他只說要去外邊攬些活計，掙些銀子留給琬兒。

喬明瑾知他心裡已是打定了主意，也只是叮囑了他幾句在外要多加小心的話。

自從岳仲堯從戰場上回來後，他的一些決定總是會跟她商量，有些什麼事也總愛拿來跟她說一說，聽聽她的看法。

岳仲堯覺得自己是一個大老粗，他娶的娘子反而是從小識文斷字有想法的，有些什麼事就想問問喬明瑾的意思，對喬明瑾很是愛重。

岳仲堯對她的情意，她不是看不見。

他對女兒好，心裡有喬明瑾，有這個家，跟他過，大富大貴可能沒有，但安穩依靠是沒問題的。

喬明瑾每每瞧見他興沖沖地來，回去時總是一臉晦暗，心裡也是忍不住泛酸，只是思及岳家、思及吳氏，她又硬起了心腸。

也不知是不是岳仲堯跟岳小滿交代了些什麼，自岳小滿下了訂後，晚上納涼的時候她會跟在秀姊後面一起來，白天也會拿了繡活過來做。

喬明瑾自小得祖母藍氏的親自教導，一手女紅做得極漂亮，雖然之後她沒怎麼拈針繡花，但衣裳裁剪還是經常做的，況且她的底子還在，並不曾忘了。

有時候喬明瑾不忙的時候也會指點她一二，若忙的時候，岳小滿就一個人坐在避蔭的廊下，專注地做嫁衣。

離她出嫁已經沒幾個月，除了嫁衣她要親手繡，還有夫婿翁姑的鞋襪也不能少了。故岳小滿每回過來都是捧著好些布料來的。

喬明瑾挑了一些布料尺頭送她，得了她親手做了一雙布鞋，琬兒和明琦也各得了一件外裳。

莊戶人家做衣裳從不興在上面繡繁複的花草，只要裁剪得好，布料結實耐穿，針腳細密就夠了，所以給喬明瑾、明琦、琬兒做的鞋子和外裳沒花幾天時間，她手腳頗快。

岳小滿來的時候，多是在喬明瑾三人用過午飯才來，許是刻意避開三人用飯的時間。

有時候，岳小滿也會碰到周晏卿。

每次周晏卿來的時候，若是岳小滿剛好在，岳小滿要不是避去作坊，不然就會躲到另外的廂房陪明琦和琬兒練大字。

好在周晏卿還算克制，一來是不想唐突了喬明瑾，委屈了她，雖然佳人就在眼前，他總是忍不住想牽牽小手什麼的，可是他也不想鬧出什麼來，讓喬明瑾受到一些流言中傷。

所以他來的時候，兩個孩子都是在家的。

周晏卿很喜歡這兩個孩子，每回來，總會帶些小玩意、小吃食哄他們歡心，倒讓兩個孩子對他印象極好。

若有一、兩日他不來，兩個孩子還忍不住會念叨他。

周晏卿得知岳小滿許的人家是縣衙捕快顧枝山時，連連說是一家人，說他跟顧枝山也是相識的，還一起吃過飯、喝過酒。

再來的時候，他送了岳小滿兩疋紅色的緞子，比吳氏給岳小滿買來做嫁衣的紅布還好得多，喜得吳氏次日就過來蹲守了，也不知是真的想好好謝人家一番，還是想攀攀關係。

喬明瑾看著跟在吳氏後面來的孫氏和于氏，那吳氏自然高傲仰著臉不去看她，但孫氏和于氏則是一副諂媚的表情。

喬明瑾也不耐煩應酬她們，直接關了門去作坊，往裡面她專屬的工作間一躲，兩扇門一關，誰都別想進去。

好在岳小滿最後把人勸了回去，不然她們天天上門這麼守著，她真是不勝其擾。

而另一邊，周晏卿雖想著兩相周全，水滴石穿，循序漸進，但他自妻子去世後，已經空守了好幾年，現在終於有了一可心人，自然是想早些把人攏在身邊。

現在眼前似乎又有了捷徑可走，不管可行與否，他也總想著試一試。

這日，周晏卿在吃過午飯之後，兩人便躲在廊下的陰涼處喝涼茶聊天。

周晏卿把他試探老太太的話說給了喬明瑾聽，說是若他提前去西南掌家業，身邊總要跟著一個知冷知熱的人的，老太太也不算迂腐，不會扣住他的妻室留在青川城裡。

他只要藉口西南那邊掌櫃管事的在背地裡有了小心思，有各自算盤，家業不保，老太太和他大哥必會讓他先去西南巡視和清查。

他娘身體健朗又調養得好，沒準兒還真能看到他的孫子。

這分家雖然等不得，但他去西南一、兩年巡查家業這件事完全是可以安排的。

到時只要在他動身之後，在那裡找戶人家給瑾娘認乾親，安排瑾娘過去，再通知家裡派人過去商談婚事……

老太太必是不會去，路途太遠；如果是他大哥、大嫂去，他只要打點一番，他大哥必是向著他的……

有了這個打算，他總要跟瑾娘說一聲。

喬明瑾聽了他的安排，並不說話。

周晏卿看她垂頭不語，心裡突突直跳，不明白她心裡所想。
「瑾娘……」
周晏卿有些忐忑。
他難得這麼想要一個人，之前又浪費了那麼長的時間驗證自己的心意，白白讓一年的時間隨了流水。
如今好不容易兩人心意相通，他自然是怕夜長夢多。
喬明瑾抬頭看向他，定定地盯著他的臉。
這張臉是養尊處優，自信張揚的，只要家裡不是狠狠得罪人，哪怕子孫再怎麼沒有出息，憑家裡積攢的家財，還有三、四代衣食無憂的日子可過。
周晏卿這輩子肯定會富貴到老，一生錦衣玉食無憂。
周晏卿被她看得有些不安，往臉上摸了一把，道：「為何這般看我？」
喬明瑾看他在臉上連摸了兩把，生怕沾了不潔東西一樣，笑了笑。
「你是認識岳仲堯的吧？」
周晏卿愣愣地點頭，不明白她為什麼這麼問。
喬明瑾仍舊看著他，道：「岳仲堯雖然跟你不同，身上也無餘財，大富大貴可能沒有，但要讓妻女不餓肚子，他還是有這個本事的。」
周晏卿看她為岳仲堯說好話，心裡越發不安，正想開口，看喬明瑾對他打了個手勢，便抿住了嘴。

喬明瑾又道：「我會搬出來住，會向岳仲堯討要和離書，並不是因為岳仲堯的緣故，只是我不耐煩跟他那兩個兄弟媳婦一樣，整天為些雞毛蒜皮的小事爭鬧不休，也不想被他那娘拿捏歪纏。」

她嘆了一口氣。「因為我不是他娘親自挑選的，我在他家做得再好，他娘總是不滿意；又因我只生了琬兒一個丫頭，岳仲堯對我也還算不錯，吳氏越發看我不順。吳氏總想把別人都捏在她手裡，讓別人都按她的意思行事，而我偏偏是個有主見的。

「鄉下人家簡單，卻也有這樣那樣的糟心事，你們周家家大業大，只怕事更多；若按你那般安排，我不得你娘歡心，不得妯娌家人敬重，是必然的了。你又是嫡子，總不能離開周家，不要宗族了，將來夾在我和你娘中間，總有這樣那樣的煩心事，再好的情意也會被消磨殆盡。」

周晏卿聽她這一番話有些焦急，左右看了看，傾身過去捏住了喬明瑾的手，道：「妳放心，我都會安排好的。」

喬明瑾搖了搖頭，又道：「你知道我的性子，我是最不願強求的人。孑然一身的日子我並不怕，縱然平淡些，但無波無浪，還算平靜安寧。我不願因著一些別的事情徒惹傷懷。我知道你待我的好，若真是為我著想，你就設法讓你家人接納了我，接受我和離再嫁的身分；我要再嫁，也必是要堂堂正正的，大紅花轎六禮齊全。」

周晏卿定定地看著她，那黑沈的眼睛裡透著堅定不容置疑的光芒，讓他為自己所謂的捷徑討巧，感到有些愧疚。

「妳放心，我既是選擇了妳，必是不讓妳受委屈的，我之所以那麼安排也是心裡不定，怕夜長夢多，怕妳不捨得岳仲堯，怕妳改了主意。」

喬明瑾看他一副忐忑的模樣，嘴角揚了揚，伸出手用手指在他臉上刮了刮。

周晏卿心裡一喜，伸手把她做怪的手指捉住，緊握在手裡，道：「妳放心，我定是會稟明了母親，讓她遣了媒人六禮一樣不缺地來下訂；岳仲堯也說了，若是我家裡人同意我求娶妳，他就親自寫好和離書。」

喬明瑾一愣。「他這麼說過？」

周晏卿點頭。

「妳可別因為這個改了主意！他雖然還不壞，但他那個娘實在不是能一起過日子的。」

喬明瑾笑了笑。「我也不是隨隨便便就下決定的。」

周晏卿喜得連連點頭。「那妳等著，我一定風風光光地迎了妳入門。」

周晏卿自從把底子交與喬明瑾後，就開始改變思路，以尋求一條光明順暢的路子。

於是周府的老太太見著這個小兒子的機會更多了，幾乎天天都得見一面，每回不是蹭早飯就是來蹭晚飯，往老太太院裡送的東西也越來越多，越來越稀罕。

周晏卿每天都搜索枯腸地逗老太太開心，彩衣娛親都太過尋常，他恨不能趴在地上裝貓狗叫喚好逗老太太一樂。

老太太的正院裡每天笑聲不斷，伺候的丫鬟、婆子都說老太太瞧著像是年輕了好幾歲。

周晏卿的水滴石穿計劃穩步進行著。

而明玨和明珩兩兄弟，也正式從劉員外的莊子搬到城裡來。

書院既然找好，交完束脩，兄弟倆都不想浪費時間，早早收拾好東西，帶著劉淇，三人拉了整整兩車的東西進城裡的小院。

那劉員外請了家中的下人跟著過去收拾了兩天，才算是把三人安頓好了。

進城的當天，劉家送過去的僕婦就在小院裡開了伙，給三人做了一頓進門飯。

兄弟倆搬進城的時候，喬明瑾沒去幫忙，但他兩人安頓好後，喬明瑾到雲家村接了喬母和明瑜一起進城探望他們兄弟。

在喬家，藍氏和喬父是不願動彈的，而喬母對於進城倒是樂意得很。

喬明瑾一過來接，她便轉身去換衣裳了，也不顧天氣炎熱。

又聽說喬明瑾這次要在城裡住一個晚上，她扯了一個包裹包了兩件衣裳拎出來，引得喬父對她連翻白眼，不知道的還以為她在家裡多不自在呢，竟是巴巴地要往外跑。

自家兩個兒子離家在外，喬母不知有多擔憂，對於喬父的白眼自是不以為然。

再說託女兒的福，現在家裡日子好過了，來回城裡一趟也便利得很，家裡田多了，添了牛不說，娘家那邊還添了驢車。

從那之後，喬母便隔三差五地往城裡跑一趟。婆母和相公不願去城裡看望兩個兒子，她這個做娘的可不能把兒子忘了，時不時就帶著明瑜進城一趟，給兩兄弟帶幾件祖母和明瑜給他們做的衣裳，再帶些家裡自產的瓜菜、雞蛋、五穀雜糧什麼的，隔幾日就要給他兄弟兩人送一些去。

她想著跟明瑜訂親的周耀祖是孤家寡人一個，家裡給兩兄弟做衣裳鞋襪的時候，也都會扯了布給他多做一份。

周耀祖對這個岳家更是看重了幾分。

那兄弟兩人進城住後，又邀周耀祖同住，周耀祖思慮了幾天就應了下來。

他原是孤身一個，住哪裡不是住？

雖一開始覺得占岳家的便宜不大好意思，但明珩兄弟和喬父、喬母真心相邀，他也不好拂了岳家人的好意；且他若搬去同住，最起碼不用再為每日吃飯犯愁了。

和兩個小舅子住一起，他父母留下的那個小宅子便可以租出去，又能多收幾個錢，也算是個貼補。

他再在書院裡尋些抄寫的活計，日子還能過下去。

欠岳家的恩情，他以後再補回來吧，以後自己一定加倍對瑜娘好的。

周耀祖穿著明瑜給他縫的衣裳鞋襪，用手摸了又摸，心裡暗自發誓。

如今他和兩個小舅子住在一起，不僅三餐有繼，吃飽穿暖，衣服有人洗了，衣裳破了也有人補了，連房間也有人收拾了，筆墨紙硯兩個小舅子有的，都有他的一份。

他如今什麼都不須操心，只要用心讀書就成。

有一次明瑜陪著喬母進城的時候，當明瑜羞答答地把一個包裹塞進他手裡，周耀祖望著明瑜的眼神溫柔得都能滴出水來。

他從懷裡掏了一個荷包遞到明瑜手裡。

「這是什麼？」

明瑜望了他一眼，見他只笑著不說話，便把荷包裡的東西掏了出來。

裡面是七、八兩的散碎銀子，並一方綠盈盈的玉珮。

明瑜不懂玉珮的好壞，只覺得它綠盈盈的，好看得很，摸在手裡只覺涼意沁人，瞧著應該是件好東西。

「這是？」

周耀祖從她掌心裡把玉珮拿了起來，在手裡摸了摸，道：「這玉珮是祖上留下來，是父親送給母親的。家裡原也留下過一些東西，只是這些年因為我要讀書，我又不會經營，再加上父親、母親的病，家裡留的東西除了一些大件的家具，能賣的全都賣了。這方玉珮是父親、母親的心愛之物，又是祖上留下來的，我便一直留著沒有賣，妳收著吧。」

明瑜臉紅紅地接了過來，低聲應了，小心地裝回荷包裡。

「這玉珮原有一條鏈子，後來斷了，我便棄了，妳用繩子穿起來，再給它編個絡子，也不容易丟了。」

「嗯。那這銀子是……」

周耀祖看著攤在瑜娘細白掌心裡的幾塊散碎銀子，臉上燒了燒，才斂了神說道：「這是我攢下來的，也有這個月房子的租子在裡面。我本來是想給妳買件首飾，但不知道妳喜歡什麼，這點銀子好像也買不了什麼貴重的。妳先攢著，以後房子收到租子我仍交給妳；妳攢得多了，再拿去買件可心的東西，妳要有喜歡的東西，也儘管拿去買了來，都隨妳。」

明瑜聽了，好像這些銀子很燙手一樣，把它們推給周耀祖。「不，這銀子我不能拿，你身上也不能沒了銀子，你讀書哪能不花錢？」

周耀祖把她的手輕輕地握了起來，幾塊散銀便被明瑜包在了掌心裡。

「妳拿著，我現在花不了什麼銀子，現在我和妳哥哥、弟弟吃在一起，住在一起，連筆墨都不用我掏錢買。我本來還想著那幾畝薄田的租子就不收銀子，只把糧收上來，放在這裡供我們三個嚼用就行，也算做我交的費用，可妳姊姊不肯收，這銀子便省了下來，以後妳幫我收著。」

明瑜聽完說道：「你雖是和我哥、我弟他們住到了一起，可你也要應酬買書，哪能沒有銀錢在身上。」又要把銀子推給他。

周耀祖連忙再把銀子推了回去，道：「我身上還有。我每個月都去周家鋪子裡幫忙，還有一份工錢；再說我在書院幫人抄書，給那些富家公子作文章，也有一份收入，有時候還不少。妳放心，我不會沒銀子花的，這些銀子妳幫我攢著，好過放我身上花沒了；攢著多了，咱再買幾畝地租出去，又是個進項，將來也不會委屈了妳。」

明瑜看了他一眼，又是喜又是羞地點了點頭，把銀子重又裝回荷包中，小心地放在袖子裡。

周耀祖看她那樣，感到高興得很，看著她這次帶來的包裹，又說道：「我有衣裳穿，妳在家要照顧家人又要操持家務，還要幫我做鞋襪，妳、妳不要太累了。」

明瑜連頭都不敢抬，只小聲道：「我、我不累。你在書院讀書，不能穿得太差了，會讓人看不起。」

「放心吧，比我條件差的人不少，我也不跟人攀比這些。」

「嗯，那你好生讀書，將來……將來……」

周耀祖嘴角揚了起來，笑道：「將來如何？」

明瑜抬頭看著他，看到他一臉的戲謔，又羞又惱，轉過身去不理會他了。

周耀祖轉到她面前，道：「妳放心，我一定好好讀書，將來讓妳過上好日子。」

「嗯。」

自明玨、明珩和周耀祖搬到城裡住後，有時候是喬明瑾接了喬母和明瑜一起到城裡看他們，有時候，是喬母帶了明瑜進城給他們送東西。

而雲錦和何氏夫妻也惦記著雲巒，有時候他們夫妻兩人忙，有半月、一月沒回去看孩子，雲家大舅和大舅母就會帶著孩子來看看他們。

偶爾雲家外祖父母也會隨車來下河村住一、兩天。

要是在以前，他們哪裡敢想？每天光忙著家裡地裡的活計就忙得不可開交了，哪有現在這樣的閒情？

天氣雖熱著，但喬明瑾和雲家、喬家人的日子都過得不錯。

這般的好日子過得飛快，一轉眼岳仲堯出去幫著押貨已經二十幾天了，在琬兒的心心念念中，這天，岳仲堯終於回來了。

第五十二章

岳仲堯回來的時候，已過了盛夏最熱的時候。

他進了青川城，連歇腳都不曾，也不顧王掌櫃的挽留，結了銀子，搭了一輛順風的牛車就回了下河村，風塵僕僕，一臉黑灰，衣裳鞋襪已是辨不出顏色，髮上沾滿了浮灰，背上只揹著一個不大不小的包袱，打著赤膊，露著黝黑發亮的精壯胳膊，略略有些疲憊，看來這一路奔波他是吃了不少苦。

岳仲堯沒有進村，先拐去了喬明瑾家裡。

越是離得遠了，就越是想念。這近一個月的奔波，他是無時無刻不在念著家中的妻女，也不知這一個月來母女兩人過得好不好，自己老娘有沒有給她氣受。

岳仲堯歸心似箭。

這般模樣的他站在琬兒面前時，嚇了琬兒一跳，她還有些不敢認。

喬明瑾看著這樣的岳仲堯也是吃了一驚。這一個月不到的工夫，他整個人黑了不說，臉上也鬍子拉碴的。

岳仲堯一手抱著女兒，一手訕訕地摸著下巴胡亂長著的鬍子，低聲道：「路上光忙著趕路，沒時間料理……」

他知道瑾娘最是喜歡乾淨的，自己這副亂糟糟的模樣，瑾娘定是不喜。

「琬兒，下來。」

琬兒一聽她娘吩咐，連忙從她爹的懷裡掙扎著下地。

「問妳爹吃過午飯沒有？」

「爹，你吃過午飯沒有？」小東西撲閃著眼睛仰著頭問道。

岳仲堯眼睛亮亮地看著喬明瑾，憨憨地笑著搖頭。

喬明瑾轉身想交代明琦去下一碗麵，瞧見明琦早已轉身進了廂房，只好自己去了。

「瑾娘。」

喬明瑾停住腳步看他。

岳仲堯把背上的包袱解了下來，邁了兩步，伸手遞給她。

「這是給妳和琬兒、明琦買的一些東西。」

喬明瑾本不想拿，但看著女兒一臉期待，她想了想，便接了過來。

岳仲堯咧著嘴笑了，又從懷裡掏了個荷包遞給喬明瑾。「這是這次押貨得的辛苦錢。」

「這我不能要，你拿回家給家裡用。」

「家裡我留了一些，這是給妳和琬兒留的。」

喬明瑾搖頭。「走，跟娘去廚房，讓妳爹先去洗一洗。」

她拎著包袱、牽著琬兒轉身去了廚房。

岳仲堯緊攥著荷包，愣愣地看著母女倆走遠，才把荷包揣了起來，轉身到廂房拿了留在那裡的衣裳去水井邊沖澡。

半個時辰後，待麵煮好，岳仲堯也沖好澡了，他頭髮洗了，鬍子也刮了，衣裳也洗乾淨晾好了。

琬兒看著煥然一新的爹，笑咪咪地跑上來拉岳仲堯的手。

喬明瑾看他在飯桌前坐了下來，想了想，沒走開，就當著他的面把包袱打開來。

琬兒也好奇地探頭去看。

包袱裡，有幾件岳仲堯的衣物，還有一路上他給琬兒買的小玩意，泥塑、蠟像、風車等等，還有給明琦和小滿買的頭花，還有好幾塊布料，是要給瑾娘和吳氏做衣裳的，說是從這次押貨的主家那裡低價買的。

另有幾個油包包著一些永州的特產，有芝麻酥餅、肉乾、蜜餞之類的東西。

喬明瑾只留了琬兒和明琦的東西，特產也只拿了一小部分，布料她沒有拿，又把包袱重新包好，讓他帶回岳家去。

岳仲堯見了，連忙道：「那煙青的布料是給妳買的。」

喬明瑾看了他一眼，道：「我這裡還有好些布料，也用不上，你都帶回家去吧。小滿要出嫁了，給她多做幾件衣裳也好。」

岳仲堯看她如此說，嘴巴張了張，終是沒說什麼。

琬兒來回看了兩人好幾眼，捧著岳仲堯給她買的小玩意，開開心心地倚在岳仲堯身邊，又哄得岳仲堯開懷了起來。

連吃了兩大碗的麵後，岳仲堯便拎著包袱出了門。

琬兒牽著他的手送了好長一段路，只是她害怕吳氏，就沒跟了去，看著岳仲堯走遠，她才悻悻地回了。

岳仲堯平安回來，岳家人自然也是開心的。

眾人圍著問長問短，岳仲堯大致地講了一番路上的情況。

吳氏看他頭髮濕著，衣服也是剛上身的樣子，顯然是從喬氏那邊回來的，她的臉色立刻拉了下來。

這真真是娶了媳婦就忘了娘了。

岳仲堯看著吳氏面上不豫，忙從懷裡掏了個荷包遞給她。「娘，這裡有三兩銀子，是這次幫著押貨主家給的，娘拿去家用吧。」

吳氏心裡又高興了起來，這可是三兩銀子呢！

原本兒子升了捕頭也才三兩的月錢，這雖沒了衙門裡的公差，讓她沒了好大一筆銀錢，不過老三現在竟又往家拿錢回來，怎不讓人心生歡喜？

況且兒子還惦記著她，給她買了布料和大老遠帶特產回來，她心裡的歡喜又添了兩分。

但轉念一想，老三可是從喬氏那裡回來的，只怕是好東西都拿去送給喬氏了，都讓喬氏把好東西先行挑走了，她面上又帶了氣出來。

「老三，你說，你是不是給喬氏帶什麼好東西了？竟是巴巴地往喬氏那邊把好東西放了才回來？」

岳仲堯無力地想撫額。

「娘，瑾娘什麼都沒拿，不過是拿了幾張酥餅，還有琬兒的幾件小玩意，那布料她都沒要。」

吳氏不信，正待再說，老岳頭在旁邊重重地哼了一聲，她才撇了撇嘴不說話，往包袱裡翻了翻，斷定喬氏定是把好東西留下了。

岳仲堯回來了，生活又變得簡單了起來。

吳氏因為要幫岳小滿準備嫁妝，且岳仲堯帶了三兩銀子給她，她也不好盯著岳仲堯太過，惹越來越長脾氣的三兒又發一頓火。

所以，岳仲堯有時候便在喬明瑾家裡多留上一段時間，陪女兒玩一會兒，或是看她寫幾張大字、打幾遍算盤才回家。

他小時候家裡窮，他娘一向認為莊戶人家懂得種地就成，會那幾個字也沒什麼用處；現在他看著自家女兒會識字，還會算數，會打算盤，心裡不知有多歡喜，覺得他家女兒比上河村據說兩歲能唸詩、五歲能寫文章的孩子不知要強出多少倍。

瑾娘雖從來沒開口讓他在家裡留宿，但也沒拒絕讓琬兒和他親近，令他心生歡喜。

而周晏卿來作坊，在喬明瑾家吃午飯，岳仲堯也是知道的。

他兩人沒避著人，岳仲堯有見過他數次。

每次周晏卿讓他寫和離書，岳仲堯就梗著脖子說若是他能遣來媒人，上門正式求娶，他就一定會寫一張放妻書。

周晏卿在他老娘那裡還未報備，未獲得通過，對於岳仲堯的挑釁也莫可奈何。

這日，周老太太收到京裡傳來的書信，特地把周晏卿叫到了正院。

「卿兒，你族叔有信來了。」

大熱的天裡，老太太一看到這個小兒子，內心就覺得清涼一片。

她老了，越老越覺得孤獨，越盼著兒女能繞膝。

年輕時候，不說庶子女在她面前討好巴結，就是親生的幾個孩子也總是成天圍著她，在她懷裡撒嬌，攆都攆不走。

她那時候要掌中饋，要管一家子吃喝，又要對付自家老爺後院的女人，還要忙著在婆婆、太婆婆面前立規矩，總覺得兒女們吵鬧得慌。

而現在兒女們一個個大了，她倒是又想要兒女們在身邊陪她說話解悶了。

周晏卿剝了一個葡萄遞到老太太嘴邊，笑咪咪地問道：「族叔信裡都說什麼了？」

「說是仲秋節的時候，宮裡今年準備大辦，不說各宮娘娘，就是宮裡各處，京中的貴人、官家那都是需要裁新衣的。你族叔來信讓你大哥和你幫著準備一些時興的料子，咱家的布料生意掙不過別人，但分杯羹還是可以的。」

周晏卿點了點頭，道：「這兩年年景好，四海昇平，除了仲秋，還有宮裡的太后今年是整壽，必是要大辦的，還有皇后千秋也在冬日，京裡人家也多喜歡在秋冬日成親，咱家雖說要不來布料的供奉，但多準備些布料送往京裡，還是可以分杯羹。」

老太太欣慰地看著這個有出息的小兒子，道：「家裡多虧有你大哥和你，不然這一家老小只怕要吃老本了。北邊有你大哥照應著，又有你族叔幫襯，他雖一個人在外頭，為娘其實不擔心他；倒是你，這麼些年了，你也二十好幾了，還沒成個家、沒個子嗣——」

「娘，這哪裡是能強求的。」

周晏卿打斷老太太的話，又道：「兒這回必定要娶一個跟兒貼心的人兒回來，我們會再生一堆兒女讓娘幫忙帶著，到時給娘養在身邊解悶逗趣。」

老太太聽完笑了起來，道：「那敢情好，你族叔在信中還問起你的婚事呢。這天氣已經不熱了，你真的不跟為娘說說你藏起來的那個可心人？」

周晏卿聽了，抬頭看了老太太一眼，小心翼翼地問道：「娘，萬一我瞧中的可心人，娘看不中怎麼辦？」

老太太愣了愣，盯著他眨了眨眼睛，才道：「卿兒瞧中的定是好的，娘怎會看不中？只要卿兒覺得好，娘定也覺得好。」

周晏卿眼睛亮亮的，道：「真的？」

老太太瞧著他，笑著點頭。「當然是真的。」

看周晏卿一臉的歡喜，她又問道：「這回能跟娘說一說是什麼人家了吧？」

周晏卿看了看老太太的臉色，好像沒什麼異樣，這才緩緩說道：「那人真的是個好女子，長得好，識字，懂看帳本，又知事明理……」

老太太聽完笑了起來，說道：「咱這樣的人家，那管事娘子、娘身邊的丫頭還不都是識字、懂得看帳本的？尋常人家只要不養歪的，哪個不是知事明理的？」

周晏卿被老太太說得噎了噎，又急忙說道：「她雖生在小戶人家，但瞧著實在是大家裡出來的。不是我誇她，咱家幾個嫂子還沒她的那個氣度；再說她家不是商戶，她爹和她弟弟都是秀才，她還有一個弟弟讀書也很厲害，家裡雖沒什麼家資，卻是真正的耕讀之家。她爹若不是身體不好，早些年家裡又不甚好過，舉人、進士都是唾手可得的，嫁到咱這樣的人家也不算高攀了。」

老太太大感興趣。

「喔？還是個耕讀之家？她爹和她弟弟都是秀才？」

周晏卿連連點頭。

老太太嗯了一聲，點頭說道：「若真是這樣的人家，那養出來的女兒，定是不會差到哪裡去。咱家雖然在京裡有你族叔照應著，但你爹生了六個兒子，也就你三哥是個會讀書的，但至今都還是個白身。好在文軒那孩子倒有他幾分聰明勁兒，現在又被你族叔接去京裡跟他孫兒們一塊讀書去了，將來若是他有出息，咱家也能再進一層。若是你說的那個姑娘將來她兩個弟弟都是有出息的，那對咱家也是個助力。」

周晏卿聽了連舒了幾口氣，頓時覺得身輕二兩。

老太太看了他一眼，又說道：「那姑娘姓什麼？家住哪裡？你這藏得可好，總不跟為娘說她家的事，為娘到現在都沒見到人。這兩家要說親，總得見上一面，互相瞭解一下情況不是？說不得只是你剃頭擔子一頭熱呢！」

周晏卿聽了連忙搖頭。「不會的，她也願意的。」

老太太眼睛一睇，道：「你跟人家……嗯，私相授受了？」

周晏卿聽了慌忙又搖頭，道：「哪有的事？娘可別把兒子想成那般不堪之人，再說人家還要名聲呢。」

老太太盯著他看了一會兒，道：「那你如何得知她心意的？」

周晏卿舒了口氣，道：「娘，我又不是頭一回成親了，這回定也是要尋個知情識趣、貼心的人回來，當然是要好好試探一番了。」

老太太嗯了聲，也沒問他是如何試探的。

「那你總得說是哪家人家，姓甚名誰，又住在何處吧？也好讓為娘替你謀劃謀劃啊，不然你還要拖到什麼時候？之前不是說希望年前就把人娶回來？」

周晏卿心裡有些為難。

他並不想這麼早就讓老太太知道瑾娘的身分，彩衣娛親還沒有收到最好的效果，他娘雖疼他，但她也太疼他了。

老太太從來都是一個極有原則的人。

他原想著走什麼捷徑，之前也做了一些計劃，後來因瑾娘不喜，他就不打算繼續那找人家認乾親、買身分的事了。

後來他又想著要慢慢讓他娘喜歡上瑾娘，慢慢打入老太太的心房，也好謀劃。

瑾娘就像那藏在地下很多年的陳酒，只有慢慢品味，才越品越香醇，只有接觸得久了，才能慢慢感覺到她的美好。

一開始若沒準備好，只怕會適得其反。

「別是有什麼不妥吧？」老太太看周晏卿久久不語，幾不可聞地擰了擰眉，忽然出聲問道。

周晏卿連忙斂住神，說道：「沒有的事，只是她家不是城裡的，是住在松山集下面的村子裡。娘，妳不會嫌棄人家家裡沒錢又是住在鄉下吧？」

老太太看著兒子這副小心翼翼的樣子，笑了起來，道：「你娘是個嫌棄人家家裡沒錢財的人嗎？都說抬頭嫁女，低頭娶媳，咱家也不缺錢，哪裡指望媳婦娘家是個家資豐厚的？又不是指望著媳婦的嫁妝過日子。」

周晏卿作勢舒了一口氣，道：「我就知道娘不是這樣的人，咱家幾個嫂子家裡都不錯，我這不是怕她嫁妝少讓人看不起嗎？」

老太太笑著點了他兩下。「誰不知道周家六爺是個有錢的，怕她進門嫁妝少了會被幾個妯娌看不起，你還不會在婚前偷偷塞幾張銀票過去啊？」

周晏卿撲過來抱住老太太的胳膊，道：「我就知道娘是個開明的。我一定是上輩子燒了高香了，才能投生在娘的肚子裡。」

老太太心生歡喜，哈哈大笑，作勢拍了他一記，道：「你就會做怪。那姑娘姓什麼？」

周晏卿心下正歡喜著，隨口就說道：「姓喬，是家中的長女，如今她家也好過了，還在城裡買了屋，供兩個弟弟在城裡書院讀書呢。」

老太太得了她想要的消息，就不再糾纏了，只和兒子說著家中的趣事。

待周晏卿走後，周老太太倚在榻上，神情肅穆。

隔了好久，她才對林嬤嬤問道：「給六爺趕車的叫什麼？」

林嬤嬤恭敬回道：「是二憨子。」

「把他偷偷叫過來。」

「是。」

不一會兒，叫二憨子的車伕就被林嬤嬤偷偷帶來。

二憨子在周府裡給各主子駕車已經好幾年了，因為他有一身力氣又忠厚老實，不愛跟下人在一起多嘴，故各房主子出門也總喜歡叫他趕車。

後來他被周晏卿瞧中了，出門的時候便隔三差五地叫他趕車，慢慢的，他就專門給六爺趕車了。

二憨子被林嬤嬤帶到正院的時候，心裡直打鼓，兩腿直打顫，不知他犯了什麼錯。這周府裡面，時不時就有奴才暴病身亡，或是被打板子，或是攆出門發賣，多得很。他不想出頭，就想有吃有喝不餓肚子就成，所以一直老老實實的，從不往人前湊，話也不肯多說兩句，現在怎麼就被老太太盯上了？他沒做什麼不軌的事啊？

二憨子身子俯著地，頭也不敢抬。

老太太對林嬤嬤使了個眼色，林嬤嬤連忙上前把他扶了起來，還替他拍了拍沾了灰的衣角。

「你別怕，老太太就是怕六爺在外吃喝不好，學了壞，把你叫來就是問問六爺平日裡都去了哪些地方，可有跟一些不好的人去了一些不好的地方？」

二憨子舒了口氣，覺得整個人又活了過來。

「老太太，您就放心吧，六爺好著呢！每回出門，石頭都給六爺準備了吃的喝的，車上還放了冰盆，餓不著、渴不著六爺的。這段時間，六爺每天就是忙著生意上的事，連和朋友出門應酬喝酒都少了。」

老太太坐在椅子上邊聽邊點頭，徐徐說道：「我瞧著六爺這段時間瘦了不少，也曬黑了不少，可見是忙著生意辛苦了。我一個內宅老太太，也幫不上他什麼忙，就只會在後院瞎操心，都不知兒子在外忙什麼生意。」

二憨子的心徹底放了下來，老太太把他叫來真的只是問問六爺的事呢，真是可憐天下父母心。

「老太太放心吧，六爺心裡有數呢。就是去的地方遠了些，車上雖有冰盆，但走到半路就化了，這天又熱，路也遠，可不就瘦了些、黑了些。」

老太太直起身子來，道：「冰盆化了，就多帶幾個啊，家裡又不缺。」

「不成的，那路遠著呢，再說回來的時候也沒有冰啊。」

「都去哪裡啊，這麼受罪？」

二憨子覺得老太太一個婦人，年紀這麼大了還要為兒子操心，心下感動，猶如竹筒倒豆子一般，把六爺平常去的地方、見的什麼人、送的什麼東西，連吃的什麼東西、說過的話，都報得一清二楚。

說完了之後，他對老太太賞他的二兩銀子還覺得燙手。

老太太這麼關心六爺，還要擔心他吃喝，老太太真是不容易。

二憨子走後，林嬤嬤小心翼翼地看了老太太一眼，見老太太正倚在榻上瞇起了眼睛，嚥了嚥口水問道：「老太太，要不要奴婢把石頭叫來問一問？」

老太太眼睛睜開，緩緩說道：「不用。妳明天悄悄地叫了人，往書院胡同那邊瞧一瞧那家姓喬的兩個兄弟，再尋了人到下河村打聽姓喬的人家。」

「是。」林嬤嬤應了一聲。

看了老太太一眼，她想了想又說道：「老太太也別想太多，等明天打聽了情況……」

老太太垂在一側的手動了動。

「好，明天一早妳就安排了人去打聽。」

「是。」

周府的老太太周林氏，年近花甲，是青川城大戶人家公認的厲害人物。

老太太娘家姓林，家裡也是大戶，一方商賈，在當地也是數一數二的門戶。在老太太嫁過來之前，林家比周家境況還好一些，家產田地鋪子也比還要更多一些。

老太太的爹原本是想把老太太嫁給官宦人家的庶子，家裡有個官家女婿，能幫著各處打點，對家裡的生意絕對是個大助益。

只是老太太自己看中了周府的老太爺。

周老太爺年輕時太過俊逸風流，另一方面是老太太認為低嫁能換來婆家看重，娘家又得力，將來日子總好過在官宦人家看人臉色。

若嫁的是官家嫡子還好，可她爹為她找的是官家的庶子。

這庶子和嫡子可是兩回事，家裡不說家財能分多少，就是在家裡能說上幾句話，對娘家又有幾多助益都還不知道；若是被厲害的嫡母壓著，只怕一輩子都熬不出頭，只能在後院裡熬日子。

事實證明，老太太是極有先見之明的。

不說老太太當時十里紅妝下嫁，就是後來周府生意周轉不靈，幾乎顛覆，都是靠著林家，靠著老太太的嫁妝才算是緩過一口氣。

再後來，周家的掌家人相繼去世，周老太爺也在中年去世，只留下老太太一個人帶著三個嫡子，幾個庶出子女。

老太太一個人要養孩子，要掌家業，要主持中饋，又要對著虎視眈眈盯著他們這一房家產的族人……

好在老太太慧眼識人，拿了大筆家資供京裡那一支周家走仕途買門路，硬是把京裡那一支拱了起來。

這些年，青川城周家這一房在京裡那一支的支持和幫襯下，生意不僅在青川城及鄰近做得大了，還在京都站穩了腳，又把生意做到東北、西南，乃至各地。

周老太太算得上是周府實實在在的掌家人物。

雖然她年紀大了，幾個兒子也長大了，幾乎都不用她操心了，各自能掌一面，如今她只在周府安享晚年，但即便這樣仍舊沒人敢在她面前弄鬼，拂了她的意思。

周府的老人、新人被林嬤嬤一番吩咐下去，還有什麼查不出來的？

連喬明瑾是如何嫁給岳家的，岳仲堯當初是如何得了喬父青睞的，她又是什麼時間嫁的，陪嫁的是什麼，連琬兒的穩婆是哪個，都被林嬤嬤打聽了出來。

林嬤嬤在老太太的正院把打探來的消息一一回稟了後，在周老太太身邊大氣都不敢喘，小心翼翼地看著老太太的神色。

周老太太聽完面上不顯，方才還端坐在榻上，如今已經是重新倚了回去。

她的手指又開始在大腿一側敲擊了起來。

林嬤嬤拱肩縮背，喘氣輕得幾不可聞，生怕打擾到老太太。

她在老太太身邊幾十年了，又是貼身伺侯的，老太爺去世後，每晚都是她在老太太的腳榻上陪睡，老太太是個什麼性子，還有誰比她更清楚？

她越是眉眼不動聲色，越是厲害，這會兒只怕是內裡氣得狠了。

「妳說她這會兒還未和她男人和離？」

林嬤嬤回過神來，連忙小心地回道：「是，她還住在下河村呢，只不過夫家住在村裡頭，她則帶著女兒另起了屋子住在村外頭。」

周老太太聽了，嘴角翹了翹。林嬤嬤一時沒看清。

「她夫家父母還沒死吧？」

「沒呢。」

「這便鬧著分家獨居了？還威脅上夫家了？」

林嬤嬤沒敢應，只往裡又挪了挪，縮在陰影裡。

她再聽老太太說道：「不說她的身分，就這分心性……嘖嘖，若娶回家來，還不鬧得他們兄弟幾個不和？」

林嬤嬤連嘴都不敢張了，她能說什麼？

「這還沒和離便攀上老六了。人往高處走是沒錯，可撿高枝也不是這麼撿的……一個外來的破落秀才罷了，倒真真敢想。」

老太太自言自語了一陣，忽得又擰起了眉頭，往林嬤嬤那邊看去，問道：「妳說她那個妹妹訂的是咱家族裡的？」

林嬤嬤連忙回道：「是，是旁支七老太爺的孫子，大名叫耀祖。」

老太太又敲起手指來，對著林嬤嬤道：「那個耀祖我知道，書讀得不錯，就是命歹了些。」頓了頓再道：「妳說，是不是耀祖對他們家說了些什麼？往常大節小節的，耀祖也會來咱府裡磕頭，莫不是瞧了咱府的富貴，知道咱們周家子弟的前程有京裡照應著，想著來靠一靠？」

她沒等來林嬤嬤的回話，又自說道：「他們家還不知是哪裡逃荒到咱們這個地界的，她那兩個弟弟就是讀書再好，沒個人引見，沒門路，沒銀錢打通，哪裡能走到授官那一步？這寒門學子，多少人中了進士，哪怕是二甲靠前，沒有人脈銀錢，多少人都只在家裡窩著呢，到頭來還不是在哪個書院當個窮教書匠了事？巴上咱家，倒真真是條好路子。」

林嬤嬤看了老太太一眼，連忙附和道：「可不是？京裡那一支若沒咱家的銀錢支撐著，他們也坐不到如今的位置，這會兒也不會投桃報李把文軒少爺帶進那府裡和其他少爺一起學習。這幾年，他們倒是扶持了好幾個族裡讀書不錯的，都得了不錯的官身呢。」

周老太太倚在榻上，靜靜地躺了小半個時辰，才又問道：「前幾天京裡送來的雪緞，我分了幾疋給老六，可是還在？」

林嬤嬤嚥了嚥口水，小聲道：「都還在聽風院呢。」

老太太哼了一聲。「倒是乖覺，那雪緞可不是她能用的。」

林嬤嬤小心翼翼地看了她一眼，道：「那要不要吩咐廚房停了魚丸的製作？就跟大管事說府裡的採買有限，不讓六爺往外拿了？」

老太太擰了擰眉，才道：「那倒不用，現在老六熱乎勁還沒過，先不要打草驚蛇，不然將來老六會怨上我，弄不好會母子反目……」

林嬤嬤想起六爺執拗的性子也有些頭疼。

這事還真不大好處理，一個不慎，六爺若跑到不知什麼地方去，弄得母子幾年不見，到時六爺索性在外頭尋了一門妻室，老太太只怕也奈何不得他。

就算老太太不應，為了子嗣，她難道能一直不應？

老太太能再活多少年？將來這個家必是大爺和六爺掌著的，就連族長還不是都得看六爺的臉色？

到時堵心的只會是老太太。

林嬤嬤嘆了一口氣，道：「那不驚動六爺，要不要奴婢使了人去敲打那喬氏，讓喬氏打消了念頭？」

周老太太聽了這話認真的尋思了起來。

她那兒子可是吃軟不吃硬的，只能順著他；就是他再孝順，萬一不對他的意思了，到最後，母子兩人可能會形同陌路。

這幾年，難得他遇到一個可心的人，這會兒又正熱著。

老六這邊不好驚動，還是要從那女子那邊著手。

這樣打探下來，那女子也是個聰明的，在得不到她周家的允諾時，就沒對姓岳的放手，她是要兩手抓呢。

哼，一顆心哪能分成兩處？腳踏兩船若是不穩當，到時只怕會雞飛蛋打，兩處都不討好。

一個莊戶人家養出來的女子，老太太還不放在眼裡。

要對她使手段，她能想出千條百條來，她就不信喬家能為了她一個出嫁女捨下她那兩個弟弟；且不說她那兩個前途不明的弟弟，就是她父親已經考出來的秀才功名，周家都能讓它沒了。

「這事先不要急，要慢慢來，萬不可驚動了老六。老六這些年也不是白歷練的，家裡他的耳目也不少，稍一有風吹草動，他就能知道。」

林嬤嬤低垂著頭，應了一聲，又小聲說道：「老太太是想把六爺支開？」

老太太沒點頭，只道：「老六前一陣子不是還說想去西南嗎？」

林嬤嬤點頭。「六爺是這麼說的。」

老太太這才點點頭。「一會兒妳把大爺留下的大管事叫來，我要吩咐他一些事。」

林嬤嬤明白了。「是。」

許久，看老太太擰眉不說話，林嬤嬤便再小聲說道：「老太太不是說京裡周大人來信，說給六爺物色了一個三品大員家的庶女給六爺嗎？老太太還沒拿定主意？」

周老太太閉著的眼睛睜開來，緩緩說道：「我沒忘，只是原先給老六尋的那個媳婦，很不得他喜歡；之後，她自己也不爭氣，竟然帶著肚裡的孩子走了，害得老六空守了這麼些年。看他鬱鬱寡歡，我本想著這回定讓他自己尋一個可心的……我從小最疼的就是這個么兒，最想的就是要讓他開心了，他跟我說他終於找到一個可心的女子了，我見他開心，也替他高興得很；沒想到，竟是這樣的……」

林嬤嬤連忙附和道：「可不是，這六爺這次瞧上的人著實是有些不堪。不說是小門戶，還是鄉下人家，且還是嫁過人的；這還不算，她還生了一個幾歲大的女兒，這真真是……六爺怎麼會瞧上這樣的女人？」

第五十三章

林嬤嬤就算沒有抬頭，也聽得到老太太磨牙的聲音

只聽老太太又說道：「我周家在青川城何人不知，哪個不曉？這偌大的家業，就是什麼都不做，一家人躺著吃老本還能吃上好幾十年，哪家人家不削尖了腦袋想把養得最好的女兒往咱家送的？那黃花大閨女、官家千金，我還得細細挑揀一番呢。」

林嬤嬤忙道：「可不是，不說青川城的媒人拿著厚厚的冊子來給我們六爺挑揀，就是京裡周大人都在京裡到處幫著尋摸，還說只要六爺想要什麼樣的人，他就能挑什麼樣的人。」

老太太幾不可聞地點了點頭。「這老六雖說拖了幾年，但我還真不大為他的婚事擔心，畢竟咱家的門戶放在那。」爾後又重重地哼了一聲，道：「這嫁過人的女子最是懂男人的心思，老六又是個不好女色的，難得遇上一個知情識趣的，可不就覺得千好萬好了嗎？想來那喬氏只恨不得時刻黏巴著老六呢。」

林嬤嬤應和道：「是啊，咱家是什麼人家？在青川城裡，誰不知咱家六爺最是有本事了，有錢還不好女色，京裡的官家千金都願遠嫁過來，更不要說一個要休離的婦人了。」

老太太再重重地哼一聲，道：「她倒是想得好！我都還沒死呢，若真讓老六娶了她進門，將來我死了，如何去見周家老太爺和老太太？」

林嬤嬤看老太太氣得不輕，想了想又道：「沒想到那根雕的主意是她想出來的，聽說那雅藝工坊還有她的股份呢。」

老太太聽完又哼道：「她一個鄉下破落戶，能識兩個字都已是不得了，哪裡能想出那等好主意？我聽說自作坊開了之後，她娘家日子也跟著好了，又是買田又是置地的，她爹都能吃得起好藥材了，那人參、鹿茸聽說沒少吃呢！還不是老六為了討好她，特在她家門口建了這麼一個作坊，想給她家一份收入？巴著我周家她倒是雞犬升天了。」

她又想起聽石頭說，老六還把家裡各處的帳冊都交給她看核，更是氣得不輕。她還沒進門呢，就想打理起周家的家業了？想窺視周府的底子了？還想掌周府的中饋不成？真真是膽色不小，圖謀不小呢！

老太太又招來林嬤嬤迭聲吩咐下去。

林嬤嬤連忙點頭應了，手忙腳亂地吩咐一干人等下去辦事。

王掌櫃請了岳仲堯押過一次貨後，從同去的人口中得知岳仲堯的種種表現，滿意非常。他的東家請人押貨，大多都是找家裡的護院及家裡的下人，瞧著人多，又是十幾二十輛車不大不小的商隊，外人瞧著熱鬧，只內裡自家人知道，若是遇上狠角色，這些押貨的下人都抵不過人家幾招。

雖然這兩年邊關太平，內裡朝廷也是大力整治，占山為王、殺人越貨的事少了不少，但仍不是沒有。

窮瘋的人，或是犯了眼紅病的人，哪年、哪月都少不了的。

若是有多幾個像岳仲堯這樣從死人堆裡爬出來的硬角色，大概他就能安穩地一覺睡到天明了。

所以自岳仲堯押過一次貨，結了銀子回去後，王掌櫃又請了人去找他。

「岳捕頭，我們掌櫃的可是很器重你哪，報予東家知道，東家也極重視，說只要岳捕頭願意，工錢方面可以商量；若遇上農忙秋收，並不會強求，定是讓岳捕頭兩頭能兼顧，不影響家裡的。」

岳仲堯對於王掌櫃這麼看重他，還從城裡派了人來找他，很是心生感激，聽了那位管事的話，他沒當面應下來，但話也沒說死，只道：「多謝王掌櫃和你們東家看重，岳某就是為了能多照顧家裡，才辭了公差回鄉，若是王掌櫃有困難，偶爾幫幫忙，岳某不會推辭。」

那來的大管事大喜，又許了一些好處，兩人相談甚歡。

岳仲堯也應下若是真的有需要，他會考慮的。

那人得了岳仲堯的諾，喜孜孜地回城去了。

而岳仲堯自辭了公差回鄉後，胸中的迷茫徬徨不安，已經消逝大半。

如今這樣，他能在妻女身邊，日日守著看著，偶爾有那樣押貨的生意可做，多少是個貼補，比之他在衙門裡當捕頭得的也不少，如此倒算是兩全了。

有銀子在手，可供妻女花用；小滿嫁人後，過完年把家分了，他可以慢慢暖了妻子的心，再生幾個孩兒……

岳仲堯的心又安了幾分。

喬明瑾對於外面的事，不關己的一向不大關心。

前世她奔波勞碌，又得到了什麼呢？

這一世，她有家、有孩子、有父母家人，有人關心她，也有她要關心的人，就算她一輩子走不出百里地，也夠了。

暑氣漸漸消散，再加上明玨、明珩兄弟倆已是搬到了城裡，也都進了書院，若是衣冠不整，可能會被人恥笑。

城裡能進書院就讀的人，都是家裡能過得去的人家，就算明玨和明珩懂事，不與人攀比，但同窗間來往，明玨還要在外與人會詩會友，仍不可穿得太差。

以前在綠柳山莊，兩兄弟不常出門，劉員外也會吩咐下人幫他們裁做衣裳，兩人的衣裳倒是不用家裡多操心。

如今兩人的衣物，全是要由家裡來操持了。

喬明瑾和喬家現在日子過得好了，就讓雲錦買了好些布料回來，又送了一些到娘家。

雖然有藍氏和明瑜在做，但喬明瑾也沒閒著。

除了查帳，她便在家給兩兄弟和明琦、琬兒裁秋冬的衣物鞋襪，還要納鞋底、繡鞋面、做鞋子。

她自己的鞋子倒是不怎麼消耗，一個季節頂多兩雙鞋子換著穿，只是琬兒和明琦的鞋子磨得特別快。

這日，明玨和明珩陪著喬母、明瑜去街上買東西。

現在家裡日子過得好了，地裡的活不用喬母操心，都請了長工，所以家裡的活計也不用藍氏操心了，全是喬母來做。

於是藍氏現在便又有閒情逸致繡大幅的刺繡了，她說是要繡一幅大的屏風，給明瑜陪嫁，所須的針線也多了起來。

明珩和明玨陪著母親和明瑜自布莊出來，幾人身上都扛著大包小包，累得明珩夠嗆。

「娘，怎麼不叫二姊夫跟出來？我都拿不動了。」

明珩把包裹往肩上又提了提，向喬母抱怨道。

「來給娘拿。你這孩子，你二姊還在呢，哪裡能讓你二姊夫出來跟我們一起逛？」

喬母說著就要去拿明珩的包裹，被明珩閃開了。他也就是抱怨幾句，不明白娘為什麼要避著周耀祖罷了。

「二姊夫都和我們是一家人了，為什麼不能和我們一起出來逛？」

「沒聽過男女授受不親嗎？」

明玨邊說著邊把他肩上的包裹拿了過來。

明珩撇了撇嘴。看到明瑜已是臉上紅霞遍布，倒也不好再說什麼了。

母子四人找了個茶肆坐下來，要了些點心和茶水，坐下歇腳。

「娘，我和弟弟有衣裳穿，您和大姊不要再給我們做了，哪裡能穿得了這麼多？去年做的都還好好的呢。」

上了茶後，明玨給喬母先倒了一杯，說道。

「你這孩子，咱家現在又不是買不起布。你和珩兒現在都到城裡來了，哪裡還能當在鄉下一樣？穿得差了，被同窗笑話可不好。」

明珩不以為然。「笑就笑唄，誰管得了他們？只要我和哥哥書唸得好就成。」

明瑜看著他笑了起來，道：「大姊說了，別人要說什麼咱雖管不著，但也不能因為別人而影響了心情。咱誰都不是聖人，若遭了人嘲笑，心情也要壞兩分，那時候，只怕就沒心情讀書了。」

明玨聽了，對喬母說道：「娘要見了姊姊，就和她說我和弟弟休沐了就回去看她。衣裳我們已經夠穿了，讓她閒時慢慢做就好了，姊的事也不少，她有作坊的事，還有明琦和琬兒要操心。」

他轉頭看向明瑜，說道：「明瑜，妳也不要太操心我們，妳的嫁妝要繡起來了。耀祖是個好的，他不是個會與人攀比的人，這段時間妳給他已做了好幾身衣裳了，他也說讓妳不用再做了，說是夠穿了。」

明瑜聽了臉色通紅，手腳都不知如何放了，只低頭喝茶。

母子四人圍坐一張茶桌前聊天，聲音並不小，全落在了旁邊一桌客人的耳朵裡。

一開始，那兩人還只是臉帶笑意地聽著，後來聽得他們自稱姓喬，便好奇地往明玨那一桌看去。

這一看，他們倒是愣在了那裡。

喬母領著三個孩子吃茶、吃點心，只顧著和三個孩子說話，吩咐明玨、明珩兄弟倆一些事，不曾看見旁邊有人在看他們。

而明玨他們三個也正專注地聽母親說話，況且茶肆人來人往的，聲音嘈雜，他們都不曾注意到別的。

而旁邊那兩個人，看上去穿得比街上尋常百姓要好上一些。那個年紀大些的，冷靜沈穩，瞧著有四、五十歲的年紀，旁邊的是個二十來歲的年輕人。

年紀大些的腰上還別著一個通體綠汪汪的玉珮，瞧著應是個好物，看著便像是個體面人。

年紀大些的一直盯著明珩和明玨兩人來回看，而年紀輕些的覺得詫異，也盯著喬氏一家人來回打量。

但兩人都沒湊過去，面上也不動聲色。

直到喬母帶著三個孩子吃完結帳走了，那兩人都未上前搭話，只匆匆結了帳，遠遠地尾隨了去。

明珩給喬母叫了一輛馬車，吩咐車伕把人安全送到松山集的雲家村。

「明珩，你可要好好聽你哥哥的話，莫淘氣了。」

喬母看明珩應了，又叮囑明玨。「若是有什麼事一定要打發人送信回來。」

「放心吧娘，不用替我們擔心，娘有空就和爹帶著祖母到大姊那邊走走，或是接了大姊和琬兒到家住幾天。」

「娘知道了，過幾天我就打發人去喊你姊來家住幾天，你祖母也常念叨你姊，最是放心不下她。」

明玨點頭。

「快走吧娘，一會兒天就要黑了。」

明珩在旁邊著急催著喬母。

「你這孩子。那娘和你姊姊回了啊！」喬母嗔怪了小兒子一句，便扶著明瑜登車走了。尾隨在後邊的兩人遠遠聽到明玨對車伕說的話，說是送到松山集雲家村。

兩人看兄弟倆往書院方向去了，就遠遠地在後面跟著。

周府裡，周老太太的正房。

周晏卿這日沒有去下河村，早早就回了府，照常往老太太的正院蹭晚飯。

「娘啊，今天給兒子做什麼好吃的了？要開飯了沒？兒子餓狠了。」

老太太在屋裡聽著周晏卿漸行漸近的腳步聲，揚了揚嘴角，朝林嬤嬤使了個眼色。

林嬤嬤會意，三步併做兩步打起簾子迎了出去。

「六爺今兒個回來得早，快進屋吧，屋裡放著好幾個冰盆，涼快著呢。奴婢這就叫小廚房把飯菜都端上來。」

周晏卿把手裡的一包點心遞給林嬤嬤。「有勞嬤嬤了。這是杏花樓的雲片糕，特意給嬤嬤帶的。」

林嬤嬤接過點心，笑得見牙不見眼。「哎呀，六爺這還想著奴婢呢，知道奴婢最喜歡杏花樓的雲片糕，還熱著呢……奴婢多謝六爺了。」

周晏卿笑了笑，道：「這值什麼？我路過杏花樓打發石頭去買的。林嬤嬤跟著我娘陪嫁到府裡，也幾十年了，勞苦功高。我還記得我小時候，娘沒空管我，都是林嬤嬤帶我呢。」

林嬤嬤聽了，心裡熨貼。

她隨老太太陪嫁到周府，年輕時又遇人不淑，後來只好自梳留在老太太身邊。

同時陪嫁來的幾個丫鬟，哪個不是兒孫繞膝的？就她孤伶伶一個，也不知老了可有人起骸骨，逢年過節也沒個人燒紙錢。

有時候，她不是不後悔的。

這會兒看到六爺還記著小時候的恩情，她心裡高興，便道：「六爺還記得呢，能陪在老太太身邊也是老奴的榮幸。」

周晏卿看著她花白了一半的頭髮，道：「嬤嬤放心吧，以後就安心在府裡養老，將來有我呢。」

林嬤嬤喜不自禁。六爺這是說她死後要幫著收骸骨，不會隨便把她丟了。

她對著周晏卿深深地福了下去。「老奴多謝六爺了。」

周晏卿虛扶了一把，轉身就要進屋裡。

林嬤嬤朝他張了張嘴，看他很快閃身進了屋子，又把嘴閉上了，搖了搖頭去了小廚房。

老太大看見周晏卿走進來，作勢不高興地撇了撇嘴。「都聽見聲音了，還不進來，跟個老貨在外頭說叨些什麼。」

周晏卿緊走兩步，挨著老太太坐下。

「娘可是想兒子了？」

看老太太在他身上拍了一記，她陪著說笑了兩句，才正色道：「娘，找大管家看看咱府裡有多少像林嬤嬤這樣的下人吧。年紀大的，若是有人奉養，就還了他們的身契，給一筆銀子送他們出府榮養；若是像林嬤嬤這樣沒有依靠的，就允他們在府裡養老，將來身後事也由府裡統一安排。咱家莊子多，就連山頭都有好幾個，將來就把他們統一送到咱家哪個山頭上去，或是在祖墳那邊闢一塊地出來，給他們用。」

老太太沈吟了一會兒，才道：「埋在祖墳那邊不是咱們一家可以做主的。若都是像林嬤嬤這樣忠心耿耿又沒有依靠的，就在咱莊子上或尋一個山清水秀的山頭，專門做此用處。」

周晏卿聽了忙誇道：「就說娘最心善了，若是府裡的下人知道了，還不得把娘供起來啊？只怕連青川城的人牙子，都巴不得連夜把人送進我們家服侍呢，哪裡再去找像娘這般好心的主家了？」

周老太太被周晏卿哄得開心，笑聲不斷。

母子兩人用過晚飯，便坐一塊聊天。

「卿兒，你大哥今天來了信，說你族叔透露京裡今年需求的布疋量大，宮裡今年興起了蜀錦，你大哥特地讓家裡派可信的人到西南那邊大量採購；又說這些蜀錦是要挑了送給京中貴人及宮裡用的，讓為娘派可靠的人去辦這件事。你說派誰去好？」

周晏卿聽了有些不解。

西南的生意一向是他管著的，這生意上的事，他大哥向來都是直接寫信跟他說，或是派心腹直接找上他，怎麼這事他不知道，大哥反倒跟他娘說了？

「娘，大哥的信呢？」

「娘收起來了。卿兒這是要看？那娘給你找找，也不知林嬤嬤那個老貨把信放到什麼地方去了。」

周晏卿看他娘作勢要下榻，連忙扶住她，道：「不用了娘，娘跟我說說就成。」

周老太太看了兒子一眼，鬆了口氣。

周晏卿扶著老太太在榻上坐好，又用銀叉子給老太太叉了一塊生果。

周老太太伸手接過，小口咬著，用眼神偷偷地瞟了周晏卿一眼，手指鬆了鬆。

周晏卿自己也吃一塊，方對老太太說道：「娘，大哥信中真的說京裡大量需求蜀錦？」

老太太裝作不豫，瞪了他一眼道：「娘還能騙你？」

周晏卿笑嘻嘻地道：「娘，兒沒那個意思。」又皺著眉說道：「歷來錦不如綢得人喜歡，況且在京裡蜀錦賣得還不如雲錦，這怎麼忽然興起蜀錦來了？」

老太太看著周晏卿在一旁皺眉，生怕這個精明的兒子察覺出什麼，急忙說道：「太后畢竟年紀大了，興許看不上那光滑又色彩豔麗的綢緞，就喜歡蜀錦呢。再說了，京中貴人的品味，咱哪裡知道？幸好有你族叔和大哥在京中有關係人脈，不然我們這還不知道這京中的動向。若這次搶了先機，購得好的蜀錦，運到京裡，沒準兒我們家還能得貴人青眼，不說再往前進一進，就是咱家這個年也能好過不少哪。那些掌櫃、管事跟著我們周家都久了，過年正好封一個厚厚的紅包給他們。」

周晏卿笑了起來，道：「娘，瞧您說的好像兒是那種苛待下人的主子一樣。」

老太太看了他一眼，也跟著笑道：「我兒自然是大方的，但哪有人嫌錢多的？若這蜀錦賣得好，下面的人跟著得了好，忠心做事，或許我們周家還能再興盛幾年呢。」

周晏卿笑道：「娘放心吧，兒和大哥都不是那等苛刻的，咱家的家業在我們手裡必不會敗了去。」

老太太欣慰地點頭。「這便好，我還生怕百年後無顏去見你祖父、祖母，那這次的事你定是要好好辦了。」

周晏卿點頭，道：「娘放心，兒明天就安排人到西南去。」

老太太扭頭看向他。「卿兒不去嗎？」

周晏卿有些詫異。

就算這次蜀錦很重要，但也沒必要讓他親自去啊？

他底下的人都是做熟的，到西南採購一批蜀錦還不是極簡單的事，他養了他們這麼久，又不是讓他們吃白飯的。

「娘，兒不去。兒手底下有好幾個能幹人，在西南那邊也有忠心的管事，交給他們去辦，兒放心。」

老太太眼睛轉了轉，道：「卿兒啊，娘這是不放心呢。你也知道這次逢著太后的千秋，又有皇后的壽辰，還逢著仲秋，這要是辦得好了，咱家的生意何愁不再上一步？若是採買的東西有什麼不妥，咱家弄不好還會得罪人，這事交給別人，為娘著實不放心呢。再說你之前不是說湘陽的管事弄鬼怪、做假帳嗎？正好趁這機會，你去那邊好好把事情都整頓一番。西南的家業是你爹和娘留給你的，將來是你這一房的，要是出了什麼事，為娘如何下去見你爹？」

周晏卿看他娘說起他爹一副哀戚的樣子，心裡也忍不住泛酸。

他還小的時候，他爹就去了，他對他的印象已很模糊，西南的家業是他爹臨死前分給他這個小兒子的，也確實不能讓他敗落了，不然對不住父親一片拳拳愛子之心。

再說，以後西南或許就是他和瑾娘的家，他一定要把事和人料理好了，才能給瑾娘一個清明安穩的生活。

沈吟了一番，他對老太太說道：「那兒子親自領了人去吧，在西南採購完，就派了得力的人給大哥送去。」

老太太眼睛轉了轉道：「為娘哪裡捨得你辛苦？這去西南需要不少時日，為娘又要見不著我兒了。這次的事極重要，你大哥特地在信中吩咐，要趕著為太后壽辰做準備的，一路上若沒個能幹忠心的人押著貨，哪怕是路上晚個幾天，都會失了先機，為娘的心裡著實不安哪！要不咱這次就不摻和了，咱家也不是吃不起飯，就靠著這一回的生意了。」

老太太說完，眼睛緊緊地盯著周晏卿。

周晏卿聽完，擰了擰眉，良久方道：「既然是大哥特意來信吩咐的，又是族叔從別處好不容易得的先機，這就不只是咱家的事了；若讓族叔知道咱們沒有按他的想法去做，只怕以後有些什麼事他都不會通知咱家了。既然此事重要，往西南購得了蜀錦，兒就親自往京城押貨吧！」

老太太眉毛一挑，心裡暗喜，面上卻不動，拉過周晏卿的手道：「可是為娘哪裡捨得我兒吃這分苦，再往後天就涼了，北邊現在只怕都穿夾衣了，這一路風餐露宿的……算了，還是找個妥當的人去吧。」

周晏卿笑著拍了拍老太太的手，道：「娘別擔心，兒又不是沒去過，以前還年年往京裡去的。反正也不需要太久，一來一回的，快的話兩、三個月就回來了，臘月前就能回了呢。」

老太太欣慰地道：「為了咱家的家業，辛苦我兒了。若你父還在，定也會高興的。卿兒放心去，多帶些人，早些回來。你不是看中那可心人嗎？臘月前回來，讓娘見一見，咱們爭取在年前把人娶回來。我兒這些年一個人孤伶伶的，為娘這心裡著實不好受。」

周晏卿大喜。「娘，您說真的？年前就幫兒把人娶回來？不管對方什麼身分？只要是兒喜歡的就成？當真？」

老太太笑著點頭。「當真。為娘的心裡，只盼我兒有個知冷知熱的人照顧。為娘能活幾年？以後還不是你們小倆口在一處過日子？你從京裡回來的時候，再把你大哥和幾個侄子帶回來，年裡也好參加你的婚禮，給你賀賀喜。」

周晏卿撲到老太太身上，眼眶泛濕。「娘，妳真是我的親娘！娘，兒下輩子、下下輩子還給娘當兒子！」

老太太撫著他的胳膊，眼睛落在前面的紗窗上，心道：傻兒子，為娘當然是你的親娘……

這晚，周晏卿心裡高興，陪著老太太到很晚才從正院出來。在門口，他遇上林嬤嬤還高興地打招呼。「嬤嬤，快去歇著吧，夜了，下回路過杏花樓，再給嬤嬤買雲片糕吃。」

也不等林嬤嬤回話，他就高高興興地走遠了。

林嬤嬤張著嘴，想抬手叫他，最終卻只看著他漸走漸遠，直到消失在月亮門後面。

當晚，周晏卿興奮得一夜未睡，連夜打發了石頭把各方的人叫進府，布置了各種指令，又連夜定了隨行人員，連鏢局都定了下來，只盼著能早一日出發，早一日歸來，好早一日與心上人締結連理。

夜長夢多，每次看到那姓岳的在瑾娘門前轉悠，他就不舒坦。

這麼些年，他好不容易遇上一個志同道合，又如解語花似的可人兒，哪裡能放過？

石頭在書房門口聽了一夜的差，提著燈籠，跑了好幾處地方，差點跑細了腿。

等到書房的門打開，裡面議事的人魚貫而出，他以為終於可以舒口氣，哪裡想到他那主子又吩咐他到庫房取一些布疋綢緞來，說是明日一早要送去下河村。

石頭的眼睛都快睜不開了，他看著越夜越興奮的六爺，心裡哀怨連連。

哎，一個小廝哪裡能質疑主子的事？他只好領了人去庫房挑東西去了。

早上剛迷糊地睡了一會兒，他被人叫起了，說是六爺已經準備好了，就等他出門。

石頭哀號一聲，從床上連滾帶爬地下來。

等他瞇著眼趕到六爺房裡的時候，還被踹了一腳。「昨晚上做賊去了？還不快搬上東西跟我走！」

苦命的石頭看著精神抖擻的六爺，抱著疊得高高的十來疋顏色鮮豔的布跟在後頭。

周晏卿今天尤其高興。

雖然昨天一夜未睡，直至天色將明才瞇了一下子，但他精神好著呢。

他娘終於鬆口了，只等他這次從西南購了蜀錦安全運到京裡，待回到青川城，他就能把瑾娘娶回家了。

明年開了春，他就陪著瑾娘去西南，省得她悶在後宅，沒準兒還要看幾位嫂嫂的臉色。

周晏卿看著車廂裡精心挑出來的十來疋布料，嘴上揚起老高。

瑾娘的女紅很是不錯，這些布疋就讓瑾娘拿去做嫁衣吧！沒剩多少時間了呢，像他們這樣的人家嫁女，哪個的嫁妝不是早幾年前就開始準備的？

這般匆促，也不知這些衣料夠不夠用？除了嫁衣，還有出嫁要用的枕巾、被套、喜帳等等，還要給他做幾身衣裳和鞋襪。

這顏色紅得多正，摸上去光滑柔軟，最是適合瑾娘穿了。

還有這幾疋雪緞，給瑾娘做幾身裡衣，再讓她給自己也做幾身。相公的裡衣還不都是娘子做的？

周晏卿越想心裡越是高興，臉上傻裡傻氣地笑了起來，他忽又覺得不妥，忙斂了斂神，扭頭往石頭那邊看了一眼，哪料那廂沒看他，反而倚在車壁上睡得正香。

周晏卿到達下河村的時候，才是巳正。

他心裡高興，索性掀了車廂四面的車簾，欣賞一路上的野趣。

還沒進下河村，遇上扛著鋤頭下地的下河村鄉人，他還咧著嘴跟人打招呼，叫得好不歡快。

「叔，這麼早下地哪？」

「嬸子吃過早飯了？」

「大爺這麼早就從地裡挑擔回來啦？」

直把下河村的鄉人弄得受寵若驚。

往常這個有錢人家的大爺，坐在馬車裡連面都不露，見了人雖沒板著臉，但也極少聽見他與人交談。

今天這青川城裡響噹噹的周六爺，見了他們竟是這麼熱情呢！

這些和周六爺打了招呼的鄉人，恨不得立刻就掉頭回家，把周六爺請到他們的家裡，好生招待一頓吃喝，看能不能巴結上這個有錢的大爺。

喬明瑾自然也瞧出了他今天的不同。

那廝往常雖然也高興，但不像今天這般神采飛揚，風大一些，只怕他都要飄起來了。

「這是撿到金子了？」

「爺缺金子？」他不屑地呿道。

喬明瑾上下打量了他一番，撇了撇嘴不理會他。

她又聽他揚聲道：「把東西都搬到廂房，爺先去作坊看看，一會兒爺再回來吃午飯。」

周晏卿連門都沒進，只吩咐了石頭和二憨子把車上的東西搬進院裡，自己則轉身準備往作坊去。

這廝今天處處透著奇怪。

門都不進就急著去作坊了？莫不是又接了京裡來的單子？

「欸，這是做什麼的？」喬明瑾攔著石頭兩人，扭頭問周晏卿。

這麼多料子？這、這得有十幾二十疋吧？顏色這麼鮮亮？這是什麼？雪緞？還有這個，這麼正的紅色？這是鄉下能穿的嗎？

周晏卿回頭看了她一眼，揚了揚手。「叫他們把東西搬進去，一會兒回來吃飯我再跟妳細說。」

過兩日他就要去西南了呢，這作坊的事也要好好安排。

喬明瑾狐疑地看著他走遠的背影，看石頭兩人搬得吃力，只好側了側身讓他們把東西搬進去了。

那廝除了布疋，還帶了好些東西來，吃食點心、蔬菜水果、油米鹽茶，還有簍子裡幾條新鮮的魚，比往常多了好幾倍。

喬明瑾愣愣地看著堆了半間廂房的東西，問石頭。「都是送給我的？」

石頭接過明琦遞給他的茶水，連著牛飲了三大杯，這才對喬明瑾點頭道：「是，都是給喬娘子的，爺可能要出門一段時間。」

「出門？去哪？」

石頭搖頭。「一會兒爺會跟喬娘子說的。」

喬明瑾看了他一眼，只好作罷，又打發了他和車伕去歇息，和明琦拎了一些新鮮的肉菜去廚房收拾，後又打發了兩個孩子去寫大字，這才回到廂房繼續看她的帳冊。

今天周晏卿待在作坊的時間很長。

直到喬明瑾把午飯都做好了，那廝才回來。

周晏卿抱了琬兒親親熱熱地坐在他身邊，頻頻往她的碗裡挾小東西愛吃的菜，飯桌上與喬明瑾頻頻溫柔對視，讓喬明瑾分外莫名。

飯後，兩人搬了藤椅坐在廊下歇午喝茶，周晏卿溫柔如水，眼睛盯著喬明瑾的臉不放。

喬明瑾覺得他今天甚是奇怪，要不是他說話還算正常，都要讓她覺得他是不是也和她一樣換了內在。

「你今天吃錯藥了？還是出門撞邪了？」

周晏卿伸出手想敲她腦袋，被她躲開了。
「今天爺心情好，不跟妳計較。」
「真的是出門撿到金子了？」
周晏卿回頭看她。「爺是那麼膚淺的人嗎？」
「讓我天天出門撿金子，我寧願天天做那膚淺之人。」
周晏卿呿了聲，很快展顏對她笑道：「爺今天心都要飛起來了，可不是出門撿到金子可比的。」
喬明瑾看了他一眼，眼神閃了閃。
周晏卿往院門口看了看，石頭和二憨子正在客房裡不知是嗑瓜子還是睡覺，兩個孩子躲在廂房裡，院門口完全沒有人的氣息，他遂傾身過去抓住喬明瑾的手，歡喜道：「瑾兒，我娘同意了！說是年前就給我們辦喜事！」
喬明瑾不敢置信，扭頭定定地看向他。「你娘怎麼會同意的？」
周晏卿奇怪地看了她一眼。「我娘怎麼會不同意？我娘最是疼我。沒聽過爹娘都疼么兒嗎？不過，妳那是什麼神情，妳是覺得我娘不會同意？」
喬明瑾看了他一眼，眼神又閃了閃便移開，道：「我是覺得你娘不會輕易同意。」
周晏卿在她臉上來回打量，看她並沒有什麼異樣，才道：「我娘疼我，說是不忍看我這麼多年一個人孤苦，難得有我中意之人，定是要成全我的。」

他又躺了回去，道：「我原本也以為我娘不會那麼輕易同意，還做了一些別的打算，甚至是想著先去西南安頓好，再把妳接過去，在當地成親；反正出嫁前我不會讓人看見妳，等妳和我拜了堂、生米煮成熟飯，她還能讓我和離？我甚至還做了長久的準備，沒想到我娘看我這次要出門辦差，說我為了家業奔波勞苦，竟然同意了。我娘還是心疼我的。」

喬明瑾沒有說話。

他頭枕在手臂上，面上有對母親的孺慕之情，面上也帶了往日沒有的三分喜色。

「妳不高興？」

喬明見他向自己看來，笑道：「我哪裡是不高興？只是覺得……」

「妳覺得不敢相信？」

看喬明瑾點頭，他自己也喟嘆一聲。「本來我也不敢相信的，但看我娘一副真心為我打算的樣子，我心裡又忍不住泛酸。我娘疼我，她定是不忍我難過。」

喬明瑾看了看他，道：「你娘怎麼說的？你要出門辦差？要去哪裡？去多久？」

周晏卿扭頭看著她說道：「我要去西南，購一批蜀錦往京裡送去。京裡今年要用好些蜀錦，都是貴人要的，非得我親去，不然把事辦砸了，哪頭都落不著好。等我從京裡回來，快的話，臘月前就能回來，我娘說爭取年前就把我們的婚事辦了。」

「年前？」

周晏卿點頭，問道：「妳是不是覺得太快了？」

喬明瑾點頭。「年前辦婚事，可是這還要換庚帖還要請期……你娘說這些都等你回來之後再辦？」

周晏卿也擰起眉來。

雖然他是二婚，但這是娶妻，明媒正娶，六禮齊全。他娘昨天沒說，難道這些都要等他回來再辦？會不會太緊了些？

還是說要他在去西南之前把婚事先訂了，然後他回來再辦更好一些？

「你娘沒說？」

周晏卿看了他一眼，搖頭道：「娘沒說。昨天我們只顧著商量這次去西南採購的事，大哥是急信回來的，京裡也是要得急，我這兩日就要往西南去了，不然就趕不到臘月前回來，我娘可能也是掛著這個事。不過，妳別擔心，我晚上回去跟我娘問一問，看能不能在我走之前先把事訂下來，或者在我走之後，我娘派人來訂也是行的，反正不是迎親，沒我在也沒關係。」

喬明瑾擰了擰眉，看他一臉的真誠，抿了嘴不說，又問道：「你今天怎麼拿這麼多布疋過來？這些料子都是稀罕珍貴的布料，哪裡是我現在能穿的？也不看看我在什麼地方。」

周晏卿笑了起來。「又不是讓妳現在穿的。這不是昨晚聽我娘允了，我心裡高興嗎？全是我連夜使人找出來的。這年前要成親，嫁衣喜帳什麼的都要趕出來，我怕妳時間來不及，先搬一些布料來給妳用著。我會交代周管事那邊，我不在的時候，他除了來查看作坊之外，還要到妳這裡報備，妳若是有什麼需要的，只管找他拿。我也會放一些錢在他身上，妳要買什麼，只管跟他開口。」

那些布料都是讓她做嫁衣的？喬明瑾扭頭看他。

周晏卿看著她笑道：「我知道妳事情多，若是忙不過來，我就讓人去喜鋪訂一套，妳只管往嫁衣上繡幾針即可。」

喬明瑾覺得心裡怪怪的。

她好像沒有他那般的驚喜，是為什麼呢？是覺得這事突然？突然得讓人覺得不真實？

周晏卿看她擰眉，便說道：「時間是太緊了些，我昨天只光顧著高興了，沒問一些細節，讓妳只有幾個月時間準備是有些難為了。妳放心，我就算去了西南，也會留一些人下來的，妳到時有什麼事只管找周管事就好；那帳冊看不過來就先不看了，等我們成親之後妳再慢慢看。」

喬明瑾看他定定地看著自己，心裡雖然有些說不上的感覺，但還是對著他點了點頭。

周晏卿瞧著，臉上便無限歡喜了起來。

第五十四章

這天，周晏卿到下河村的時候，不可避免地遇上了岳仲堯。

當然，如果岳仲堯不來，他也是要去找他的。

而岳仲堯，自從他來後，總是會尋著各種藉口到喬明瑾家附近打轉，或是直接來家裡尋女兒這樣那樣，他總有各種理由。

周晏卿今天高興，對上岳仲堯的冷臉也覺得無限歡喜。

「我娘同意了，你準備和離書吧。」

周晏卿臉上得意非常。

岳仲堯乍聽到此言，初初不敢置信，待看他臉上不像有假，耳朵裡便嗡嗡叫了起來，旁的竟是什麼都聽不到了。

周晏卿瞧見他這般模樣，倒是有些不忍，清了清嗓子，道：「你莫說我逼你，你和瑾娘緣分已盡，若你真心為她好，就放手吧；以後我會好好待她的，琬兒她跟著我們總比跟著你好。」

岳仲堯耳朵裡嗡嗡響，聽得不甚清楚，心上卻猶如有人慢慢拿鈍刀一刀一刀地割著。

岳仲堯嘴巴輕啟，低喃。「不可能，不可能……」腳下如灌鉛一般，轉身就往外走。

周晏卿沒聽真切，追了兩步。「你說什麼？別忘了當初你說好的！」

岳仲堯像被人定住一般，又踉踉蹌蹌地邁出了門檻。

周晏卿愣愣地看著他消失，覺得自己似乎有些太逼迫人了。

只是成全了他，誰又來成全我呢？

他甩了甩頭，找喬明瑾去了。

當天，周晏卿在下河村盤桓很久，直到石頭三催四請，這才登車離開。

或許這是他去西南前和她最後一次見面了，再相見就要等到兩、三個月之後。

周晏卿看著在車子外面送他的喬明瑾，貪看了一遍又一遍，怎麼看都看不夠。

喬明瑾瞧不得他的傻樣，直催他走。

周晏卿傾身過來，在她的耳邊悄聲說道：「好好在家繡嫁衣，我很快就回來了。」

喬明瑾臉上浮上了紅雲。

周晏卿愛憐地伸出手，想在那粉嫩白皙的臉上摸一摸。

喬明瑾眼光往邊上掃了掃，羞赧道：「快走吧。」

「妳就沒有話要與我說的？」周晏卿嗔怪道。

喬明瑾抬頭看了他一眼，才小聲道：「路上當心些，往北走天涼了，多帶些厚衣。」

周晏卿嘴角翹了起來，揚起好看的弧度，朝喬明瑾歡喜地直點頭。

馬車緩緩駛動，周晏卿掀起車簾，看見那人婷婷玉立，若崖上那朵幽蘭，靜靜地站在那裡，一直望著他……

多年以後，這一幕他都不曾忘記。

晚上在正院，周晏卿陪著周老太太吃完飯，照例留下來陪老太太聊天說笑。

「卿兒，可都吩咐下去了？」

周晏卿點頭。「明天還要在城裡交代一番。」說完看向老太太。「娘，能不能把兒的婚事先訂下來，兒再走？」

周老太太兩手緊攥了攥。

「可是不能等了？」老太太戲謔道。

他這才去了一天不到就改變主意了？那喬氏果真是好手段。

周晏卿笑嘻嘻地道：「也不是，就是等兒回來再請媒，到兒成親，這也太趕了些，什麼事都來不及呢。」

老太太看了他一眼，笑道：「咱家是什麼人家？旁人辦不了的事，對咱家來說，是什麼問題？要人有人，要錢也不少，還怕辦不了一樁婚事嗎？現成的人手，咱家也有布鋪、喜鋪，什麼不是現成的？再說，成親畢竟是兩家的大事，你不在，總歸不好，有些場合還須你出面，咱可不能短了禮數，讓對方心生芥蒂。」

周晏卿想了想，覺得娘說的很有道理，連忙點頭道：「還是娘想得周到，那，還是等兒從京城回來再辦？」

老太太鬆了一口氣，拍著他的手道：「合該這樣。卿兒放心，為娘先幫你把媒人請好，把東西都準備好，只等你回來，咱就辦起來；再有，你那院子也要找人修葺一番，你不在正好，可以把院子騰出來，好生打理，等你回來就能給你成親用。」

周晏卿聽了很是歡喜，連連點頭。

「娘，那院子可得好好修一修，多找些花匠把園子都重新歸整一遍，多種些四時花草，每一季都要能看到花開，她一定會很開心。」

老太太咬了咬牙，片刻後又扭頭看向他，笑著說道：「都依你，全都依你，娘一定把你那院子弄得妥妥當當的，事情也幫你先安排好，只等你一回來就洞房。」

周晏卿臉上燒了起來，面上帶著羞澀。「娘……」

老太太看著他，臉上帶著一絲複雜。

當天晚上，周晏卿又把石頭指使得團團轉，聽風院裡燈火不熄。

隔天，周晏卿在城裡忙活了一天，把青川城裡周家名下的產業鋪子都看了一遍，掌櫃管事的也都見了一遍，帳本也略翻了翻，又作了一番交代；下半晌再特意把周管事叫過來，如此這般吩咐了一次，把雅藝作坊和喬明瑾都託給了他。

的。

晚上的時候，在正院吃過飯，周晏卿本想向老太太多爭取一天時間，往下河村再去一趟要分離這麼久，他當真有些不捨，若是可能，他都想把人帶了同去。

但想到成親後，他們便可以起臥同步，他又心生歡喜起來。

怎奈還未等他開口，老太太就說已是讓人把他的東西都收拾好了，連人帶馬車野全配好了，隨侍人員都已安排妥當。

周晏卿只好作罷。

早一天去也好，事情早些辦完，他好早些回來，只要想到能早些把人娶回來，他心裡便脹得滿滿的。

次日一早，天才濛濛亮，周晏卿就帶著三、四十個護衛家丁，十幾輛車離開。

正院裡，老太太瞇著眼坐在榻上，頭也未抬，對身邊伺候的林嬤嬤說道：「走了？」

「走了。老太太既然起了，怎麼不送送六爺？」

老太太睜開泛著紅絲的眼睛，徐徐說道：「我見不得那孩子一臉歡喜和期盼的眼神……也不知道這樣做對不對？卿兒以後會不會怨我？」

林嬤嬤在心裡暗嘆了一聲，只是面上不顯，看著老太太說道：「老太太總歸是為六爺好的。」

老太太長長嘆了一口氣，道：「這孩子蹉跎了這麼些年，我也是想他開心的；只是……

將來周家興家還是要靠他和老大，而卿兒做事又比老大要大方老練，說不得一家子都要指望著他，我如何能讓他娶那樣的一個人……還不得讓人看笑話。」

林嬤嬤嘆了一口氣。老太太最是看重門第出身，雖是疼六爺，但也不會為了他改了自己的初衷。

只是六爺是她看著長大的，她總想著要為六爺多說一、兩句好話。

「那不如等六爺成了親，再把人納進來？總不好讓六爺空歡喜一場，難得他有一個喜歡的人。」

老太太聽了並不接話，良久才搖頭道：「我是他娘，我最是瞭解他。這麼多年，他才看中這麼一個人，若是把人娶進來了，將來妻妾不分、嫡庶不分，那是亂家根本，我不能容忍這樣的事發生。」

林嬤嬤擰著眉說道：「那六爺……只怕六爺會對老太太有怨言，將來母子有了嫌隙……」

老太太哼道：「我是他娘，他是從我肚子裡爬出來的，還能為了別的女人，連孝道都不要了？」頓了頓又道：「最好是把那個女人遠遠打發了去。」

林嬤嬤心裡一驚，忙道：「這、這如何打發了去？她一家子都在這呢。」

老太太擰著眉，這女子若是留在此處，將來卿兒總有機會見到，每見一面，就有可能對她這個娘不待見一次。

只是要打發人也不是件容易的事。

老太太抬手，在大腿上又敲了起來。

「那女子不是還沒和離嗎？聽說她那婆婆是個勢利只認錢的？那女子從卿兒這裡也掙了不少銀子，只怕連好東西都收了不少，若是她婆婆知道了，那家子會放過她？」

老太太說著便笑了起來，道：「她那兩個妯娌也都是不省心的，鄉下地方哪裡見過什麼好東西？他們巴不得把人拘在家裡，好好替他們養家、養兒女呢！只要她和離不成，還怕她會跟卿兒攪在一起嗎？若她要鬧，我正好設了局把她爹和她弟弟的功名去了，看她還有什麼倚仗！」

林嬤嬤聽著老太太的笑聲，莫名地抖了抖。

老太太是個說到做到的人，這些年在她的身邊，她還看不清嗎？

老太爺雖然生了幾個庶子、庶女，但有哪一個姨娘能活下來享福？

反正周家有錢，養著便養著了，又不花老太太自己的錢，外面誰不說老太太是個難得的賢良人？對庶子、庶女一視同仁，若如親生。

連老太爺臨死的時候，都淚流滿面地拉著老太太的手，說是很高興能娶到她，當著老太太的面，把大半的家業分給三個嫡子，幾個庶子得的還不到三個嫡子的零頭。

老太太成了周家全族的典範，連族長都說娶妻當如老太太。

老太太留下幾個庶子，不過是多添幾雙筷子的事，可是又能指使他們為自己的三個嫡子所用，讓他們替自己的三個兒子忙活……

林嬤嬤想到此，臉上露出了幾分敬畏出來。

老太太笑過一陣，又對著林嬤嬤吩咐了一番，做了一些安排。

自那日聽了周晏卿的一番話之後，岳仲堯就一直渾渾噩噩的。

他整天避著人，只顧在地裡忙活，不見人，也不與人說話。

有時候在地裡，他會愣愣地站在太陽底下曬一天，直到鋤頭要鋤到腳了方醒轉過來。

眼睛酸脹，只是又流不出眼淚來；想找個沒人的地方大哭一場，又覺得太過窩囊。

岳家兩口子沒覺察到兒子的異樣，還當他是在地裡勞累，老岳頭一面吩咐兒子悠著些，一面又想著這可能是兒子想在分家時多得兩畝地，便也只搖頭嘆息隨他去了。

吳氏倒是高興得很。

雖說她仍覺得兒子丟了衙門的公差大為可惜，但見到兒子在地裡這麼拚命，她的怨言還是少了些。

地多開墾一些出來，就能多種些糧，多打些糧，一家人就夠吃了，沒準兒還有餘。

她又不能押著兒子到城裡給縣太爺認錯，要回差事，事情都這樣了，還能怎麼辦？

岳仲堯連日裡憂心如焚，終於病倒了。

當秀姊來家裡找喬明瑾說閒話，說起岳仲堯病倒在床的時候，喬明瑾愣了愣。

那人身材精壯，身子板結實得很，這怎麼會忽然病倒了？

琬兒聽了急得團團轉，在喬明瑾身邊直轉悠，小手拽著喬明瑾的衣襬，小嘴一張一合，眼睛裡帶著企盼，巴巴地望著喬明瑾，也不知道自己想要做什麼。

去岳家看她親爹，她是不敢的。

她奶奶總是不給她好臉色看，她到現在還是很怕她那個奶奶。

和她一起玩的孩子都是有爹有娘，爹和娘也都是住在一起的，只有她和別人不一樣。

她怕娘傷心，不敢問，可是她也想天天和爹娘在一起，一起睡、一起吃飯，有爹有娘哄她。

喬明瑾看女兒懨懨地抱著她的脖子，趴在她的後背上，心裡便軟了下來，拉她到面前，道：「琬兒想去看爹？」

小東西眼睛亮了亮，看著喬明瑾點了點頭又搖了搖頭。

「是怕看見奶奶？」

小東西又連連點頭。

喬明瑾嘆了一口氣，拉著女兒的雙手，道：「那妳和柳枝姊姊一起回她家去，讓長河哥哥在隔壁幫忙守著，等妳奶奶不在的時候，妳再進去看妳爹。」

「好！」小東西聽了高興地直點頭，掙脫喬明瑾的手跑了。

片刻後她又跑回來。

「娘，我能不能帶一包好吃的點心去給爹？」

看喬明瑾點頭，她高興地一溜煙進了放東西的廂房尋摸去了。

岳仲堯躺在床上渾身乏力，腦子裡昏昏脹脹的，耳朵裡也嗡嗡響，他總覺得有什麼東西要離開他了，心下焦急萬分，內火越發燒得旺，怎奈渾身無力，竟是下不得床。

琬兒偷偷摸摸進來的時候，岳仲堯正在回憶往昔。

洞房之夜，滿室通紅，娘子手裡緊緊拽著一方鴛鴦戲水的帕子，蒙著大紅頭巾坐在喜床上……

夜涼如水，懷裡的人柔軟嬌豔。

他把心尖上的人兒摟在懷裡，生怕把她擠壞了，動都不敢動，一遍遍吻著她嬌嫩的肌膚，直到懷裡的人兒軟成一灘水，最後窩在他的懷裡，嬌軟無力地喘息……

他那時只覺得心裡脹得滿滿的，萬金不能換。

而後，他揣著那點少得可憐的遣散銀一路兼程，只想早些看到日夜惦念的人兒，可是為什麼竟是不一樣了呢？兩人為什麼竟成這般了？

岳仲堯心下抽疼，以手覆額，眼眶熱得人難受。

琬兒在院門口左右看了又看，小心地趴在籬笆牆外，直到長河和柳枝示意她可以進去的時候，小東西還要確定院裡無人，這才躡手躡腳地進了院子。

她先是趴在岳仲堯的房門口往裡聽了聽，小身子又往院子裡探了探，然後才小心地推開房門擠了進去。

琬兒躡手躡腳地走到岳仲堯床前，看岳仲堯大手蓋在頭上，也不知是不是睡著了，有些不敢靠近。

她想了又想，又回頭看了看，生怕院裡突然來了人，咬著唇躊躇，良久才踮著腳一步一步走近。

小手剛覆上他額頭的時候，岳仲堯就睜開了眼睛，見是自己心愛的女兒，他連忙撐著身子坐了起來。「琬兒？」

小東西眼淚差點滾下來，咬著唇使勁點頭。

「爹爹，你病了嗎？」

她緊緊抓著岳仲堯的衣襬，兩眼淚汪汪。

岳仲堯吃力地把女兒抱了起來，又往女兒身後看了看，問道：「琬兒一個人來的嗎？妳娘呢？」

他往院裡聽了聽。

院子裡靜悄悄的，只聽見風吹動樹梢的聲音。

小東西眨著眼睛望向岳仲堯。

「琬兒一個人來的，長河哥哥和柳枝姊姊在外面。」

她說著又拿小手去摸岳仲堯的額頭。「爹爹是額頭燙嗎？」

岳仲堯心裡有些失望。

他把女兒軟軟的小手抓在手裡，緊緊地握著，另一隻大手蓋在女兒的腦門上，摸了又摸。「爹爹沒事，就是累了，躺一躺就好了。妳娘知道妳來嗎？」

小東西點頭，把手裡的一包點心推給岳仲堯。「爹爹吃。」

岳仲堯看著黃皮紙上印著大大的杏花樓字樣，眼睛刺痛，把那包點心接了過來，隨手擱在一旁的案几上。

「爹爹等會兒吃。琬兒是想爹爹了是不是？」

小東西看她爹一副生病乏力的樣子，癟著嘴想哭，心疼地摸著岳仲堯的臉，倚進岳仲堯的懷裡。

岳仲堯心裡柔軟，圈著女兒小小的身子，一同倚在床柱上。

這是他的女兒啊，身上流著他的骨血，如何讓別人養了去？

「琬兒，以後和爹在一起好不好？」

小東西點頭。「還有娘。」

岳仲堯心下酸澀，摸著女兒的臉道：「若是妳娘……若是妳娘要回妳外婆家，妳就跟著爹好不好？」

琬兒看著他直眨眼。「那琬兒也和娘回外婆家，外婆、外公喜歡琬兒，還有舅舅、姨姨。」

岳仲堯閉了閉眼睛，又道：「琬兒不想和爹在一起嗎？」

小東西仰著頭。「想，可是我不喜歡和奶奶在一起。爹爹，你和琬兒還有娘住在一起好不好？」

岳仲堯緊緊地抱著女兒，下巴抵著女兒的頭，一滴淚落在女兒烏黑的髮裡，消失不見……

這是他的女兒，誰都搶不走。

周晏卿走後第五天，已遠遠地出了青川城的地界。

這日，喬明瑾在院裡不見琬兒的身影，問明琦。

「找她爹去了。」明琦答道。

喬明瑾瞧著明琦對岳仲堯還是一副沒好氣的樣子，又好氣又好笑。

「他畢竟是琬兒的爹。」

「哼，他要不是琬兒的爹，我能把他打出去！」

喬明瑾瞧著她，看她一副潑辣樣，搖了搖頭。

這性子也不知像誰，她娘生了兩兒三女，沒一個人的脾氣這麼衝，能記恨這麼久。她娘和她爹是好脾氣的人，祖母藍氏雖然不喜多言，面上也不常帶笑，但也不是一個潑辣的。

喬明瑾得知琬兒在她爹那，就放心了。

岳仲堯待這個女兒猶如掌珠，自己有事都不會讓這個女兒有丁點的事，故她就放心回廂房繼續看她的帳本了。

一炷香之後，午時初刻，門口傳來馬車的聲響。

喬明瑾心下詫異。

周晏卿已經走了，除了他，極少有人會坐馬車來找她。

周管事倒是坐馬車來的，但他為了避嫌，馬車都是停在作坊那邊，要說事也是請喬明瑾去作坊。

兩姊妹對視了一眼，明琦便跑出去開門。

有個中年管事模樣的人背著手、一臉倨傲地站在門口，旁邊有個小廝模樣的人正舉著拳頭大力捶著門。

明琦看那小廝都快把兩隻手捶到大門上了，她一臉不高興，皺著眉問道：「你們找誰？」

那小廝看了身後的管事一眼，挺了挺胸，對著眼前的小丫頭大聲說道：「我們是城裡來的。這裡可是住著一位姓喬的娘子，叫喬明瑾的？」

明琦擰著眉看他，這人好生無禮，女子的閨名也是能大刺刺說的？

她來回打量門口的兩個人，那中年管事還仰著脖子，一副眼睛長在腦門上的樣子。

哼，什麼人啊，來找人還這般模樣！

明琦收回打量的目光，道：「正是，你們是什麼人？」

那小廝看找對了地方，便又說道：「那就是了，快快讓開，我們是周府來的，快些引了我們進去，這秋老虎可把人熱的，快讓人奉茶來！」

明琦聽他說完，心下來氣，把門重重地關上了，在門裡面揚聲道：「等著！」

那小廝不防小丫頭把門關上了，一隻腳還抬著正準備進去，門板差點就拍到了他的鼻子上，遂恨恨地咒罵了一聲。

那中年管事瞥了他一眼，道：「跟個沒規沒矩的鄉下丫頭計較什麼？你還指望她能跟咱周府的丫頭一樣恭順有禮？」

明琦稟報喬明瑾，喬明瑾有些訝異，也不知周府的人找她何事，但她知不能怠慢，就讓明琦速去開門。

喬明瑾迎了兩人進來，卻見那兩人在院裡來回打量，一副瞧不上眼的樣子，還不時評頭論足一番。

喬明瑾本來有點生氣，卻聽那小廝模樣的人對那管事模樣的人說道：「呿，還不如咱府裡二管事的院子大呢。」

喬明瑾聽了便氣得笑了。

那兩人看她鎮定非常，臉上還帶了笑，有些不喜。

真是，都死到臨頭了還不知呢。

那管事模樣的人瞧不上喬明瑾，上下打量了喬明瑾一番，便扭頭示意那小廝。

那小廝會意，便道：「我們是周府裡來的。這位是府裡的總帳房，妳也不必知道他是何名姓，只知我兩人是府裡老太太叫過來的就是了。老太太說不好再叫喬娘子為府中產業日夜操勞，喬娘子本就不是我們府中人，叫個外人幫著看帳本倒教旁人笑話，如今叫我們來把帳本拿了去，喬娘子就快快整理一番吧，我們也好抬了走。」

喬明瑾聽完一愣。

要帳本？周老太太要的？沒聽周晏卿說起啊……

她擰著眉說道：「那帳冊是你們六爺拿過來的，親自交與我手裡，臨走前也不曾說要交了去。你們……」

那管事模樣的對於老太太打發自己大熱天的跑這一趟鄉下，心裡本就帶了幾分怨言，又得知來此是為拿帳冊的，聽說府中一干家業鋪子田產的帳冊都交給一鄉下女子在打理，他心中就存了氣。

他在周家當了幾十年的帳房了，老老太爺還在的時候，他就到帳房裡當個磨墨伺候的小子，後來老老太爺讓他跟著二帳房學打算盤，再來又得了老太爺的青眼，當了一個小帳房。老太爺去後，大爺掌了家，他又提了當總帳房，還掌著府中外頭帳冊的核查之職。

她一個鄉下婦人還敢在他面前拿大？

府裡外面送來的帳冊，哪一回不是讓人送到他面前來核對的，本來他還道怎麼今年的帳冊這般少？可是六爺請了人在當地做好了再送回來？或是請了厲害的外帳房，有專門人負責府外產業？

沒想到竟是這女人把六爺的心勾走了。這人還沒嫁進來呢，就覬覦上府中產業了？倒是好心思，好手段。

一個鄉下婦人，不過是認了幾個字，還會看帳、查帳不成？懂什麼進出？懂什麼外帳、內帳？

那帳房心頭這般想著，不免又來回打量起喬明瑾。長得還算有一、兩分姿色，面上也算沈著冷靜，淡淡的，似乎寵辱不驚的樣子，也莫怪六爺會看上她。

但等過幾日新鮮勁過去了，就是明日黃花了。

女人還不都一個樣？誰還能容顏不改？

喬明瑾也不斥他眼光放肆，大大方方任他打量。

待他收回目光，她便對他說道：「我這等鄉下婦人，還真是不配知你名姓，那便這般隨意叫著吧。這位帳房，你方才說了，帳冊是老太太叫你們來拿回去的，我就不多言，也不怕你唬我，那給你駕車的二憨子我是認得的。你既要帳冊便拿走吧，不過要寫張收條給我，不然待來日你不肯認，又要找我來賠，我如何向六爺交代？我一個鄉下沒見過世面的婦人可賠不起。」

那帳房沒想她這一個鄉下婦人還有這等心思。

也是，能勾得六爺心思的人，又哪裡是簡單的？

他沒有答話，只示意旁邊的小廝。

那小廝便不屑道：「就說妳鄉下人沒見識，那馬車都是有府中標記的，我們還會誆了妳不成？妳既要收據，那便要吧，且去拿了帳冊來，我們還要趕路！」

他說完又四下打量，嘀咕道：「連個下人都沒有，也不知要上茶，這是什麼待客之道？嘖嘖嘖。」

喬明瑾本已轉身要去廂房，聽到他這一番嘀咕，便笑著轉身說道：「我這鄉下地方都是賤物，沒有那等貴人喝的茶葉，只怕也入不了貴人的口，不過一、兩杯冷開水還是有的。」

她說著就要叫在旁邊聽得噴火的明琦去給兩位貴客倒涼開水。

那帳房見了便道：「算了，不用麻煩了，喬娘子只須把帳冊全收拾妥當了，讓我們拿走便是，且莫要漏了。」

他說完就轉身讓二憨子去拿車上備的茶水點心。

那二憨子跟著周晏卿來過多次，每回喬明瑾做了午飯，從未分一、二、三等，都是多做一些，再勻了他一份，家裡有那好吃的，也必是要留給他一份的。

他在外駕車，可沒少吃喬娘子給的好吃食。

如今見著這兩人看不上喬明瑾，還一副無禮至極的模樣，他張口想為喬明瑾說些什麼，只是又覺得自己人微言輕，而且也怕惹得那兩人不快，害他沒了這份差事，便擔憂地看了喬明瑾一眼，轉身去車裡拿茶水點心去了。

喬明瑾轉身去廂房收攏帳冊的時候，那兩人也跟了進去。

喬明瑾也不在意，快手快腳地收拾著桌面上的帳冊。

那帳房本來還覺得喬明瑾動作太快，生怕她把帳冊弄壞了，還一邊攔著讓她小心，見桌上疊得高高的一堆，還有一些新的帳冊，瞧著是新列的帳冊，便隨手拿在手裡翻了翻。

他看著上面列得一條條、一列列竟是條目分明，簡單明瞭，不僅字寫得好，名目摘要，金額、支出、收入、各明細、匯總，都做得清清楚楚、明明白白。

就連不會算帳的人，也能看得一目了然，全然不像旁的人那樣黑糊糊一團，看著頭昏腦脹，非得沈著心進去，才能理清一二。

他不由得抬頭看向喬明瑾。

難道六爺真是慧眼識人的？真找了一個能人？

他又隨手在另一堆舊帳冊上拿起一本來翻看，那舊帳冊上面記載的東西跟他方才所見全然不能比，看得他頭疼。

再翻幾頁，他看到有些條目旁邊用著細筆做了標示，他再細看，竟是發現那條目是有疑慮、有出入的。

他又上下對照了一番，來回細看幾遍，發現還真是記著不對的條目。

若不是他看了標示，又上下來回細看，他也看不出有差錯。

這麼小的差錯，細微如塵埃……

那帳房再看喬明瑾的目光就有些變化，語氣上也恭敬了許多，對喬明瑾說道：「小娘子辛苦了，這帳冊做得很好。」

看喬明瑾不搭話，他知前面得罪了人，便從懷裡掏出一個荷包出來，遞給喬明瑾。

「府中一般帳房的月錢是二兩銀子，這裡面是二十四兩銀子，老太太給算了一整年的工錢，還請喬娘子收下。」

喬明瑾看了他一眼，道了聲謝把那荷包接了過來。

如此正好，她付出勞動，拿報酬，應得的。

喬明瑾又從桌上抽了一張琬兒練字用的宣紙出來，拿了一枝筆遞給他，讓他寫下收據。

收了幾本帳冊，都是什麼名目，何年何月何人收妥都要他一一寫下來。

那帳房沒有異議，幾筆就寫好了收據，喬明瑾看了看，把墨吹乾，就收了起來，讓他們把帳冊都搬了去。

那小廝仍是一副鼻孔朝天的樣子，喬明瑾沒跟他計較。

倒是那帳房在臨走之前跟她打了聲招呼。

「喬娘子留步，我們這便走了。」

喬明瑾沒有答話，她本就不想送他們，只笑著朝他點了點頭，站在廂房門口目送他們，又讓明琦跟在他們身後去關門。

片刻後，她就聽到外頭馬車走遠的聲音。

明琦關門回來，看到喬明瑾愣愣地對著空空的桌子發呆，有些心疼。

「姊，他們拿走便拿走吧，咱們還不稀罕呢！二兩銀子他們以為很多嗎？一副打發叫花子的樣子，也不看看姊姊是如何勞累的，還當我們稀罕料理他們家的破事呢！」說完又憤憤地哼了聲。

喬明瑾好笑地看著她，拿過桌上的那荷包遞給她。「別氣了，姊又不生氣，這荷包拿去，當做妳的私房。」

明琦推了回來。「姊，我不要。在這裡有吃有喝，要花錢，姊姊還給我，哪裡用得著銀子。」

喬明瑾把荷包塞到她手裡，起身摸了摸她的頭，說道：「拿著吧。下回姊帶妳去城裡看明玨和明珩，妳有什麼想買的就拿銀子去買，也給妳哥哥和弟弟買一些他們喜歡的。」

明琦聽了才又歡喜起來，袖手收了，轉身高興地問喬明瑾何時去城裡？

喬明瑾與她說了幾句，又吩咐她去作坊那邊看周管事今日有沒有來，若是來了，請他來家裡一趟。

明琦收了銀子，便歡喜地出門往作坊那邊去了。

第五十五章

周管事當天沒來。

喬明瑾也沒太在意，除了看到桌子上原本放帳冊的地方空落落的，她有些許愣怔外，倒也沒多的感覺。

給別人做事就是這樣。

做得好是你能力之內的，應當的；做得不好，是你不盡心、不盡職。別人讓你做是瞧得起你，不讓你做，自然就是一句話的事。

當天晚上吃過飯，喬明瑾習慣性地往書房去，臨到門口，她舉著燈往裡愣愣地看了好一會兒，才又轉身回了房。

而在周府裡，老太太卻極為仔細地把每一本帳冊都翻了一遍，看完，臉上表情豐富。

老太太自己本就是商家之女，自小耳濡目染，她學會認字開始就會翻帳本、打算盤了，出嫁時又陪嫁了好些鋪子田產，老太太對打理嫁妝鋪子、看帳本，是熟得不能再熟。

婚後她掌管了周家中饋，又給老太爺管過家業；老太爺走後，是她一力接下了周家偌大的家業，看幾本帳冊對她來說還不是小菜一碟？

老太太原本還以為喬明瑾有旁的心思，是為著進府做一些準備什麼的。

哪料人家就把自己當一個帳房，什麼手腳都沒做，她找不出什麼旁的心思；而且這個帳房看來還是個厲害的帳房，有些地方連她都看不出有問題，竟是被她找了出來。

老太太臉上複雜難辨。

只是老太太絕不會承認會有女子做帳比她還做得更好。

恰恰在這時，侍立在側的林嬤嬤說了一句。「這喬娘子，真是個當家理事的好手，這帳冊做得比經年的帳房還厲害，就是府裡的總帳房只怕也比不得她。」

老太太一聽，臉上便帶了氣，重重哼了一聲，把手裡的帳冊遠遠丟開。

「娶妻娶賢，這娶來是為照顧六兒、傳承子嗣的，府裡缺帳房嗎？」

她林嬤嬤看老太太面上著惱，嘴巴又緊緊閉上了。

她又聽老太太說道：「都安排妥了嗎？」

林嬤嬤點頭。「都安排妥了。」

老太太聽完，這才扶著林嬤嬤的手入了內室。

次日，清閒下來的喬明瑾，給女兒和明琦布置了功課，讓她們描紅和練算盤，自己則起身往作坊查看。

周晏卿不在，她就得多跑一跑，多看一看。直到臨近午時，她才回了家。

與昨日差不多的時間，門外又聽見馬車的聲響。

喬明瑾眉頭皺了皺，往書桌上、房間裡、書桌底下都細看了看，沒發現有遺漏的帳本，這才出了房間。

果然又是周府的人。

只是今兒來的並不是昨天那兩個人，而是換了一個中年嬤嬤和一個十六、七歲，頗有幾分姿色的丫鬟。

屋子裡，明琦和琬兒都在。

岳仲堯這幾日已轉好，再說現在是吃飯時間，琬兒是不敢往岳家那邊去的。

不知是不是城裡來的人都對鄉下人家的院子感到新鮮，如同昨日來的那兩位一樣，這兩位也是一進院子就四處打量。

今天這兩人打量的目光比之昨日那兩位還要更放肆一些，就像是恨不得能從哪找出一、兩件周府的東西出來。

那中年管事嬤嬤模樣的婦人，眼睛就如盯在喬明瑾身上一樣，打量得細緻，嚇得琬兒緊緊地偎在喬明瑾的身側，抱著她的大腿不放。

明琦倒是一副潑辣樣，在對方打量她的時候，還瞪大了眼睛與那兩人目不轉睛地對視。

只有喬明瑾站在一邊，冷冷清清地看著她們。

那中年婦人穿得極為體面，不知是不是老太太房裡的，還是府中哪位太太面前的得意人，滿頭的金釵、銀釵，手腕上還套著兩只分量十足的金鐲，壓裙的玉環都是碧盈盈、水汪汪的好貨色；也不知是炫富還是來給鄉下莊戶人家開眼界，這渾身的首飾，瞧得就跟那鄉下暴發戶家的地主婆沒什麼兩樣。

那上河村有兩、三個家裡田地多的婦人，經常滿頭釵的，帶著婆子、丫頭四下走，恨不得人人都誇耀一聲好氣派，非得惹來別人眼紅巴結才願意轉身回家。

眼前這丫鬟倒是沒那麼俗氣，頭上也沒插那麼多支釵環，杏黃的襦裙，髮上只有一支玉簪，兩、三朵花鈿，清清爽爽；手上也一只玉鐲，舉手投足間很是優雅，瞧著竟像是哪家小戶人家的小姐。

怪不得要寧娶大家婢，不娶小戶女了。

「二位來此，可有何事？」

喬明瑾看她們不出聲，只好自己先出聲。她倒是清閒，只是也不願意這麼耗著，誰耐煩天天與一堆不認識的人耽誤時間？

「妳就是喬娘子？」那中年婦人問道。

喬明瑾朝她點頭。

那人在喬明瑾面上又打量了一番，轉身看向偎在她身側的琬兒。

那丫鬟便笑著邁了兩步。「這是娘子的女兒吧？長得真像娘子。」

她又兩步走到琬兒面前，略略俯身道：「可是叫琬兒？」

琬兒看她一副無害的臉，有些怯怯地點頭。
那丫頭伸手想摸摸琬兒的頭，但喬明瑾帶著女兒往後退了一步。
她的手便落了空，她抬頭看了喬明瑾一眼，喬明瑾也抬眼與她對視。
她很快就移了目光，又對著琬兒笑著說道：「真乖，妳爹呢？下地了？」
琬兒這回抬頭看了喬明瑾一眼，不知要不要回答。
喬明瑾看她兩人這般，也不知是所為何來，便道：「二位可有事嗎？」
那丫鬟看不能引得小東西說話，直起身子回了那中年婦人身邊。
那婦人聽得喬明瑾的話便說道：「我們是周府裡來的。我是老太太房裡，人稱趙嬤嬤，這位柳兒姑娘是我們六爺院裡的丫頭，平時是貼身伺候我們六爺的。我們這一趟來，是來尋喬娘子說說話。」
那婦人話落，喬明瑾看了她一眼，又轉向旁邊的柳兒姑娘身上。
這貼身伺候咬得清晰，若是她裝作不懂，不知眼前這兩位要不要向她解釋一番？
果然這貼身伺候的都是萬裡挑一。
那姓趙的嬤嬤看喬明瑾不接話，自來熟地往廂房的方向走。「我們老太太讓我們來陪娘子說說話，小娘子不會捨不得給我們倒一杯茶吧？」
喬明瑾瞧她們這架勢，只怕不把話說完她們是不會走的了，且看來她們要說的話還不少，便示意明琦去燒水準備沏茶。

回頭再看那兩人，已是把幾間廂房都看了一遍。

除了那間充做倉庫的廂房平日裡上鎖之外，其他都只是虛掩著門。

那兩人還從正房門口往裡看了看，只是並沒走進去，很快又往後院也看了看，連廚房都有瞟了兩眼。

喬明瑾並沒有跟她們去，家裡又沒什麼需要背著人的，遂大大方方隨便她們看。

那兩人不想這鄉下人家，院子裡倒是收拾得索利，並不像一般莊戶人家，這家的院裡都鋪上了青石板，廚房也收拾得乾乾淨淨，大鍋小鍋炒鍋蒸鍋，鐵鍋銅鍋平鍋砂鍋……牆壁上釘了一排木叉，整整齊齊地掛著各色鍋鏟、勺子、鍋蓋、及各種刀具，大的小的、切的剁的、長的短的都有，也就比他們府裡的廚房小了一些，但各色用具竟是齊全得很。

有些東西，她們連在周府都沒見過。

那兩人對視了一眼，各自肚腸。

那叫柳兒的倒是緊了緊手中的帕子。

這六爺也不知填了多少銀錢進去，這哪是一個鄉下人家該有的物事？

柳家因她在府裡得了主子的眼，捎回去的銀子雖不少，但家裡卻沒改變多少，除了那地比之前多了幾畝外，那院子、那廚房、那廂房裡的用具，哪裡是能跟這家比的？

方才還有一間房間上了鎖，也不知是不是庫房？倒是要叫她打開來，看看六爺從府裡都搬了多少好東西進去。

兩人看到喬明瑾正站在廂房門口，遠遠地看著她們，臉上似乎還帶著笑，臉上略略有些不自然，但很快便恢復了。

她們在府裡得了老太太的青眼，又是老太太派了來的，可不是來露怯的。

兩人先喬明瑾一步進了廂房。

那邊，明琦已經把茶沏好了。

喬明瑾也沒多費心思。一般這天氣來家裡的人，她都不會給人上熱茶，頂多是一杯涼開水，或是加一勺白糖或蜂蜜，或是直接就上綠豆水。

只是人家這貴樣，費那心人家領不領情還別說呢，瞧這模樣也不是來巴結交好的。

那柳兒姑娘聞了聞杯子裡的茶香，覺得有兩分熟悉，不管是不是，她都認定這是六爺從府裡帶來的好茶葉，心裡又恨得不輕。

自己和麗姨娘每天近在咫尺，六爺就是看不見，非要往這麼大老遠尋一個嫁了人還生過孩子的明日黃花，她身上穿的還不如府裡的粗使婆子呢。

這臉蛋、這身材，青川城裡哪處尋不到？就是府裡，也是每個院子隨便都能拎出幾個的，而且個個都是清清白白的身子。

六爺這是怎麼想的？

兩人在廂房裡與喬明瑾隔著茶几而坐。

喬明瑾冷眼瞧著這兩人，雖不知這兩人來此所謂何事，但想來也不會是來打砸的，自己與她們前日無仇，近日無怨，能礙著自己什麼事？

她遂不主動張口，只聽那兩人在一旁說，自己則端著在井水裡冰過的蜂蜜水來喝。

那叫柳兒的姑娘，看著放在她面前冒著縷縷白煙、尚不能入口的熱茶，再看喬明瑾一臉享受地喝著蜂蜜水，眼裡幾欲噴火，覺得喉嚨處又乾了幾分。

果然是鄉下人家，什麼規矩都不懂，莫說進府當正妻了，就是迎進門當妾，不知還要費心教導多少時日才能出門見人。

只是她是個耐得住性子的，並不言語責怪，不然也不會在六爺攆了麗姨娘之後，還留她在聽風院裡當差。

那叫趙嬤嬤的看了喬明瑾一眼，覺得這女人倒不是簡單的人物。

這般冷靜，看她們是大府裡出來的，也不見畏懼，一副山崩於前而不露聲色的模樣，就是府裡的幾位太太怕也沒這般氣度。

怎奈出身不好，又是如今這樣的身分，老太太可是說了，當妾都是不夠資格的。

「喬娘子，這怎麼不做幾身好衣裳穿？我聽說六爺拿了好些布料給娘子裁衣裳，就是前兩日，六爺臨走前還從庫裡搬了十幾疋布料過來；這布料啊，要是不做成衣裳穿，只壓箱底，久了只怕顏色就要褪了，也不時興了，就是拿去當了、賣了，也是不值多少銀子的。」

趙嬤嬤邊說著邊往喬明瑾身上打量，連喬明瑾裡衣穿的料子都不放過，非得瞧一瞧是不是府裡拿來的料子。

柳兒更是一雙眼黏在喬明瑾身上。

喬明瑾手裡端著杯子，聞言頓了頓，淡淡抬眼看向趙嬤嬤。

「趙嬤嬤也看到了，我院裡院外種著菜，又養著雞，有肉有蛋吃，地裡還有糧，大概是不需要拿幾疋布料去當、去賣的，我還不缺二兩銀子花。」

柳兒聽了，手指在杯子的杯沿上轉了兩圈，抬眼說道：「我知道娘子不缺銀子花。那作坊我聽說可是沒少賺，也就我們六爺心善，見著別人過得不好，就想著要拉一把。哪裡沒有幾塊爛木頭？哪裡不能開作坊？竟是大老遠選了這麼一塊地，還累得自己要來回奔波。」

果然是大府後院裡養出來的，這能活下來，還活得好好的，都不是什麼簡單人物。

喬明瑾正想開口，柳兒又兀自笑了起來，再說道：「我們六爺有一年元宵，看見幾個乞丐在路邊看人觀燈，那眼巴巴的模樣甚是可憐，六爺便心善賞了每人一盞花燈。那跟我們六爺一起出門的，還說沒見過六爺這樣的，不賞餅子倒是賞花燈。六爺一聽，又每人賞了好大一塊銀子。哎，我們六爺就是心善，那錢都不當錢，見著人過得不好就不忍心，到處往外撒銀子。」

她看向喬明瑾又說道：「我聽說這作坊，六爺還捨了一半的股份給娘子？嘖嘖嘖，這賞得有些大啊，連老太太都說若有那銀子，還不如多給她買幾兩燕窩呢。聽說娘子也是個極心善的，把家裡過不下日子的親戚都拉拔了一把，在作坊裡還領著厚厚一份月錢呢！聽說那家裡田也買了院子也蓋起來了，一家子都搬到作坊裡來了，娘子真是個好人。」

喬明瑾盯著那叫柳兒的臉看，看得極仔細。
那趙嬤嬤看了喬明瑾一眼，心裡也是一陣鄙夷。
他們周府的幾位爺雖然還住在一起，但內裡在老太爺過世的時候就已分了家，各人手裡都有各人的產業。
這六爺為了不招幾個兄弟的眼紅，竟是把這處生錢的生意掛了一半給眼前這個嫁過人、生過孩子的女人，就為了讓她進府不受妯娌輕看嗎？才多給她些產業銀子傍身？
六爺手裡的鋪子作坊，哪家一年的收息少於一千兩的？這五百兩入帳，對於鄉下人家來說都是頂天的財富，竟是白白送給了眼前這個女人。
聽說這處作坊接了不少單子，做好的根雕都往那京裡送呢。
老太太手裡私房銀子多，對這一處作坊仍是嘴裡常念叨。
這等雅物，又不是金玉那等俗物，送個意頭好的，誰還會拒絕收下？到時候還不是有了面子又有了裡子，還怕沒有人情往來？
怎麼就白白送了人呢？
趙嬤嬤看了看喬明瑾身上穿的衣裳料子，想到老太太心心念念的雪緞，她自己都捨不得穿，全送了給六爺，不想六爺竟然轉手就送給了這個女人。
可想老太太有多生氣。
趙嬤嬤便對著喬明瑾說道：「我們老太太讓我們來，便是想告知喬娘子，那作坊她會委了人過來料理，娘子這一年來也辛苦了，老太太會結算喬娘子的工錢，咱周府不是那等苛刻的人家。」

喬明瑾聽完氣得笑了。

柳兒看喬明瑾這副模樣，臉上便帶了氣出來。

這真是太不識抬舉了！

趙嬤嬤都把老太太的話說到這個分上了，懂事的，已經就順口說要把乾股的文契還回來了，還要再謝過一番呢！這人是什麼意思？竟是裝作什麼都不懂了？還想昧下不成？

「喬娘子，妳得了作坊一年的銀錢也該知足了。老太太說了，不跟喬娘子計較，只是從此之後，就不需要喬娘子再費心了，府裡會派能幹的管事來接管。喬娘子畢竟是生在這鄉下的，連城裡大概都沒去過幾趟，能知道時下興什麼東西？咱們女子還是待在後宅為好，那生意上的事，畢竟不是我們該管的。」

喬明瑾聽她說這一番話，那不明所以的，倒真的會以為周府老太太是大度又是個真心為她著想的。

喬明瑾埋頭低低地笑了兩聲，在那兩人微惱的眼神中，又抬眼直視著她們，眼裡帶著不容人小覷的光芒。

「想來妳家六爺並沒有告訴妳家老太太，這個作坊是怎麼來的呢！看來妳們兩人和老太太一樣，誤會不小。」

「誤會？會有什麼誤會？娘子別忘了我們是什麼人家，有些東西不是想強留就能留下來的，也要看自己有沒有那麼大的本事吃下。」

柳兒似乎耐不住性子了，與方才剛進門時的從容完全是兩個樣子。

喬明瑾聽完又笑了，道：「我從來沒想過要搶別人的東西吃，我自己有，何苦要吃別人的？看來妳們六爺當真沒跟老太太說清楚呢，我也不欲與妳們兩人多說，畢竟妳們兩人也只是傳話的下人奴才罷了。」

看她們臉上冒火，她又笑了笑。

「也不怕妳們知道，這作坊是我興起來的，也是我找妳們六爺合作的。我呢，只想告訴妳們，要我撤掉股份是不可能的，因為我才是主家。倒是你們周家若是不想要這一半乾股，我可以另尋他人合作，想必青川城裡的其他人家都是有興趣的；就是不找人合作，這作坊也不是就得關門了，哪怕我只管製作，包銷給旁人，也不少賺。妳們可以回去跟妳們老太太說一聲，若是她願意拿回股份，我就願意拿銀子把股份買回來。」

那兩人沒想竟聽得這麼一番話。

敢情這作坊真是她和六爺合作的？

聽她說是她興起的，竟是六爺有慧眼，找上她要合作的嗎？

若是這樣，看來今天她們是不能把契書拿回去了。

趙嬤嬤是知道老太太的，雖然老太太喜歡賺錢，但從來沒有奪過別人的家業。

看老太太這般巴不得她和六爺撇清的樣子，怕是還真的會收她一筆錢，然後把六爺的股份拿回來。

只是這事老太太還要看六爺的面子，恐怕不會輕易做什麼動作。

這作坊的事，她們還真做不得主，看來她們還是把今天的來意、要說的話全說清楚才好回去交差。

兩人齊齊對視了一眼。

那趙嬤嬤便說道：「我們也不知這作坊是喬娘子興起，然後找六爺合作的，這事我們現在也不好說什麼，還要回去稟了老太太，聽老太太的意思，只能先讓老太太別派人來。」

看喬明瑾不動如山，趙嬤嬤暗自咬了咬牙，又說道：「我們老太太聽說六爺把宮裡賞下來的雪緞送到娘子這裡來了，讓我們來拿回去，也讓我們給娘子捎幾句話。」

喬明瑾不曾想那雪緞竟是宮裡賞下來的。

大概是在京裡的那支得了賞，然後分送給他們家的。

這雪緞不是什麼貢品，她也沒什麼不能穿的，只是人家既然要拿回去，她也不會攔著，便抬眼示意她繼續。

那趙嬤嬤看著她又說道：「我們老太太說，這人哪，就跟這雪緞一樣，什麼身分的人就該做合乎身分的事，是什麼人就該穿什麼樣的料子。比如說我們吧，就算在地上撿到一疋雪緞，只怕也是不敢做了衣裳上身的。」

看喬明瑾眉眼不動，她以為她不明白，直截了當說道：「娘子聽懂也好，聽不懂也罷，我跟娘子沒什麼仇，興許在城裡見了面還要打聲招呼的；我想勸娘子，娘子是嫁過人的，還生了這麼大一個孩子，現在相公也沒死，夫家也沒絕了戶，正該和相公翁姑好生過日子，何苦想那些沒用的，做那等不切實際的夢？」

她看了喬明瑾一眼，又說道：「那綾羅綢緞誰不想穿？但也得看自己穿不穿得起；燕窩是好吃，但也得看看自己是不是有那福氣消受不是？」

趙嬤嬤說得頗為苦口婆心，一副長輩真心為了晚輩著想的樣子。

那柳兒聽完，倒是沒趙嬤嬤那麼客氣了。

「喬娘子，妳也該認清自己的身分。不說妳現在嫁過人生過孩子，相公又沒死，就是妳還是黃花大閨女，只怕也進不得周府給六爺當正房的。周府是什麼人家？在青川城裡是數一數二的門戶，那京裡的那一支，聽說又升了，說是剛升了戶部尚書。說得不好聽些，這青川城的周家就是京裡那一支的錢袋子，六爺又是個能賺錢的，他的婚事豈能隨隨便便？說不得我們老太太都做不得主，若是讓京裡知道六爺要娶妳當正房，沒準兒喬娘子有沒有命在還是兩說呢！」

喬明瑾靜靜地看著她。

眼前這容顏靚麗的女子，在自己面前高人一等的模樣，倒是個嘴皮子索利的姑娘。

那趙嬤嬤見喬明瑾似乎一副油鹽不進的樣子，又苦口婆心地勸了幾句，依舊一副全是為了喬明瑾著想的口吻。

柳兒生怕她耍了蠻橫，死活要等六爺來接她，然後再隨著六爺歡歡喜喜地進府，嘴裡便說得要多可怕有多可怕，只要她不聽勸，周老太太或是京裡就會派人來悄悄拿了她去，沒準兒還會影響她兩個弟弟的前程。

柳兒從小被賣進府，好不容易分到六爺屋裡，原先六爺對她還有個好臉色，可現在六爺卻連她的名字都記不清了。

真讓這個女子進了府，還有她柳兒站的地方嗎？

兩人嘴巴一張一合，喬明瑾聽在耳朵裡嗡嗡響，心裡莫名地湧上一股悲涼。

這不是她熟悉的那個地方，不是她隨心所欲想做什麼就做什麼的地方了。

這裡看身分、看門第，等級森嚴。

不是她堵著耳朵，閉了眼睛，什麼都不聽不看，就能避了。

哪裡都沒有她想要的平靜安穩的生活……

柳兒看喬明瑾臉上終於裂了一道縫，喜笑顏開。

而趙嬤嬤看著喬明瑾一臉灰敗，面上不忍，緩緩說道：「喬娘子也不要多想，周府畢竟不是普通人家；不過，當不了正室，妳……想必六爺是真心待妳的，等六爺回來，或許還是能到他身邊伺候……」

柳兒雙目圓瞪。「嬤嬤，您糊塗了！來時老太太如何說的？就算是妾室也是需要正經聘了良家子、清清白白的人家。嬤嬤是怕六爺以後的後院太安靜了嗎？沒聽老太太說這是亂家根本？」

柳兒是指什麼，趙嬤嬤自然懂得。

自古這妻妾就難融洽過日子，若是納進門的妾是主子心尖上的人，家裡妻妾不分、嫡庶不分，還真的會是亂家之相。

看六爺對她這般，必是捨不得讓她受委屈的。

難道真的要讓六爺把她收攏在外面當外室養著？

趙嬤嬤看了喬明瑾一眼，便閉著嘴不說話了。

這等事不是她能置喙的，走了這趟差，以後的事就交給老太太吧，她是不摻和了，沒準兒以後還得多避著六爺一些。

柳兒瞧了瞧喬明瑾，見她應該是把話聽進去了，心裡免不了得意，便說道：「妳雖然進不得府，但妳方才也說了妳有屋有田，不缺吃、不缺銀子，和孩子相公好好過日子不比什麼都好？這鄉下人家大概不會有什麼三妻四妾的，妳正好清靜不是？不像我們，哎，雖然吃得好、穿得好，可是還不是一堆糟心事？要敬著老太太，又要伺候好六爺；當了六爺的房裡人，將來有了新太太，還得看她的臉色過日子，或許一個月還等不來六爺一夜呢，我還真是羨慕妳呢。」

趙嬤嬤皺著眉頭看了柳兒一眼，心裡不屑，這真是得了便宜還賣乖，六爺也就是前兩年看妳花開正好，這一年來可有叫妳伺候過？還作著春秋美夢呢。

趙嬤嬤從懷裡掏出一個荷包，推到喬明瑾面前，道：「這是臨來老太太給的一百兩銀票，說是見妳家男人辭了公差回鄉，也沒個進項，這是給妳一家過日子的。這裡頭也有妳幫忙管理作坊的辛苦錢；當然，老太太並不知作坊的淵源，回去我會向她稟報。」

她看了喬明瑾一眼，道：「喬娘子，咱們女人生來就是受苦的，求的不就一份溫飽罷了？眼前妳不愁吃穿，便該知足了，不該再肖想那等不該想的，老太太向來是個說一不二的人……」

喬明瑾回過神來，看了她們一眼，又聽了她這一番話，便道：「趙嬤嬤放心，請回去告訴老太太，我喬明瑾從來不作不切實際的夢，只是感念周六爺待我的一番赤誠；既然我們不是一路人，當然要橋歸橋，路歸路，我不是那等死纏爛打之人，我是什麼身分我自己很清楚。」

柳兒聽了，抬著下巴道：「如此正好，這身分什麼是爹娘給的，做不得假，我倒是還想要娘子這般的身分呢，孩子也生了，男人又在身邊──」

「柳兒姑娘！」趙嬤嬤喝道。

柳兒嚇了一跳，正想回嘴，看趙嬤嬤一副吃人的模樣，便抿了抿嘴。

這人是老太太院裡的，只在林嬤嬤之下，她不敢把人得罪了。

那頭，喬明瑾看了她們一眼，又把那荷包推了回去。

「這銀子我不能收，我管我自己的作坊，不用別人付我工錢；另外，我的孩子也不須別人幫我養活，多謝妳家太太。」

趙嬤嬤看喬明瑾執意不肯收，嘆了口氣，把荷包又揣了回去。

喬明瑾見她們也沒旁的要交代了，懶得應酬她們，就拿鑰匙去隔壁取雪緞。

那兩人起身緊緊跟在她的後面。

待進得那小庫房，她們來回打量了一番，除了看到兩疋雪緞和十來疋布料之外，還真沒看到周府庫房裡出來的東西。

裡面擺了大大小小的缸缸罐罐，想必裝的都是穀物糧食，兩人都不耐煩去掀開來看。

喬明瑾開了門，便袖著手讓她們自己去搬。

「這十來疋料子也是前幾日妳家六爺送來的，想要也拿了去吧。」

那柳兒看著布料，兩眼發直，她還沒穿過這麼好的料子呢……

趙嬤嬤見狀忙攔住了她，對喬明瑾笑著說道：「我們不知作坊原是娘子興起來的，方才言語間多有得罪，想必這布料就是六爺送娘子的節禮，我們不好搬動。六爺往常送別人時也沒少送一些好東西，只是這兩疋雪緞是老太太賞了六爺的，就是大太太、三太太等人都沒有，才囑咐我兩人定要拿回去。」

喬明瑾看了她一眼，便說道：「那妳便拿回去吧。」

那兩人也不多做停留，抱了兩疋雪緞就往外走。

被喬明瑾支開的明琦不知從哪裡跑出來，小跑著跟在兩人身後去關門。

柳兒回頭看了看，嘴裡罵了一句，被趙嬷嬷斥了一句才消停了。

她們的車子很快出了村子，在村口停了下來。

很快，就有一個婆子模樣的人走過來，遠遠地問趙嬷嬷兩人。「事兒可是辦妥了？」

趙嬷嬷朝她點頭。

那婆子三兩步走過來，抓住趙嬷嬷伸出來的手，上了馬車，馬車便緩緩駛動了。

那婆子可能是事情辦得不錯，想著回府後得的厚賞，心裡正高興，在車廂裡對著趙嬷嬷兩人唾沫橫飛，手舞足蹈。

「妳是沒看到，那婆子看到五兩銀子，那眼都直了，都不用我套話，什麼都往外倒；又聽說她那兒媳婦原來竟是有那麼多錢財，那眼睛睜得……哈哈，妳是沒看到，都快鼓得掉出來了。這下子那什麼喬娘子的，想脫離夫家巴結上咱六爺，我看還能不能？」

趙嬷嬷原本把事情辦妥，也正高興著，聽得這婆子這般一說，暗自嘆了一口氣，撩起車簾子往外看了看。

那鄉間小路彎彎繞繞，小小羊腸似的，比不得城裡的大道。

這裡，她是不會再來了。

——未完，待續，請見文創風241《嫌妻當家》5完結篇

花落雲暮間

全套四冊

慧黠有情，智謀見趣／木嬴

冤家配對頭，不打不鬧怎成雙？

堂堂權相嫡女備受冷落不說，竟如軟柿子般任人拿捏？
她一穿越來面對如此局勢也就罷了，
偏偏那老謀深算的右相親爹威逼皇上娶她入主後宮，
平白無故又添一樁亂點鴛鴦譜的聖旨賜婚戲碼來……
明面上她與祁國公嫡孫「兩情相悅、情投意合」是煞有介事，
暗地裡卻是仇人見面，分外眼紅，舊仇未消，又添新怨！
誰知這冤家聚頭吵不散、罵不走又拆不開，反倒越拌嘴越恩愛。
只不過……這端內宅不寧，嬸娘婆婆各個不安好心；
那端朝政不平，朝野黨派亦是各懷鬼胎，
且看她發揮看家本領，左手施展醫術，右手經營鋪子，
無論陰謀陽謀皆是信手捻來，以智略巧計一一擺平諸多麻煩。
可縱使她機關算盡，也算不到誅連九族的大禍竟會無端臨頭，
眼看事已至此，她勢必得爭出個「我命由我不由天」！

為流浪貓狗加油 和貓寶貝 狗寶貝 廝守終生(一定要終生喔！)的幸福機會

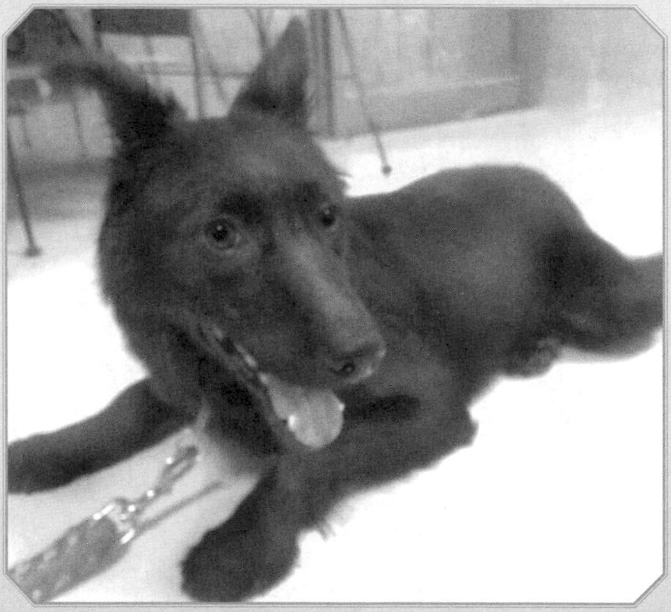

對人來說，貓寶貝狗寶貝只是生活的一部分，但妳（你）對牠們來說，卻是生活的全部，領養前請一定要考慮清楚——

▲ 喜多米變身親和明星！

性　　別：男生
品　　種：米克斯
年　　紀：1歲多
個　　性：乖巧親人好脾氣
健康狀況：已結紮，完成除蟲除蚤，也打了預防針
目前住所：桃園市

本期資料來源：http://www.meetpets.org.tw/content/55012

『喜多米』的故事：

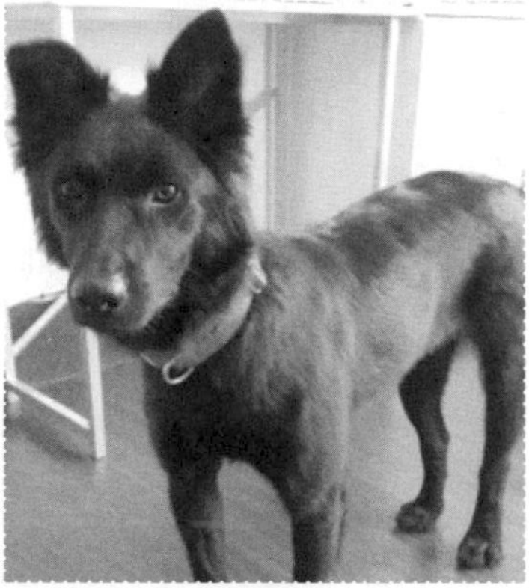

大家好，我叫喜多米～～小時候，主人為我戴上全新項圈，說我黑亮的毛皮配上皮質項圈很帥氣，就像騎士一樣，讓我好高興。可是後來我和主人分離，到處流浪，當初戴的項圈變得越來越緊，但它是主人唯一留給我的紀念，我怕一拆掉就再也見不到他。到最後我痛得脖子都流血了，卻只能虛弱地躺在收容所地上，每天都好痛、好想哭。一直到我遇見了愛心媽媽。

愛心媽媽把我帶回去，溫柔地照顧我，還帶我去看醫生，就算我一開始不信任她，她還是很有耐心。康復後，我還被送去學校上課。從那裡我學到很多東西——我會握手、坐下，不會為了搶佔食物而亂叫，老師都稱讚我很乖喔！而且我看到貓咪會主動繞開，不跟牠們正面起衝突。嘻嘻，我很像紳士吧～～

因為愛心媽媽們的細心照顧，本來退縮膽怯的我，恢復成活潑帥氣的模樣（偷偷告訴你：我還上過電視呢！）。而且可以乖乖彎下脖子，不閃不躲地讓人為我重新戴上項圈哦！因為我知道眼前的人是愛我的，所以一點也不會害怕了。

現在的我喜歡人、喜歡玩，和小小孩相處得很好，即使被他們拖拉我也不會生氣～～喜歡我的把拔、馬麻快點來信sweat_lin@yahoo.com.tw，主旨註明「我想認養喜多米」，或來電0975579185吧！我等著給你一個愛～的蹭蹭喲！

（編按：跟橡皮筋狗一樣，喜多米因項圈逐漸緊勒，有如刀割頸部，差點傷到氣管，身心因而受到嚴重傷害。幸好經過完善的治療、照顧和訓練後，現在已是隻可愛又有禮貌的撒嬌狗狗了！）

認養資格：

1. 認養者須年滿20歲，有獨立經濟能力，並獲得家人與同住室友的同意。
2. 非學生情侶或單獨在外租屋的學生，須能提出絕不棄養的保證。
3. 須同意送養人日後之追蹤探訪。
4. 領養者需有自信對喜多米不離不棄，把牠當家人，愛護牠一輩子。

來信請說明：

a. 個人基本資料：姓名、性別、年齡、家庭狀況、職業與經濟來源等。
b. 想認養「喜多米」的理由。
c. 過去養寵物的經驗，及簡介一下您的飼養環境。
d. 若未來有當兵、結婚、懷孕、畢業、出國或搬家等計劃，將如何安置「喜多米」？

風 文創 240

嫌妻當家 4

國家圖書館出版品預行編目資料

嫌妻當家 / 芭蕉夜喜雨著. --
初版. -- 臺北市 : 狗屋, 民103.11
冊 ; 公分. --（文創風）
ISBN 978-986-328-377-5（第4冊：平裝）. --

857.7　　103019961

著作者	芭蕉夜喜雨
編輯	張蕙芸
校對	沈毓萍　馮佳美
發行所	狗屋出版社有限公司
地址	台北市104中山區龍江路71巷15號1樓
電話	02-2776-5889～0
發行字號	局版台業字845號
法律顧問	蕭雄淋律師
總經銷	知遠文化事業有限公司
電話	02-2664-8800
初版	103年11月
國際書碼	ISBN-13　978-986-328-377-5
原著書名	**《嫌妻当家》**，由起點女生網〈www.qdmm.com〉授權出版

定價250元

狗屋劃撥帳號：19001626

網址：love.doghouse.com.tw　E-mail：love@doghouse.com.tw